假如时光可以倒流

李雪峰 著

路过心上的经典散文
邂逅一生的悦读，愿你翻过每一页

线装書局

图书在版编目(C I P)数据

假如时光可以倒流 / 李雪峰著. —北京 : 线装书局, 2019.11(2022.7)

ISBN 978-7-5120-3720-5

Ⅰ. ①假… Ⅱ. ①李… Ⅲ. ①散文集—中国—当代 Ⅳ. ①I267

中国版本图书馆 CIP 数据核字(2019)第 150809 号

假如时光可以倒流

著　　者：李雪峰
责任编辑：张　倩
装帧设计：宋双成
出版发行：线装书局
地　址：北京市丰台区方庄日月天地大厦 B 座 17 层(100078)
电　话：010-58077126(发行部)　010-58076938(总编室)
网　址：www.zgxzsj.com
经　　销：新华书店
印　　刷：唐山富达印务有限公司
开　　本：640mm×910mm　1/16
印　　张：21
字　　数：271 千字
版　　次：2022 年 7 月第 1 版第 2 次印刷
印　　数：10001—20000 册
定　　价：49.80 元

线装书局官方微信

在阅读中优雅老去

二十岁时，第一次去凤凰，不为古镇美景，只为能与偶居夺翠楼的黄永玉先生见上一面。

时逢雨季，沱江奔啸，烟波微茫信难求。苦待数日，仍没能等到想见之人。

在清冷的雨丝中独自徘徊，满心失落。无意走进一家书店，里面尽是沈从文先生的文本作品。无处可去，只好在僻幽的角落里翻阅旧籍。而后，一发不可收拾。

回程当日，总觉有重要东西遗落城中，寻思许久，才跑去那条巷子的书店里买了本周身泛黄的《边城》。这本有着深蓝小印戳的《边城》，至今仍安躺于我的书柜里——它不仅使我在未果的行程中找到些许补偿，更让我在之后的时光无比怀念二十岁的自己。

再后来，兴许命里所定，真与书结下了不解之缘。不但自己看书写书，更领着诸多热爱文学的人走上了自己想走的路。

我经常跟学生们说，阅读是写作的命脉，只有不断阅读，才能保持创作角度的新颖和思维的敏捷。然而，阅读所赐予的，又何止是这些？

不管在何时何地，只要手中捧着一本书，心里便会觉得安然。书不但能排遣无聊的寂寞，将岁月的伤痛逐一缝补，还能把心灵淬炼成一块玲珑美玉。

一个爱书之人，必是睿智且沉稳的。遇事不惊，处之泰然。古人所说的“腹有诗书气自华”，便是这意思。

生命本就是一次有限的跋涉。一个经常看书和一个经常沉迷在网游世界的人，心灵绝对是不一样的。前者，往往更能体悟一叶一菩提的真谛。

书本所给予心灵的力量，是不可言喻的。十年寒窗，说的并不是读书人的艰辛，而是意在表述读书人的坚忍和不懈。试问，有多少人可以在寒窗下十年如一日地重复做同一件事情？

正如北大教授曹文轩所说，世间最优雅的姿态，就是阅读。不论静坐还是倾卧，甚至在厕所里，它都是最美的姿态。因为这样的人，通常都会从骨子里散发出一种极具亲和力的书卷气。

阅读人物，通晓历史，可以从他人鉴知自己得失；阅读杂文，百味世事，可在辛言辣语中澡雪精神；阅读情感，温热肺腑，可居书香浓情里滋养心灵；阅读故事，体会人生，可于静谧岁月中倾情流泪……

每一种书，都是风景；每一本书，都是亟待窥破的秘密。

宋朝诗人黄山谷有一句名言："三日不读书，便觉语言无味，面目可憎。"这其中说的，就是每日读书的重要性。

本系列图书，所遵循的就是这个简单的理论。通过遴选当下不同类型的精华文章，给读者送去不同的心灵养分——成长的人生让你懂得如何珍惜青春，成功的智者让你明白如何把握自己的人生，真情的自我让你寻回本真的感动，感悟让你看到世界别样的美好……

为了能找到年度最精华的文章，为了给读者省去寻找的烦琐，我们几乎把本年度的期刊翻了个遍，目的就是为了去其糟粕，取其精华。

我们的宗旨只有一个，就是为这个时代的读者，奉献好书。

但愿我们可以放慢忙乱的步伐，一起在欢愉的阅读中，优雅老去。

一路开花

2018年12月书于云南曲靖

目录

第一辑 给每棵草以开花的机会

第二辑 总有一颗心在乎

第八辑　总有一滴雨会落到花上

第一辑

给每棵草以开花的机会

我们谁又没有错过自己人生中的几株蜡兰呢？我们总是盲目地拔掉那些还没有来得及开花的野草，没有给予它们开花结果证明它们自己价值的时间，使许多原本珍奇的“蜡兰”总是同我们失之交臂。给每一棵草以开花的时间，给每一个人以证明自己价值的机会，不要盲目地去拔掉一棵草，不要草率地去否定一个人，那么，我们将会得到多少人生“蜡兰”啊！

· 母亲的贺卡

那是许多年前的事了，当时他刚刚20岁，跑到南方一个海滨城市做生意，没想到生意彻底赔了，血本无归不说，还债台高筑，连回家的路费也没有了。

就要到春节了，他想了又想，给母亲写了最后的一封信说，如果他春节不回家，可能将永远不会回家了，请老人珍重，忘掉他这个不争气的儿子吧。他那远在北方偏僻农村的母亲收到他这封沮丧又绝望的信，悲伤地哭了很久，这个世界上，她最牵挂的，就是这唯一的儿子，他是她的魂啊。

母亲找来邻居家的一个孩子，又从抽屉里找到一张已经有些泛黄的贺卡，让那孩子代笔，在贺卡上歪歪扭扭写上了一行留言：孩子，你不回家，妈也不想再活了。

母亲拄着拐杖赶到几十里外的镇上，把那张贺卡丢进镇上小邮电所外那个绿漆斑驳的邮筒里。那天的雪真大啊，风也刮得呼呼作响，从村里到镇上，母亲摔了几次跤，纷纷扬扬的大雪，几乎把母亲裹成一个笨笨的雪人了。

天刚擦黑的时候，小邮电所的分发室里，几个人正点着几盏油灯在分拣信件，一个年轻的女营业员首先看到了那张贺卡，她说：“咦，这张贺卡怎么不贴邮票呢？”的确，那是一张需要贴邮票的老式贺卡，已经有些发黄了。这样的贺卡早就不再用了。女营业员看了贺卡上的留言，将已举到废纸篓旁的手缩回来了，对老所长说：“您看这张没贴邮票的贺卡。”头发灰白的老所长眯着眼睛仔细看了看那张泛黄的贺卡，一双本来就有些哆嗦的手更哆嗦了，他说：“这张贺卡就是没贴邮票也不能退回原址，更不能扔，我们要马上把它投出去。”老所长一脸凝重的神色。

第二天早上四点多，老所长就骑着他那辆和他看上去一样老的自行车上路了。本来，按照往常的习惯，这么大的雪，天气又这样冷，所里是可以不去县城送或者取邮件的，七八十里的山路，白雪皑皑的，路上的积雪太厚，又很少有行人，这样的行程太危险。但老所长看着没贴邮票的贺卡，仿佛就看见了两条站在悬崖边上的生命啊！绝望的孩子，还有抱着仅仅一丝希望的一位老母亲……老所长的眼眶湿了，他顾不上自己那天一冷就隐隐作痛的老寒腿，把那张没贴邮票的贺卡掖在贴胸的口袋里，骑上车就趔趔趄趄地冒着纷纷扬扬的大雪上路了。

天黑的时候，棉袄和眉毛上落满白雪的老所长终于赶到县城。他匆忙停好车子就一溜风似的跑进邮局的信件分发室。分发室的人很惊讶地说：“这么大的雪你还跑什么，不想要你那半拉子老命了？”老所长笑了笑，顾不上喝一口热茶暖暖身子，就从贴身的口袋掏出那张贺卡说：“这张贺卡忘贴邮票了，但它拴着两条人命呢。说什么我们也要把它投出去！”分发室的人接过那张还有着老所长体温的贺卡传着看了看说：“寄，马上就寄，这张贺卡一点儿都不能耽误！”他们啪地在贺卡上盖上了黑亮的邮戳，想想又在那张贺卡的空白边缘上郑重地写下了一行黑体小字：这是一张很重要的贺卡，望能迅速投递！落款是：礼城县邮局全体同人，在落款上，他们又盖上了一枚黑亮的邮戳。

雪还在纷纷扬扬地下着，但夜里10点多，邮车却上路了。这是邮车第一次走夜路，何况还飘着那么大的雪。局长让胖胖的司机看了看那张贺卡问："什么时间往市邮局送？"

胖司机笑笑说："您别将我的军，我还能不知道什么时候送？这张贺卡，今夜不投递到市局里去，我的觉就甭想睡得着了！"局长拍拍胖司机的肩膀，招呼了两个年轻人随车一起去，再三叮嘱他们说："今晚一定要送到市局去！"

炽亮的车灯照在地上的积雪上，比白天的阳光还耀眼，邮车摇摇晃晃地冒着大雪上路了。

黎明时分，邮车终于停在了市邮局大门口，胖司机亲手提着那件装着这张贺卡的邮包走到分发室，市邮局的人很诧异，什么十万火急的邮件啊，竟冒着大雪和危险连夜赶来？胖司机取出那张没贴邮票的贺卡说："赶不上你们今早的分发，今年的春节我也甭想过得踏实。"市局的人看了贺卡，迅速分拣好，拍拍胖司机的肩膀说："8点准时让它上火车，耽误了它，我们和你老兄一样心里也很难踏实！"

八点的时候，那张贺卡和一些邮件被准时送到了远去的火车上，开始了它的新一程传递……

他是在四天之后的深夜收到母亲的这张贺卡的。那时，他已蜷缩在一个偏僻小旅馆里的通铺上睡熟了，睡眼惺忪的旅店老板叫醒了他说："有你一个邮件，我让邮递员给我转交给你就行，但邮递员非要亲手交给你。"

跑得汗津津的邮递员说："本来这张贺卡是明天早上送的，但既然今天晚上就分到我的邮包里，今天晚上不送到你手上，我这心里就不踏实。"说着，就把那张辗转了万里的贺卡递给了他。

"怎么没贴邮票？"他看了看手中的那张贺卡愣了。"是没贴邮票，可它就这么一程一程地投递过来了。”邮递员微笑着望着他说。他看看贺卡上母亲的留言和边缘空白处那行陌生人留下的小字，哇的一声哭了。旅店里的其他旅客听到他号啕大哭都纷纷披衣围了过来，大家默默地传递着看了那张泛黄的、没有贴邮票的贺卡，默默地掏出钱放到他的面前说：“回家去吧，你妈在家等着你呢。”那一堆钱有10块、5块、1块的，还有角票和许多硬币，他知道，住到这地方的人，都是些经济不太宽裕的人。

怀揣着那张贺卡，他终于踏上了北归的列车。如今，年过四十的他，已是北方一个大公司的总经理了，他和善、乐于助人，似乎他开公司不是为赚钱，只是为了一种雪中送炭的施舍。他的办公桌上，一直放着那张泛黄的用玻璃镶起来的贺卡。

只有他知道，爱是一个人一个人、一程程一程程传递过来的，就像是一种生命的接力。当初，那么多陌生人将爱传到了他手上，把爱传下去，那是他一生唯一的任务，那张贺卡没贴邮票，但曾被许多陌生的爱心传递给他了，爱，是通行于生命的唯一邮票。如果把爱的心灵一颗一颗地串起来，那世界将是多么璀璨的一串水晶啊！

没事的时候，他常常默默凝视着那张母亲的贺卡，那张没有邮票的贺卡，他的眼里常常会涌满泪水。为母亲，更为那些直到现在他仍不知道名字的人们，也许，是为了生命之间那些闪烁着爱的光芒的心灵吧！

爱，是不会忘记的。

回家的花朵

四月的时候，星星点点的蒲公英便绽开了，它们像一坨坨的细碎阳光，金黄在春天湿漉漉的氤氲着丝丝缕缕乳白地气的田塍上，印满牛羊蹄印的纷乱村间小道两侧，甚至在山坳背阴处那些还没有融化的一片一片残雪里，甚至村庄生满幽绿幽绿苔藓的墙基或台阶缝隙里，或者那些泥土斑驳墙头生满了蓬草的残墙败垣上。

蒲公英开了，它从草长莺飞的春天，绽开过长长的夏天，它那微小鹅黄的花盏，甚至金黄到秋天的深处，漫山遍野的野菊染尽乡村山野的时候，还有三三两两的蒲公英开着呢，它们或瑟瑟地开在一个风霜落不到的岩石下，或开在一蓬枯白得如同一蓬旧白线的枯草蓬子里，像飘落在地上的一朵野菊，像一簇微微燃烧的火苗。它们黄茸茸地亮着，泥土就还醒着，村庄就还醒着，鸟儿和虫子就还醒着，直到一场漫天漫地的鹅毛大雪之后，它们在白皑皑的雪层下沉睡了，泥土就也沉沉睡去了，村庄以及世界上的一切也都沉沉地睡去了。

蒲公英是春天最早醒来的，它醒了，大地就醒了，村庄的春天就醒了，村庄新一轮的岁月就醒了。村庄的女人们在乍暖还寒的初春就早早把它们带进邻近的城市里，那时它们有的刚冒芽，有的刚刚鼓起三五个青豆般嫩嫩的蕾，有的刚刚绽开了黄茸茸的一两朵花。它们被摆放在城市拐角处的冰冷马路牙子上，但更多的是被放在两个简陋的竹筐里，或是散乱地挤在一个个肮脏得已看不出颜色的蛇皮袋子里，在村庄女人们高一声低一声的胆怯叫卖声中，流浪在城市的市声或那一条一条仄斜而沉寂的悠长小巷里。

它们是到城市寻找它们的亲戚的。

那些从乡村走进城市的人家，那些在城市里生活了多年，但根须还没有从乡间泥土里全部拔出来的人，那些在市声里沉睡，但梦的脚趾还常常沾满泥土的人，他们都是蒲公英的亲戚，他们常常都会买一小扎甚至几小扎的蒲公英，把它晾干了冲茶，或把它洗净剁碎了掺杂着作为吃食，败火去毒，给身心重新赋予乡野的清爽之气和生命的自然气息。它们和许多人一样，从乡村来却再也回不到那弥漫着泥土腥香气息的乡间了。

我也是蒲公英的一个亲戚，从一百二十多里远的乡下老家到这小城里来生活，转眼就二十余年了，从一个乡间的木讷青年，成了小城市井中一个临近不惑的人。我也常常掏几角钱买三五扎蒲公英冲茶，或者剁碎了摊几张饼子吃。我家的墙壁上，常常挂几束已经风干的蒲公英，或在院子里晾晒一些还带着薄薄一层乡间水汽的湿漉漉的蒲公英。

去年深秋时，我又买回了十几扎的蒲公英，那是些十分新鲜的蒲公英，叶子虽然已经被霜打得有些灰黑了，但褐色的根茎却饱满丰盈，沾着些湿漉漉的湿润泥土，许多的蒲公英已经鼓了些米粒大小甚至黄豆般大小的青蕾。我把它们淘洗干净，摊放在竹筛里静静地晾晒。有一个午后，我发现已经晾晒了几天的蒲公英，有几朵竟然又开花了，那金黄色的花朵，在根叶已经被晒得一片灰黑的竹筛里分外耀眼，它们在秋天的阳光里簇闪着金黄的光泽，像一粒粒淡定的阳光，又像一粒粒金色的星星。

又过了许多天，我发觉那些蒲公英已经彻底风干了，而那许许多多的花蕾都已绽开过，花朵早谢了，然后成了白絮絮的一朵朵绒球，向晚的风轻轻一吹，那些绒球便沸沸扬扬成一朵一朵的白絮飘起来，像一片片飞扬的微雪，从竹筛里飞扬到阳台上，然后飘过高高的楼顶，飞进了远远的天空里，随着一缕一缕的风飞走了。

它们是要飞成天上的白云，是要随着那些流浪的云朵，飞回到遥远的乡间的田塍上、山坳里，是要迢迢地回到自己的乡野老家吗？

花朵是植物的心灵，是一棵草或一棵树的灵魂，而蒲公英的灵魂已跟着一缕晚风或流云迢迢回到了它的老家去，来年，它们将又会在河畔、在山涧萌芽、展叶、开花，重新点亮自己的乡野或田园。而一个辗转离乡的人、一个为生计而漂泊游离自己故园的人，他们什么时候能让自己的心灵回到自己的老家？什么时候能让自己的灵魂回到那生育和养育我们生命的那一片泥土上呢？

灵魂或许是不会流落的，它既已注定永远属于某一粒土，不管岁月多么的苍凉，不管脚步多么的遥远，不管回家的路是多么的漫长，不管生命是多么的沉浮，但它们都是一定要飞回去的，回到一片熟稔温热的泥土上，回到一缕低低盘旋的炊烟里，回到一条歪歪的田塍上，回到一声苍老的召唤里……

·飞翔的古树

古树是村庄的根。

古树是村庄的魂。

谁都说不清楚，一个村庄是跟着一棵或几棵古树长大的，或者是一棵古树或几棵古树是跟着一个村庄长大的。连村庄里的人自己都琢磨不清楚。或许是一群辗转漂泊的祖先们，他们蹒跚着走过一个又一个地方，终于，在一个天高地低的地方看见了一棵蓊蓊郁郁的大树，他们思谋，既然这里能长这么一棵大树，那么这地方的泥土肯定很肥沃，一定能生长秆壮穗大的庄稼，在这地方安家，繁衍子孙是足够了。于是他们扔掉拐杖，就在大树底下结庐而居，从此一个村庄就在大树的绿荫下诞生了。也或许是，一群背井离乡的祖先们来到了一片丰厚的泥土上，他们选择了在这里安身立命，但又在日落时分，总是剪不断那苍苍茫茫的一团团思乡惆怅，于是他们找来了一棵故乡曾有的槐树苗或皂荚树苗，栽植在他们刚刚结庐的房舍旁，一棵大树便从此扎根了。我和村庄里的乡亲们一样，曾好多次思谋是先有大树，才有村庄，还是先有村庄，才有大树，但至今我们还是不明白。尽管想不清楚，但这却丝毫不影响村庄与大树的关系，在外边偶然遇上方言相同的老乡，互相之间总不免熟稔地探问："是白果树的，还是槐树营的？""是榆树下的还是皂角湾的？"白果、槐树、皂角、娑椤、柏树，在豫西南的乡亲中并不仅仅是一种种树的名字了，它们是一个又一个星罗棋布的村庄的名字。摊开豫西南的村落分布图，简直就是一张张的古树名目图。想看银杏，那么你就去白果树庄吧，那儿一定有一棵虬枝横斜的参天老白果树。想看皂角，那你就去皂角湾吧，那个村庄的中央或村头，肯定有一棵挂满皂荚的古老皂角树。

一棵古树的名字，往往就是我们故乡的名字。一棵古树，往往就是我们牵挂在心灵里的故乡。

很多个黄昏，当我一个人默默独坐在村头老皂角树的稀疏绿荫下，看着苍苍茫茫的远处山脚或河湾里庄里的人畜从暮色深处影影绰绰地缓缓归来，听着头顶树蓬间那些归鸟召唤的一声声啼鸣，我就禁不住为祖先们的浪漫情怀所暗暗得意，他们把家园喻成了一棵参天古树，他们把来来去去的乡亲们喻成了一只只鸟儿，那是多么贴切多么温馨的一种诗意啊，那是即使不懂文字也能让人深深领会的一首朴素诗章。

拥有古树的村庄是极有根基的。记得有一年，我们的村庄和邻村一个叫秧田的村庄发生了边界纠纷，面对争吵不休的人群，村庄里老得须眉皆白的韩四爷说："看看俺们村里的那棵老皂角树吧，它的一个碗口粗的枝杈，也比你们秧田村的年代远，它上面的一个叫鸡鸟巢，也比你们秧田村的时光长，你们有什么理由和俺们争的呢？"秧田村的人愣了，是啊，和我们这个拥有参天古树的村庄比。他们村庄的根基太浅了，如果我们祖先圈地时稍稍把犁铧儿往他们那里偏一槽儿，如果我们村庄的祖先垦荒时稍稍把镐尖儿往他们那儿伸几把，还会有他们的地盘吗？秧田的人羞赧地讪讪而回了。

拥有古树的村庄是有福的。春天的时候，村头或村中央的古树萌芽了，新芽淡淡的甜香和腥香氤氲了整个村庄，让村庄里的乡亲和牲畜早早就窥见了春天。夏天时，亩把地大的浓浓绿荫下，蹲满了村庄里的老少和纳凉的牲畜，左邻右舍在一起谈天说地，牲畜和家禽们蹲在一旁静静地打盹儿，孩子们在树下三五成群地嬉闹。大树，像一个不紧不慢的巨大蒲扇，不时为村庄摇起一丝丝谧凉的清风。尤其是我们村庄的女人们，她们要下河湾去浣衣或洗发，就操起树下的长长竹竿，采下一嘟噜一嘟噜又嫩又肥的皂荚来，在河边的长石上砸碎，代替肥皂洗衣洗发，洗得浑身上下洋溢着一团爽香的皂角味，让一只只的蜜蜂和蝴蝶围着她们上上下下直打转儿。

拥有古树的村庄是有依靠的。庄里哪家的婴孩体弱多病，都是要认干爹的。那些没有古树的村庄孩子就麻烦了，他们家人要备丰厚的礼品，带着孩子四处磕头去认干爹干妈，而我们这些有古树村庄的孩子则幸运得多，只需备一份果品，几炷檀香，古树就成了我们的干爹了，命里的劫难，古树一一为我们担承；生活的风雨，古树挺身为我们遮挡。村庄里没有孩子不认古树做干爹的，一棵古树，往往把村庄里的所有孩子都结义成了兄弟。

我是尤其喜爱我们村庄里的那棵蓊蓊郁郁的古树的，它是一棵皂角树，就挺立在我家那条歪歪扭扭的巷口，当浓浓的夜色刚刚褪去一点点苍黑的时候，这棵村中央的皂荚树上的叫鸡鸟便醒了。它们清脆的啼鸣声像一粒粒从树蓬中滴落的露珠，一声一声地叩敲着乡村的夜幕和宁静。东山顶上的星星，在它们的啼鸣声中一颗颗地消隐了，一丝乳一样的淡白静静地在山顶隐隐约约的树梢间氤氲，而大树枝蓬下的村庄也渐渐醒了。鸡们的啼叫显得有些慵懒而惺忪，那些在栏中蜷卧着一直闭着眼睛默默反刍着的牛们一头接一头缓缓站立起来，不停抖搂着身下沾满的温热细碎草屑。做了一夜青草梦的羊儿们也醒了，它们摇晃着下巴颏下被反刍的草汁染得暗绿的胡须，咩咩叫着，争先恐后地把脑袋从羊栏弥漫着浓浓腥膻味的栅栏缝隙间探出来。

宁静的村庄惺忪着苏醒了。再有一袋烟的时辰，那些叫鸡鸟们开始扑棱扑棱抖拍掉身上落满的谧凉夜色，从巢中一只接一只跳出来，在密密匝匝的枝丫上振一振羽翅，然后就掠翅向村庄外迷迷蒙蒙的山野间飞去。而大树下的村庄也意犹未尽地醒了，牛们的蹄声像散漫的鼓点，扑通扑通，不紧不慢地擂动着村庄的青石街道，一声一声嘈杂着朝村外擂去。羊群像村庄的云朵，从村庄里咩咩地叫着飘着，向着升腾着一团团浓浓青草腥香的河湾或山岗上涌去，它们要到那里和一袭袭乳雾们融汇。

村庄的一天从古树开始了。

而树庄的一天也从古树结束。傍晚的时候，当古树的树荫渐渐形成黛灰的暮色，当那一团暮色从树蓬间缓缓升腾上天空，把天空一点点氤氲苍黑的时候，那些在外野了一天的叫鸡鸟们便扑棱扑棱飞回来。跟着叫鸡鸟们返回到村庄里的，还有那一群群漫不经心的牛羊，那些扛着锄头或背了一捆木柴，提着一篮青草的三三两两的农人们。这时候最喧嚷的就是村头或村中央的古树下，一群老人们闲散地蹲在树下，有一句没一句地聊闲话，而村庄的孩子们则涌在树下，边叽叽喳喳地玩游戏，边伸长着脖颈，不时张望着那一条条灰烟一样静默在暮色中的田间小道，等着那些在田间劳作的父母们裹满疲惫和夜色归来。村庄里的狗们也来了，它们耷拉着脑袋在人群中蹭来蹭去，有的趴卧在地上，慵懒地贴着地谛听一阵，或一会儿昂起头来，向着暮色渐浓的村外机警地眺望……

古树，给予了我们童年和少年生活以浓浓乡野诗意，也赋予了乡村少年以浓郁缠绵的乡思和乡愁。它像一只温热的大手，紧紧扯拉着我们这些从村庄飞出的风筝，它像一个沧桑的岁月鸟巢，永远在我们灵魂中响着一声一声苍凉的召唤，它像黄昏时村头那母亲一样模糊而熟稔的背影，在白云苍狗中引领着我们沿梦回家。没有人不相信，这棵把根须扎在村庄几千年岁月深处的树，它将越扎越深，扎向那些我们只能遥想的未来，不论多少代的村庄人逝去了，但它仍将站着，不论多少岁月落叶般飘落了，但它仍将站着，它是村庄永恒的绿色太阳和月亮，即使枯死和腐朽，它也不会离开村庄的，它是村庄的泥土和雨露滋润的，它必将回归自然和村庄。

但是它却飞走了。先是被锯掉一根根粗大的枝杈仅仅保留了千疮百孔的沧桑枝干，然后在机器的轰鸣中被刨去了树根，用庞大的吊车小心翼翼地吊起，装在一辆轰轰隆隆的卡车上飞向遥远的都市，移植在陌生城市的某个园林里。

它不是去都市打工的，春天去了，年底就会踩着沸沸扬扬的雪花归来。它去了，永不再归来了，那些失去了巢的叫鸡鸟们等不到它的归来了，那些村庄的蓝蓝炊烟也等不到它归来了，那些常常蹲在它树荫下的村庄老人们更等不到它归来了。它被刨开的树坑，像一个巨大的伤口让村庄疼痛着。两年了，没人往里面填上一锹的土，只有一些老人和村庄的牲畜默默蹲在一旁失神地怅望着，它的离去，让村庄有了无边无际的空旷和虚浮，似乎某一个冥冥时分，这个没有了根须的村庄就会被吹起来，浮到混混沌沌的天空中，湮没在一片风来雨去的苍凉里。

我不知道一棵树或一棵草有没有乡愁。而我是有着一缕一缕浓浓的乡愁的，在惆怅的乡梦中，我常常望见巷口的那棵参天古树，有时我是它枝蓬中那一只常常绕树三匝的叫鸡鸟；有时，我是它细细碎碎在风中轻轻拂动的一枚叶子；有时，我是它一朵米黄色的米粒大小的皂角花；有时，我是它的一枚豆荚一样墨绿肥厚的皂角荚……它几乎是我的全部乡愁梦，而我，只不过在它的浓荫下仅仅生活过了二十年。而这棵树呢，它荫下的泥土已和它紧紧相拥了几千年，它树蓬中的炊烟已和它盘绕了几千年，在它树荫下生活的人们已经伴了它几十代，它周围的田野和山岗已和它默默相望了数千年，它的汁液中已饱含着我们村庄多少代人浓稠的血浆，它的年轮中，已藏满我们村庄的风声、雨声、人喧声，家禽和牲畜的记忆。如果它有乡愁，那会是多么浓郁，多么沉重的一缕乡愁啊，而且，它的乡愁将无边无际，它不像我们，能在某个时刻重返到村庄中去，它只能站在陌生都市的某个园林中，朝着村庄的方向永恒地怅怅眺望，它只能在城市的灯红酒绿中孤独地寂然矗立着，在清晨的每一枚树叶上盈涌一滴苍凉的老泪。

我不知道飞走的古树还记不记得那个和它一样古老的村庄，我不知道飞走的古树还记不记得那一辈辈都繁衍在它枝冠下的乡人，我不知道飞走的古树还记不记得它周围的田野和山岗，我不知道飞走的古树还记不记得那个在它浓荫下生长、拜它做干爹、把一夜一夜乡愁都皂荚一样结满它枝头的人，但我是深深记忆着这棵飞走的古树。它曾是我们那个村庄的根，是我们那个村庄的魂，而今，它是我们村庄那片泥土、那方人、那方牲畜永远的一种骨头里的伤痛。

曾在酒醺时为它写过一首诗：

村庄露珠一样最美的女人
被城市吮吸了
村庄盛满了文字的人
被城市蛊惑着远走了
村庄肩膀和手腕有力的人
被城市的工厂拉走了
村庄的粮食、村庄的果蔬

甚至村庄最美的草和最丑的石头
都被城市夺走了
村庄还有什么
现在
仅剩的一棵古树,这村庄唯一的根和魂
也要被城市拔走了
多少的乡愁,徘徊着
再也找不到回家的柴门

没有了古树,没有了根,哪里是我们的村庄?哪里是我们的故乡呢?

我真的无法再找到让灵魂回家的路,因为我的灵魂丢失了自己乡愁的路标。

生命之芯

庭院的上空是一架纵纵横横的葡萄藤，黑褐色的藤蔓像一团盘扭纠结的一条条老蛇。初春的时节，当北归的几声雁鸣唤醒墙角和台阶缝隙中的一簇簇芽尖，昏睡的葡萄藤也醒了，它们先是睁开一粒粒紫红色看似惺忪的叶芽，然后，一场淅淅沥沥的春雨或几缕乍暖还寒的春风吹拂后，那些叶子便很快毛茸茸地伸展开了，就像一只只栖落在枝条上的翠鸟。

它们很快就把庭院里的阳光弄乱了，先是把阳光剪得支离破碎、斑斑驳驳，再有半个月的时光过去，院子的上空就一片摇曳的苍翠，一片的金黄阳光也漏不下来了。也有的时候，清风徐徐地一摇，几片碎碎的阳光偶尔从叶缝间掉落下来，但那是稍纵即逝的，像梦的碎片一样，瞬间就游走了、消失了。清晨坐在庭院里，偶尔有露珠从那些叶缝间滑落下来，滴落在人身上或院子里，像几滴轻轻的鸟的呓语，也像谁在岁月中轻轻的一声声叹息。

我是十分喜爱这些张张扬扬的葡萄叶子的，清晨站在二楼的阳台上推窗一望，绿叶田田，满眼碧绿的饱满苍翠，一夜的残梦仿佛一下子便被洗净了，让人感觉到了新一天的爽朗和清新。尤其是那苍绿叶缝间弥漫的清新气息，涩涩地、腥腥地、淡淡地，将人的心魂一下子就氤氲了。夏天的中午或傍晚，搬一把木椅，斟一壶新茶或一壶老酒，独自在绿荫满地的庭院里读书品茗，或同三两个友人在葡萄藤下饮两壶稠酒，那种惬意自是难以言说的。

但妻子对这些葡萄叶子却颇有微词，尤其是到了暮秋时分，满藤的叶子都已枯黄了，飒飒秋风一吹，便不停有三三两两的叶子从藤架上飘飘扬扬地凋落下来，落在庭院里、墙角和台阶上，像一只只再也不能飞起的黄蝶。这时，素爱清爽的妻子便不得不时时清扫那些落叶。但那落叶总像扫不尽似的，往往清晨刚刚扫过，但中午或傍晚时就又落了厚厚的一层，有时一天扫了五七遍，但还总是扫不净，仿佛你一转身它就又落下了。

妻子也想了许多的办法，有时甚至抓住葡萄架狠狠地摇，或者用长长的竹竿狠命地唰唰地打，期望能把那些将凋未凋的叶子一齐提前打下来。费尽了周折，但第二天清晨，院子里落叶依旧，一点也不比往常的少，这让妻子又气恼又无奈。

这情景往往一直要到落雪时才能结束。

去年的中秋，满架一嘟噜一嘟噜的葡萄又变紫了，不像往年的是，剪摘葡萄时，妻子不是挑紫透的先摘，把那些没熟透的葡萄串子留着，隔三岔五地摘一次，而今年是一次全早早摘了，摘得一串不留。我很惋惜那些没有彻底紫透的葡萄，埋怨妻子说："有些还没完全熟透呢，怎么一下子就摘尽了？"

妻子说，葡萄摘尽了，叶子落得就快，就不用像往年那样总是扫叶子了。我很不解，摘葡萄和扫落叶有什么关系呢？难道不摘葡萄那些叶子就永远不会凋落吗？

但不久我就有些惊讶了，果如妻子所说的那样，葡萄摘下后三四天，满架的叶子一下子就黄了，然后开始汹涌地凋落，一个夜晚或半天的工夫，庭院里就落了厚厚的一层，那些叶子显得十分的憔悴，有的叶脉还青着，只是叶缘黄卷了一些，但却早早地凋落了。往年可不同，那一片片的叶子不到枯干、黄透，是不会早一天甚至早半天落下来的，即便是凋落，也不像今年这样汹涌、这样急骤。

不到半月，葡萄藤上的叶子竟全都落尽了，只剩下那些灰黑的老藤和那些褐色的新条在庭院上空寂寂地缱绻着。偶尔飞来三两只鸟雀，怔怔地栖落在上面，然后啁啾几声就怏怏地飞走了。

难道作物也有它们自己的灵魂吗？它们在泥土和风雨中生长，它们萌芽、抽叶、开花，全都是为了自己的果实，果实就是它们生命的灯芯，一旦果实夭折了，它们的生命也就夭折了，一旦果实夭折了，它们的岁月也就黯淡了，无论这世界还有多么美好，无论岁月还有多么漫长，但它们却已走到了自己的生命秋天里。

果实或许就是作物们的梦想，或许就是作物们生命的纯粹使命，或许就是作物们的灵魂，过早丢失了自己的果实，作物们生命的秋天就提前莅临了，作物们就再也找不到那条让它们真正抵达秋天的时光之路了。

而我们的生命果实是什么呢？我们的灵魂是什么呢？我们生命的真正目的是什么呢？我们是在为自己的使命而生活的吗？什么才是我们人类生命的真正秋天呢？

坐在春天的庭院里，坐在静静的葡萄架下，仰望着那一簇一簇摇曳的绿叶，我对一切都充满了敬意，无论是生命的，还是被我们视为非生命的，无论是一只蛰伏在绿叶间的虫子，还是我们脚下的一粒泥土……

一切都是有着自己的梦想和灵魂的。

·夜游者

夜色是从四周的田野里不知不觉弥漫向岛似的村庄移动。

其实在黑汁一样的夜色升腾和弥漫之前，已经有了许多耐人琢磨的先兆，譬如，在山岗上啃噬草叶的牛羊，不管吃饱还是没吃饱，它们已开始掉转过身子来，边低头静静地啃食，边一点一点地渐渐向村庄靠近。那些到田野里疯耍了一天的叫鸡鸟和麻雀们，它们拖着自己投在大地上的一坨影子，嘴里叼着草籽和泥粒，疲惫地低飞着，从四野掠向了默不作声的村庄。还有那些在村庄上空飘浮了一天的一片片云朵，它们从村庄上空静静地向四边的山峦散去，最后，像一片片的白絮，被挂在了村庄四围山梁上那些隐隐约约的枝梢上。还有那些藏在草丛、庄稼棵子里，甚至墙缝或潮湿墙基下的虫子，它们缄默了一天，忽然怯怯地低低地开始鸣叫了，还有许多东西，它们都是村庄洇入苍黑色夜晚的前兆，譬如那些从村巷里低着头不声不响向家里踱步的狗，那些有些犹豫，但还是迟迟疑疑退入埘的鸡鸭。还有村庄西边那忽然越来越响的鹳河流淌的声音，甚至那忽然之间粗放起来的风缕，等等。

村庄就这样溺进了越来越黑的暮色里。

村庄夜初的喧嚣是繁乱而简短的，家禽和牲畜们在一阵短暂的忙乱后便进栏的进栏，入埘的入埘，劳作了一天的人们匆匆忙忙潦潦草草地吃过了晚饭便熄灯睡觉，一盏盏昏黄的灯很快就接二连三地熄灭了，让夜幕上银钉似的星粒显得越来越稠、越来越亮。只是几支烟的工夫，村庄便沉进那遍野寂寂的梦中去了。这时，还没有彻底睡熟的只有村庄里那几只似乎白天余兴未尽的狗，它们一会儿把脑袋贴在地上静静谛听从大地深处传来的远方声音，些许的风吹草动，些许的云影飘移它们就狺叫起来了，它们的叫声飘出村巷，飘到庄外冥寂而空旷的田野里，瞬间便被夜色给湮灭得无声无息了。也许这时还会有几头牛或几头驴，它们也没有沉沉地睡熟，它们在栏里哧哧反刍的间隙，也许是想起了它们高兴或忧伤的一件心事，于是它们忍不住仰脖啸叫起来。牲畜们的啸叫浑厚、冗长，惊得树蓬或屋檐下的宿鸟们叽叽乱啼几声，惊得墙根或草丛里那些正悠闲鸣叫的虫子们立刻便噤了声去。有几次，我甚至惊讶地窥见，在夜晚那些牛的长哞声或驴的咴咴啸叫中，头顶的星星，还有窗外那些水银一样的月光都隐隐地颤了又颤呢。

村庄的夜晚是沉静的。

但村庄的夜晚又是绝不死寂的。

十七八岁的时候，我还生活在村庄里，像所有人的青春一样，年轻的夜晚总是让我们感觉到枯寂和难挨。那时，我们这群厩须初黑的村庄年轻人，为了挨过这难熬的村庄寂寂长夜，要么一群人扎堆儿睡觉，要么就吵嚷着抢揽夜里看青的差事儿。扎堆儿睡觉是一群人猫在一起说话，看青是给自己争取到一个夜晚里可以在村庄外野天野地飘忽来飘忽去的机会。如果不是看青，村庄里所有人都睡熟了，你一个人夜游神似的在庄里庄外走来走去，那算怎么一回事儿呢？

我在给村庄看青的那些夜里，不喜欢像别人那样窝在看青的窝棚里勾着头边抽烟边一件一件地思谋事情。我喜欢提着长长的手电筒在庄里庄外踢踢踏踏地走来走去，在这样夜游神一样的巡逻中，我常常看见许多白天难得一见的动物，有时是一条蛇，它像一截烂绳，只是长长的身体扭几扭，便滑进了田埂旁的草丛里。有时是几只鬼头鬼脑的猪獾，它们听到我的声音，马上就扑扑通通一阵乱响，从庄稼地里惊慌失措地逃窜而去。甚至有时是几头野猪，或者是行动敏捷、眼睛里总是汪着两洼惊恐的一两头草鹿。有几次，我甚至看到了几颗流星，它们从中天的天幕上倏忽滑落，有的拖着长长的银色尾巴，有的像一粒迅速迸落的火粒，我甚至听到过流星滑落时的一种声音，那种声音隐约、尖细，就像长长哨音的尾段，我说给村庄里的乡亲们，但他们却没有一个人相信。

在夜晚我最多遇到的还是村庄里的一些老人。尤其在月光如水的皎洁深夜，在村庄外的野地里，或者在村头的大路上，我常常和一两个孤独的老人不期而遇，他们有的是抄着手佝偻着腰身在夜晚里踌躇而行，有的则是满腹心事的样子，一个人拖着自己蹒跚的瘦弱影子，缓缓地走走停停、停停走走。我遇到过村南大柳树下的四大爷，他在夜晚总是在庄北的山脚旁晃荡，他老迈瘦弱的身子甚至踏不出一丁点儿的脚步声。还有那白发稀疏、一脸苍凉的六根爷，他总是在庄南的坟地旁，有时停下来抬头静静地仰望头顶的星星或月亮，有时轻轻地长叹几声或者轻轻地咳嗽。

我思谋不明白这些老人们为什么喜欢在夜晚的深处这样一夜一夜地晃荡，但我却并不打扰他们，任他们就在这冥寂的静夜深处默默地夜游。有时蹲在守青的窝棚里，我也忍不住一个人反复揣度，他们如此寂寞地在村庄里夜游，是在怀想他们自己已经过的年轻时光，还是在搜寻他们已逝岁月的影子？是人生暮年的一种不甘，还是灵魂对短暂生命的一种垂危挣扎？是对自己曾经生活场景的一种追溯，还是对曾经流年的一种缅怀？是的，他们毕竟老了，他们在这村庄四周的田野里劳作了一辈子，他们在这岛似的村庄里生活了一辈子，他们曾经那么孔武地在这村庄里朗声大笑或者破声号啕过，也曾经在村庄里主宰生活过或卑微或屈服过，但一切都离他们远去了。他们曾经嗵嗵作响吓得鸡飞狗跳的脚步，现在甚至吓不息那些草丛中叽叽的虫鸣，他们曾经虎虎生生的腰板，现在甚至挟不动夜晚里的一丝微风，他们像一滴即将被泥土洇干的一滴露珠，像一声转瞬就被冥寂消散的无奈叹息，除了在这空旷无人的深夜一个人静静地怀想，他们还能做些什么呢？

他们让我感到了一种生命的苍凉，也让我对夜晚深处形影相吊的蹒跚怀想充满了怜悯，我知道，在所有的村庄里，在所有村庄冥寂空旷的深夜里，都有这样的老人在默默地夜游着，在惆怅而忧伤地一个人静静怀想着，他们是村庄时光中的一种轻叹，他们是生命在岁月中的一种无奈，他们是灵魂飘荡出的一缕惆怅。

我一直默默怜悯那些在夜晚深处寂寂漫游的村庄老人们，直到有一天夜晚，当我满腹心事下楼去街上散步的时候，我才蓦然清楚，那是多么幸福的一种寂寞夜游啊，他们的前边，是自己生活了一辈子的村庄，他们的身旁，是他们春种秋收了一辈子的小路和田塍，吹拂他们的，是他们熟稔了一辈子的乡野夜风，在这样皎洁的月夜里静静夜游，村庄、田野、山岗、河流，都是他们细细咀嚼与回想的真实场景，夜游的夜晚一切都是属于他们自己一个人的。月亮、星子、流萤、虫鸣，一直都是他们苍老心灵中永恒的生命幕布。而我们呢？浮萍一样被生活的风左右着，从一个小区到另一个小区、从一个街道到另一个街道，甚至从一个城市到另一个城市、从一块大陆到另一块遥遥远远的大陆，假若有一天我们苍老到需要用回望或回忆支撑心灵与生命的时候，有哪一条街道可以让我们静静地散步？有哪一种场景可以给我们的灵魂以抚慰？有哪一种生活的熟稔可以让我们面对已经不多的岁月却显得从容而沉静？

我不知道有多少人还能拥有一个属于他自己的村庄，也说不清楚还有多少人能在自己故乡的月夜里一个人神定气闲地静静踱游，甚至说不清楚，还有多少人能在一个浮躁的岁月里，能让自己的思绪在故乡的山野间默默地踌躇，但我一直梦想着，当我苍老年迈的时候，就让我卷起一生漂泊的沉沉行囊，拍落我满身的仆仆尘埃，在冥寂的月夜里，沉入到故乡的小路上去，沉入到老家的田塍上去，让湿润的夜风轻轻抚摸我，让叽叽的虫鸣一声声唤醒我，让氤氲的夜露缓缓淘洗我，让我披着月色和星光，从容地怀想着，静静地在夜色里溯时光远去。

因为夜晚是最沉静的时光。

因为村庄是最接近泥土的地方。

因为泥土是生命唯一永恒的归宿。

·总有一些事情在大地上醒着

黄昏的时候，暮色从四边的山峦和田野里慢慢回到了村庄，那些在矮山上吃草或者在田野里劳作的牛，跟着扛了一捆青草、柴火，或者是被泥土擦得锃亮的农具的牧人或农人们踢踢踏踏地踏着暮色回来了。那些蠕动的灰白色山羊们，它们像一团团涌动的云朵，唇齿上还弥漫着青草的腥香，往往是一撮胡须被草汁染成暗绿色，它们也意犹未尽地飘回了村庄里。那些一天在野外觅食的鸟儿，它们慵懒地扇着翅膀，有些叼着虫子或草籽，有些叼着草茎或细微的树枝，也在暮色里飞回到村庄，回到屋檐下或者村庄里那些榆树和桐树树缝间草碗一样的鸟巢里去。在院子里叼了一天虫子的鸡一只一只回到了鸡窝，在村庄野地和巷道里浪荡了一天看不见踪影的狗不声不响地溜回到家里，蹲卧在被暮色染暗的檐下或大门口。一切都带着怀想回到了村庄里，夜晚的村庄是一切睡觉和做梦的地方。

喧嚣在暮色里沉淀不久，村庄就沉沉地睡了，就像一个劳碌了一天疲惫不堪的老人，头一挨着枕头便呼呼睡着了。灯一盏一盏地熄了，星星一颗一颗地稠了，人的鼾声，牛羊不紧不慢地睡觉时的反刍声，还有鸟儿们露珠一样偶尔跌落的梦呓声，使夜晚显得越发的沉静，仿佛一切都暖暖地睡着了，天地、时光、村庄里的人们和牲畜，鸟儿、猫和那些把脑袋贴在地上的狗们，夜色让一切都沉沉睡熟，让一切生灵都沉入到睡梦中去了。

但总有一些东西在夜晚是醒着的。

那年七月，我在紧靠庄子的后地守青，拎着一个手电筒和破锣，支了一张柴床在庄稼旁的草庵中。睡上一觉，便要侧上耳朵听上一听，假如玉米地里有窸窸窣窣或刺刺啦啦的声音，那肯定是猪獾在糟蹋庄稼。于是就起身拧亮手电筒，把雪白的光束往玉米地深处刺上一刺，吓跑那些偷庄稼的猪獾。或者是悄无声息地爬起来，蹑起脚尖走到窸窣声最热闹的地方，猛然抡起胳膊，咣咣地打一阵响锣，吓得那些猪獾没命地逃窜，三五天惊魂难定，不敢再来糟蹋玉米。很多个夜晚，我睡不着觉，一个人半卧在草庵里抽烟或者想些乱七八糟的事情。远处的村庄睡熟的时候，玉米地却嘈杂了起来，噼噼啪啪地像下起了一片硕大的雨滴，那响声无边无际的，一声声清脆、响亮，像石粒掉在阔大玉米叶子上，像鸟鸣滴在宁静的池塘里。伸头望望庵外，星粒闪烁，一弯残月斜挂在天上，根本没有落雨的样子。直到第二天清晨的时候，我才惊讶地发现，地里的玉米秆子在一夜之间又长高了许多，茎梢的顶上又冒出一截蛋黄一样的新茎，又隐隐长出一片嫩嫩的新叶。原来是玉米拔节生长的声音。

村庄睡着了，地里的庄稼没睡着，田野里的泥土没睡着，村庄在夜晚沉沉睡熟的时候，庄稼和泥土们是醒着的。

还有一年，那是我十六七岁时的一个春天，我家刚刚搬到庄南头的新居里，那是一座土屋，墙用新泥搪过，地用榔头狠命地砸瓷捶光过。有一天我弯腰在床底下潮湿的纸箱里找书，看见床底下的地上钻出一根鸡蛋粗的白色树芽来。我没理睬它，思谋床底下的东西难道还会成就出什么气候来？夜里睡觉的时候，我也没想到过那棵就长在我床底下的树芽。第二天早上起床伸手去床里边摸衣裳的时候，我在衣裳下摸到一个又光又滑的东西，我大吃一惊，还以为是蛇呢，但定下神来一看，竟是那棵树芽，白白的、嫩嫩的，顶梢拳头一样没展开的地方，裹着一层滑腻的胎液。一夜竟长得比我床还高了，这鬼东西，我睡着了、村庄睡着了，但它醒着。如果不理睬它，说不准有一天一觉醒来，我会发现自己已经浑然不觉地睡到了它长成的树上去。

我钻到床下拔掉了它。我知道，它是那棵泡桐树根绽出的新芽，那是一棵高大的泡桐，原来就长在我放床的地方，盖房时它碍事，就把它锯了，又挖六七尺，刨出它深藏的树墩，没想到它还会靠那些残根冒出树芽来。

在那座屋里，在那张床底下，我曾一次又一次拔掉过许多冒出的苍白树芽，直到几年后，当我拔得有些心烦意乱时，它才终于不再冒出新的树芽来，我想它终于睡着了，那棵泡桐树的灵魂终于睡着了，或许是永远睡着了。

前年老家的那座土屋坍塌了，家里人也没理睬它，不想从我以前放床的地方竟长出一棵树苗来，一个春天竟然长出了丈余高，我很惊讶，思谋已经十多年了，它已经睡熟再不会醒来了，但它依旧醒着，几滴残雨几缕风它又长成一棵树了。

牲畜睡了、我们睡了、村庄睡了、鸟儿睡了、世界睡了，但还是有些东西在我们睡熟时它却醒着，在鸟儿发出梦呓、在我们呼呼打着短促的鼾时，它们在醒着、生长着，打量着这个世界。

泥土是不会睡着的，灵魂是不会睡着的，时光是不会睡着的，在我们沉沉睡着的时候，它们还醒着。

我终于明白,即使在我们已经睡熟或沉醉的时候,总有一些东西在大地上醒着。

爱的力学

他是一个研究力学的专家，在学术界里成绩斐然。他曾经再三提醒自己的学生们："在力学里，物体是没有大小之分的，主要看它飞行的距离和速度。一个玻璃跳棋弹子，如果从十万米的高空中自由落体掉下来，也足以把一块一米厚的钢板砸穿一个小孔；如果是一只乌鸦和一架正高速飞行的飞机相撞，那么乌鸦的肉体一定会把钢铁的飞机一瞬间穿出一个孔来。"

他说："这种事在苏联已经屡次发生过。所以我提醒大家注意，千万别抱任何把高空里掉落的东西稳稳接住的幻想，即使是一粒微不足道的沙子！"

那一天，他正在实验室里做力学实验。忽然，门被哐当一声推开了，他的妻子惊恐万分地告诉他，他们唯一的先天有些痴呆的女儿爬上了四层楼顶，正站在楼顶边缘要练习飞翔。

他的心唰地吊到嗓子眼，一把推开椅子，连鞋都没来得及换就跑出去了，他赶到那座楼下的时候，许多人都已经惊慌失措地站在那里了。他的女儿穿着一条天蓝色的小裙子，正站在高高的楼顶边上，两只小胳膊一伸一伸的，模仿着小鸟飞行的动作想要飞起来，看见爸爸来了，妈妈也跑来了,他的小女儿欢快地叫一声就从楼顶上起跳了,很多人吓得啊的一声连忙捂住自己的眼睛,看到那小鸟般的女儿正飞速地垂直下落,平时手无缚鸡之力的他突然推开紧拉着他的学生们,一个箭步朝那团垂落的蓝云迎了上去。

“危险!——”

“啊!——”

随着一声惊叫,那团蓝云已重重砸在他高高伸出的胳膊和身上,他感到自己像被一把巨锤猛地狠狠砸下,腿像树枝一样咔嚓一声,整个人就眼前一黑什么也不知道了。

他醒来的时候,已经躺在医院的抢救室里六天了,脑子还算好,可是下肢已彻底没有了感觉。泪水涟涟的妻子和他的学生们埋怨说:“你是搞力学的,怎么能不知道那样做太危险?”

他笑笑,看看床边自己那安然无恙的小女儿,说:“我知道危险。搞了半辈子力学,我怎么能不懂这个呢,只是在爱里边,除了爱,没有力学。”

爱没有力学。一只母鸟虽然害怕一粒小小的子弹对自己翅膀的打击,但在一只比子弹大得多也重得多的雏鸟从巢口坠落时,它会闪电一样毫不迟疑地迎上去。一头母牛带着牛犊遭遇野狼袭击,它会用自己的肉体和鲜血去护卫自己那幼小而孱弱的牛犊……

在爱里,除了一种比钻石更硬的爱的合力之外,再没有其他任何力学。爱是灵魂里唯一的一种力。

心灵的温度

教授的一群学生要离开教授毕业了，最后一堂课，教授把他们带到了实验室。皓首的教授说，这是我给你们上的最后一堂课了，这是一堂最简单的实验课，也是一堂最深奥的实验课，我希望你们以后能永远记住这最后一堂课，因为这对你们的一生将十分有益。

教授说着，取出了一个玻璃容器，又往容器里注入了半容器清水。教授说："这是常态下的水，如果把它倒进一条小溪里，它将能流入大河，然后和许多水一道奔流着涌进大海。"教授把盛水的容器放进一旁的冰柜说："现在我们将它制冷。"过了一会儿，容器端出来了，容器里的水凝结成了一块晶莹剔透的冰块，教授说，0℃以下，这些水就成了冰，冰是水的另一种形态，但水成了冰，它就不能流动了，诸如南极极地的一些冰，它们待在那里几千年几万年了，几千米外的地方它们都不能去，更别说是流向大河、流向大海了，它们的全部世界就是它们立足之地的那丁点大的地方，我们实在替这种水感到深深惋惜和悲哀啊。

"现在，我们来看水的第三种状态。"教授边说边把盛冰的玻璃容器放到了酒精炉上，并点燃了熊熊的火焰。过了一会儿，冰渐渐融化了，后来被烧沸了，咕咕嘟嘟地翻腾出一缕缕乳白色的水蒸气，在实验室里静静地氤氲着、弥漫着。

过了没多久，容器里的水蒸发干了。教授关掉酒精炉让同学们一个个验看玻璃容器说："谁能说出那些水到哪儿去了呢？"学生们盯着教授，他们不明白这最后一堂课，学识渊博的教授为什么给他们做这个最简单的实验呢？这是他们在初中甚至在小学时都已经做过的实验，它太简单了，简单得简直让大家都懒得去回答。

教授看着那些不愿回答这个幼稚得有些可笑的问题的学生们说："水哪里去了？它们蒸发进空气里，流进蓝蓝的辽阔无边的天空里去了。"教授微微顿了一顿说："你们可能都觉得这个实验太简单了，但是，"教授口气一转严肃地说，"它并不是一个简单的实验！"

教授瞅一眼那些迷惑不解的学生说，水有三种状态，人生也有三种状态，水的状态是温度决定的，人生的状态也是自己心灵的温度决定的。教授说："假若一个人对生活和人生的温度是0℃以下，那么这个人的生活状态就会是冰，他的整个人生世界也就不过它的双脚站的地方那么大；假若一个人对生活和人生抱平常的心态，那么他就是一掬常态下的水，他能奔流进大河、大海，但他永远离不开大地；假若一个人对生活、人生是100℃的炽热，那么他就会成为水蒸气、成为云朵，他将飞起来，他不仅拥有大地，还能拥有天空，他的世界将和宇宙一样大。"

教授微笑着望着他的学生们问："明白这堂最简单的实验课了吗？"

"不，这不是一堂简单的实验课！"他的学生们异口同声地说。

"让你们对人生、对生活的温度最少保持在100℃，这样你们的人生世界才能最大。这就是我这堂实验课的最终实验结论。"教授微笑着说。

同学们哗地鼓起了雷鸣般的掌声。他们记住了这最后的一堂实验课，他们知道了心灵的温度将会决定一个人的生活和一生，有一些实验看似是简单的，但简单里却深深蕴含着丰富的人生哲理。

谁能忘记这堂最后的实验课呢？人生的课，人们会用一生去铭记。

·给每棵草以开花的机会

朋友去远方做事，把他在山中的庭院交给我留守，那是一座幽静而美丽的院落，在一片苍苍郁郁林子的中间，红瓦青砖，院子内外鸟语花香，就像是一幅幽美的风景画。

我尤其喜欢这个庭院的院子，有半个篮球场大，除了临墙的地方扎了一道篱笆种些时令蔬菜外，其余的地方都空着，清晨或黄昏时，搬一把小椅子坐在院子里品茗读书，天空里云舒云卷，或朝阳或落照，耳边是鸟语和缕缕山野清风，这时读一卷旧书，挺有古典的诗意。

朋友是个辛勤人，院子里常常打扫得干干净净、寸草不生。而我却很懒，除了偶尔扫一扫院子里被风吹进来的一些落叶，那些破土而出的草芽我却从不去拔它。任它们潜滋暗长地疯长去。初春时，在院子左侧的石凳旁，冒出了几簇绿绿的芽尖，叶子嫩嫩的、薄薄的，我以为是汪汪狗或者茇茇草呢，也没有去理会它，直到二十多天后，它们的叶子蓬蓬勃勃伸展开了，我才发觉它们不是汪汪狗或茇茇草，叶子又薄又长，像是院外林间里幽幽的野兰。如果真的是野兰，家有幽兰徐徐绽香，那将多么富有诗意啊。

暮夏时，那草果然开花了，五瓣的小花氤氲着一缕缕的幽香，花形如林地里那些兰花一样，只可惜它是蜡黄的，不像林地里的那些野兰，花朵是紫色或褐红的。我采撷了它的一朵花和几片叶子，下山去找我的一位研究植物的朋友，朋友一看，顿时欣喜若狂，忙问我这花是在哪儿采到的，我同他讲了，朋友欣喜地恭贺我说："你发财了！"我不解地望着朋友，朋友兴奋地解释说："这是兰花的一个稀有品种，许多人穷尽了一生都很难找到它，如果在城市的花市上，这种蜡兰一棵至少价值万余元。"

"蜡兰？"我也愣了。

夜里，我就挂电话把这喜讯告诉了远在南方的朋友。"蜡兰？一棵就价值万元？就长在我院子的石凳旁？"朋友一听也愣了。过了一会儿，他告诉我说，其实那株蜡兰每年都要破土而出的，只是他以为它不过是一株普通的野草而已，每年春天它的芽尖刚出土就被他拔掉了。朋友叹息说："我几乎毁掉了一种奇花啊，如果我能耐心地等它开花，那么几年前我就能发现它的。"

是的，我们谁又没有错过自己人生中的几株蜡兰呢？我们总是盲目地拔掉那些还没有来得及开花的野草，没有给予它们开花结果证明它们自己价值的时间，使许多原本珍奇的"蜡兰"总是同我们失之交臂。

给每一棵草以开花的时间，给每一个人以证明自己价值的机会，不要盲目地去拔掉一棵草，不要草率地去否定一个人，那么，我们将会得到多少人生"蜡兰"啊！

·高贵的秘密

一个精明的荷兰花草商人，从遥远的非洲引进了一种名贵的花卉，培育在自己的花圃里，准备到时候卖上个好价钱。对这种名贵花卉，商人爱护备至，许多亲朋好友向他索要，一向慷慨大方的他却连粒种子也不给，他计划繁育三年，等拥有上万株后再开始出售和馈赠。

第一年的春天，他的花开了，花圃里万紫千红，那种名贵的花开得尤其漂亮，就像一缕缕明媚的阳光。第二年的春天，他的这种名贵的花已繁育出了五六千株，但他和朋友们发现，今年的花没有去年开得好，花朵略小不说，还有一点点的杂色。到了第三年的春天，他的名贵的花已经繁育出了上万株，但令这位商人沮丧的是，那些名贵花的花朵已经变得更小，花色也差多了，没有了它在非洲时那种雍容和高贵。

当然，他也没能靠这些花赚上一大笔。

难道这些花退化了吗？可非洲人年年种养这种花，大面积、年复一年地种植，并没有见过这种花会退化呀。百思不得其解，他便去请教一位植物学家，植物学家拄着拐杖来到他的花圃看了看，问他："你这花圃隔壁是什么？"

他说："隔壁是别人的花圃。"

植物学家又问他:“他们种植的也是这种花吗?”

他摇摇头说:“这种花在全荷兰,甚至整个欧洲也只有我一个人有,他们的花圃里都是些郁金香、玫瑰、金盏菊之类的普通花卉。”

植物学家沉吟了半天说:“我知道你这名贵之花不再名贵的致命秘密了。”植物学家接着说:“尽管你的花圃里种满了这种名贵之花,但和你的花圃毗邻的花圃却种植着其他花卉,你的这种名贵之花被风传授了花粉后,又染上了毗邻花圃里的其他品种的花粉,所以你的名贵之花一年不如一年了。”

商人问植物学家怎么办,植物学家说:“谁能阻挡住风传授花粉呢?要想使你的名贵之花不失本色,只有一种办法,那就是让你邻居的花圃里也都种上你的这种花。”

于是商人把自己的花种分给了自己的邻居。次年春天开花的时候,商人和邻居的花圃几乎成了这种名贵之花的海洋——花朵又肥又大,花色典雅,朵朵流光溢彩、雍容华贵。这些花一上市,便被抢购一空,商人和他的邻居都发了大财。

近朱者赤,近墨者黑。高贵也是这样,没有一种高贵可以遗世独立。要想保持自己的高贵,就必须拥有高贵的“邻居”,要想拥有一片高贵的花的海洋,就必须与人分享美丽,同大家共同培植美丽。只有这样,我们才能保持自身的纯洁和华贵。

心灵无私,这是我们保持自身高贵的唯一秘密。

路，在没路的地方

有个喜爱摄影的朋友，他镜头下的摄影作品总是那么与众不同，他的视角总是那么令人击节称奇。面对他的一叠叠获奖证书和一尊尊艺术摄影大赛的奖杯，作为他的朋友，我们讨论过好多次。

有人说，是他的相机好。有人说，是他的艺术功力深。也有人说，是他的运气好，那么十几个风景名胜区，还不整天都是游人如蚁？但有的人运气不好，要么去晚了，或者是去早了，总之与自己所需要的景物总是失之交臂，就像登泰山看日出，有的人去了，但偏偏赶上了阴雨天，有的人去了，却恰恰遇上了大雾天。但我们这位朋友总是运气好，他要拍摄蓝天，就有片片白云；他要拍摄秋色，就有树树红叶……

我们羡慕地说："拍摄照片，你相机好，运气也好，所以你的摄影作品好。"他听了，先是一愣，然后哈哈大笑："拍摄作品，跟运气有什么关系呢？好吧，"他神秘一笑，"下次外出拍摄，我带你们一块儿去。"

不久，我们果然就有了一次共同外出游历的机会。在那里，我们一群人生怕错过了一个个风景点。七嘴八舌地纷纷向导游小姐询问如何才能平安、快捷、全方位地游览每一个风景点。但那位搞摄影的朋友却对这一切漠不关心，根本不怎么理睬那些导游小姐们，只是和一群坐在景区山脚下的本地山民们套近乎，和他们兴致勃勃地谈笑，对着巍峨起伏的大山指指画画，当我们前呼后拥地跟着景区的导游就要登山时，他笑着跑过来了，高兴地举着一张画满点点线线的纸说：“想拍摄最美照片的可以跟我走！”

我们都诧异地说：“怎么能跟你走？那些最美的地方不是一个一个的风景点吗？不去风景点，哪里才能拍摄到最美的风光照片呢？”

他笑了笑说：“大家都去的地方，哪能拍出与众不同的照片呢，最好的风景，就在那些人迹罕至处啊！”有人低声嘀咕着问他：“你要去的地方有路吗？”

“路？”他朗声大笑说，“有路的地方我从来不去！”

“你要去的地方危险吗？”又有人嘀咕着问他。他笑了笑说：“当然危险了，不危险怎么能有出人意料的风景呢？”大家都不说话了，只是静静地望着他。他仿佛突然想起一件什么事情来，迈步走到我的面前，然后把挂在他脖子上的数码相机取下来挂到我的脖子上，把我那台老掉牙的相机挂到他的胸前挥了挥手说：“朋友们，看我们谁能拍摄到最美的作品！”然后就一个人攀巨石、劈荆棘，离开我们和导游走了。

两天后，在景区山脚下的宾馆里，当我们每个人都亮出自己的摄影作品时，我们都被他作品中的那种峻奇、壮美和恢宏惊呆了，连这个景区的所有导游和经理都难以置信：自己的景区难道还有如此秀美的风光？

在大家的一片惊奇和啧啧称赞里，朋友轻描淡写地说：“熟悉的地方没景色，最美的风景，往往都在路远远不能抵达的地方。”

我听了，心里豁然一亮，是啊，熟悉的地方没景色，在人生的旅游图上，有多少人是敢于跳出人生的固定路线，而给自己的人生另辟蹊径的？我们都是循着前人的脚印走，看前人欣赏过的一个个人生景色，如何能让自己的生命活出与众不同的况味呢？

要使我们人生拥有与众不同的风景，就必须让自己的生命走一条与众不同的旅程。人生常常是这样：只有不甘于寂寞的生活，才有非同凡响的人生！

偷　秋

秋虫在墙根的草丛里开始唧唧鸣叫了，开始有雁阵从更远的北方飞来，然后掠过村庄向南飞去。向阳的山岗上，一树的黄叶不知不觉就染黄了一片树林，就像太阳遗忘在山岗上的一片阳光。然后那黄色顺山而淌，只是几个夜晚的工夫，它们便漫过山腰和山脚，几缕沁凉的风刷过去，苍绿的田野一下子就黄了。村庄周围的玉米林黄了，玉米行间套种的豆秧黄了，河滩沙地上的花生秧黄了，灌河边的稻田也黄了，就连那一脉蓝得乌亮的灌河水也被染黄了，它像一卷淡黄的丝绸，静静地沿庄西的山脚蜿蜒着向南铺去。

庄子里勤快的人，就开始着手拾掇农具，老人和妇女们忙碌着修铲那被夏雨中的燕鸟们叼得凸凹不平的稻场，牛拖着石磙，在空旷的稻场里辗来辗去，吱呀吱呀的石磙声几乎穿透了静谧的村庄，在村庄空荡的上空此起彼伏地回响着。初秋的时光，就在一片轻微的骚动中溜走了。农历八月的月亮将圆时，大地已经熟透了，风变得浓稠了，庄稼的腥香和村庄中桂树的浓香混合弥漫着，似乎村庄就像一只烤熟的、飘溢着野香的玉米棒。八月十五夜里，夜空澄明，圆圆的玉盘似的月亮还未从村庄东边的山岗上升起时，村庄里许多人家的晚饭已经摆上了，一盘月饼，几个烤熟的玉米棒，一盘花生，一盘熟得裂口的板栗，三五碟又香又辣的菜肴，一坛新开封的稠米酒或玉米烧，一家人坐在庭院里的树下，边笑声盈盈地说话，边咻咻溜溜地咂酒。也有些喜欢热闹的人，他们呼朋引伴，聚三五个知己，或唤来七八个亲戚，在月光下摆开宴席，高声划拳猜枚，大块吃肉，大碗喝酒，惹得庄里的狗都踩着月色溜过来赶热闹。但一般人家是不多喝的，酒至微醺月上中天时，大家还要披着夜色去偷秋呢。尤其是村庄里的那些孩子们，前些天早瞄上别人家的几个滚圆秋梨、几盘葵花盘子，或者是别人家的几根甘蔗和瓜果。别说是长在村庄周围的庄稼地里的，就是长在人家庭院里的他们也敢去偷了，因为今天夜里的偷不算偷，即使被人发现甚至逮住了，也不会被人呵斥的，顶多是几声笑骂："几时就瞄上俺的东西啦，这群贼崽子！"

月亮挂到中天时，庄里的人便三三两两出庄了，披着银银的月辉，有的来到河边的果园里，蹑手蹑脚钻到树下摘几个苹果、秋梨，看果园的老头坐在庵棚里瞅得一清二楚，可他绝不会喊一声，任乡亲们偷几个尝鲜去。也有更放肆的，知道守果园的坐在窝棚里，却要对着窝棚喊："偷秋了。"看园的老头佯装没听见，任他们"偷"，任他们坐在果树下嚓嚓香甜地吃去。当然，果园里的老头也是要去偷一把的，去邻地里扯几秧颗粒已经饱满的花生，去旁边的玉米地里偷掰来一个玉米棒，或者坐在庵前的月色里偷偷想一些遥远的往事儿。

这个夜晚，许多人到中年的人也往往夫妇俩肩并肩或一前一后潜入月色中去，他们的婚姻大多靠的是媒婆之言，年轻时很少这样浪漫过，很少在月色下这样悠闲地肩并肩甚至手携手逛荡过、沉醉过，他们走完一段田塍，又踅向另一段田塍，直到腿走累了，才只好意犹未尽地回去。但他们今晚是出来偷秋的，在庄稼地里转悠了半夜，总不能空着两手回去吧，于是他们掰了别人的一个玉米棒，或扯了一棵别人菜地里的葱就回家了。这个夜晚，最不知疲倦的是村庄里的孩子们，瓜果、花生、几盘向日葵，甚至一根秋黄瓜，往日里他们渴望的东西，今天夜里他们东钻西潜全偷回来了，兴高采烈地堆放在他们自己的床头，他们拥着这些东西终于甜甜地睡熟了。

庄子里常常有许多偷秋的逸闻趣事儿，例如庄东头的靳四爷早看上了刘老六家的一个金黄色牛腿大南瓜，偷秋时偷回来了，第二天一看，不是金黄色的那个，而是另一个嫩嫩的绿皮牛腿瓜，让他空欢喜了一场。还有庄中央白金贵的愣小子白坤子，趁偷秋跑到邻庄去和姑娘幽会，恰被出庄偷秋的姑娘父亲撞上了，限令他几天后央媒去攀亲。在我们米家庄最笑人的偷秋趣事儿是，庄南老头陈贵老眼昏花去偷秋，竟偷到自家的菜地里，把家里人留在地里留作瓜种用的几根老黄瓜给偷回来了……

庄里偷秋都只是象征性顺手牵羊那么一点点，老人们说，秋是要偷的，你不偷一点点，那些好收成很快就被日子带走了，你偷秋，就偷来了好收成的种子，明年后年就要风有风要雨有雨，你就有好收成好运气了。村庄人平时是很瞧不起“偷”字的。但偷秋是例外，他们是渴望从岁月中偷出一点好时光，是渴望从丰收的季节里偷出一点好记忆，是渴望从劳碌的生活中偷出一缕朴素的温馨和情趣。

在村庄的中秋之夜，皎洁如霜的月色下，一群群的村庄人悄悄穿行在田塍和玉米林之间，他们或许只偷到了玉米林中的一个玉米棒，只偷到了稻田里一枚沉甸甸的稻穗，但他们却从岁月中偷到了他们梦想的秋天，从忙碌的劳作中偷到了一片悠闲的月色。

而我们又从岁月中偷到了一点什么呢？

儿嫌母丑

我的母亲是容貌丑陋的乡下女人，刚刚懵懵懂懂时，我就知道遮丑了。我不同母亲一块儿上街，喊在田里劳作的母亲回家时，我只是很快地跑到她的身边，低低地朝她喊一声，便飞快地、独自一人跑开了。

别人家的小孩都让母亲拉着小手送到学校去。但我不，我拒绝接送。我知道，很多个夜晚下了夜自习，我一个人沿着漆黑的街巷走，身后那远远跟着我的黑影，那不紧不慢的一串脚步声，就是母亲。但我还是假装不知，我怕突然走到一盏路灯下，让别人窥见了我有一个丑不忍睹的母亲。

因为丑，自惭形秽的母亲一向都是孤独和寂寞的。她不走亲串戚，不到人潮如流的集镇上去，她从不高声说话，总是一个人默默地忙碌在家务和田间地头。

母亲很爱看戏，但她很少到戏场去，就是仗着夜色去了，也是不声不响地远远坐在角落里，而且往往是去得最迟、走得最早的一个。她没有看过一场完整的戏，不是没听到开场的锣声，便是没有看到煞尾的好戏，回到家里就靠父亲那笨拙的口舌给她补完整一场戏。因此在镇上，母亲像是一个被人难以看到的幽灵，许多人都渐渐地把她淡忘了。

临近大学毕业的那年夏天，我的女朋友小月固执地要同我去乡下见见我的家人，我百般阻挠无效，只好忐忑地硬着头皮领她回了乡下的老家。

推开家的木门，母亲正坐在院子中搓洗衣服，见了我们回来，母亲慌手慌脚地站起来。女朋友见了母亲的模样，一时怔住了，我脸唰地红了，尴尬地撒谎说：“这是我的大婶。”

我看见母亲一愣，微微地一个哆嗦，但是，母亲什么也没有说，强装镇定地朝我们笑笑，便把我们迎进了屋里。

那两天，小月一个劲儿地问我母亲，我左遮右拦，眼看就要现出马脚来，母亲忙帮我掩饰说：“他妈走亲戚去了，要好多天才能回来，我是替他们家照看一段门户的。”母亲笑着说完就轻轻扭身出去了。我看见母亲在墙角偷偷地擦了一把眼泪。

我在省城结了婚，只给家里草草写了一封信，母亲接信后，给我们汇来了1000元，汇款单的留言栏上留了几个黑点。我想这可能是我母亲欲言又止吧！1000元，虽然对于城里人不算什么，但对于一个只靠卖粮挣钱的乡下人来说已经接近天文数字了。捧着那张汇款单我感到一种从未有过的沉重。母亲，虽然在留言栏上您没留一句话，但我已深深感到了您的祝福。

妻子分娩前的一个月，一天，楼下的邻居转给我一个很重的包袱。他说是一个乡下妇女送来，托他转给我的。我忙问他送包袱的女人是什么模样，他比比画画地说了半天，并说了一句，很丑的一个老妇人。

他说，那个老妇人在楼下转了老半天，把包袱托给他，说是急着赶车走了，哦，那是母亲！回到家里，我打开包袱，全是花花绿绿的童衣童帽，我再也控制不住自己，放声痛哭了一场。我告诉妻子，那个我曾说是我大婶的女人，就是我母亲。她千里迢迢、风尘仆仆地搭车转车赶到这里来，为了儿子的颜面，竟临门而不入，留下她给儿子和未来孙子的满心慈爱，却连儿子的一口凉水也没有喝。

妻子也哭了。妻子说，她其实早就知道那大婶就是我的母亲。妻子说："她一点也不丑，她比许多女人都美，她是我见过的最了不起的妈妈！"妻子让我一定回家把母亲接来，她说："我们不仅要大大方方地喊她妈妈，还要陪她到大街走走。"

哦，母亲！走过我的母亲桥，漫长的岁月在祈祷，这边是风雨，那边是阳光，缕缕的白发飘呀飘。走过我的母亲桥，轻扬的微风在寻找，这边是牵挂那边是欢笑，再多的梦想也嫌少。亲我爱我的母亲桥啊，流不尽的故事忘不了。

永远永远的母亲桥啊，伴我一直走到老……

没有一种草不是花朵

那时我们还居住在深山里的乡下，那时我们都还是十五六岁的孩子。那是个春天，草儿刚刚被融雪洗出它们嫩嫩的芽尖，一群一群的燕子刚刚从遥远的南方迢迢地回到我们村庄的檐下，校园里的树上刚刚冒出一簇簇鸟舌一样的叶羽。老师告诉我们说，学校准备组织我们十几个学生，搭车到百里外的县城去参加全县的作文竞赛。我们一听又兴奋又担忧，兴奋的是我们能够第一次坐上大汽车了，能够有机会去县城看看繁华了；担忧的是我们这群山里的孩子，作文能赛过城里的那些少年们吗？

头发花白的老校长明白了我们的忧虑，他把我们这群孩子聚集在一块儿，对我们说："咱们都是山里的孩子，你们都常常上山下田，孩子们，你们谁能说出一种不会开花的草儿呢？"

不会开花的草儿？我们都歪着小脑袋想，蒲公英是会开花的，它的花朵金黄金黄的，秋天时结满降落伞似的小小茸茸呢；汪汪狗草也是会开花的，它狗尾巴似的绿穗穗就是它的花朵呢。噢，对了，就连那些麦田里的荠荠草也是会开花的，它的花洁白洁白的，有米粒那么大，像早晨那被阳光镀亮的一颗颗晶莹的露珠。我们想来想去，把田畦里、山岗上甚至地塍边的每一种草都想遍了，可是谁也没有想出有哪一种草是不会开花的。我们想了半天都摇摇头说："老师，没有一种草是不开花的，所有的草都会开自己的花朵。"

老校长笑了，说："是的，孩子们，没有一种草不会开花的，其实每一种草都是一种花朵啊，栽在精美花盆里的花是一种草，而生长在田塍边和山野里的草也是一种花啊。孩子们，不论我们生活在哪里，你们和其他人都一样，都是一种草，也都是一种花，记住，没有一种草不会开花的，再差的花朵也是一种草啊！"

几十年了，当我从深山里的乡下走进都市里的大学，当我从一名乡下青年成为城市缤纷社会一次次雷鸣般掌声的获得者的时候，我没有自卑，也没有浮躁过，我总想起老校长的那句话："没有一种草是不会开花的，而每一种花朵也是一种草啊。"

我们谁都不只是草，我们谁都拥有自己生命的花朵；我们谁都不仅是花朵，我们谁都是一种生命的青草。

人生的泥泞

17岁那年，我高中毕业了，同学们纷纷找亲托故，给自己找工作。

我央求父亲说："这一回你可得替我找找你的朋友和战友了。"父亲是名复员军人，他出生入死的一帮战友和朋友如今都手握重权，有的是厂长经理，有的是局长、主任，甚至他最铁的兄弟林叔叔，也已经是我们市的市长了。

父亲闷了好久问："找他们做什么？"

我说："给你儿子安排个体面点的工作啊！"父亲想了又想，没有回答我，缓缓地站起来对我说："走吧，跟爹到外面走走去。"

我跟着父亲默默无语地走到村外的大路上。昨夜刚落了一场大雨，这条黄土大路被雨水浸泡得泥泞不堪，一不小心，脚就会深深陷进又软又烂的泥淖里，我和父亲身后，留下了几行深深的脚印。一直走到村头的老槐树下，父亲才站住了，抚着我的肩头问："孩子，你能找出自己的脚印吗？"

我不解地指着自己的脚印说："怎么不能？瞅，这一串就是我刚才踩下的呢。"

"可有的人就找不到自己的脚印，他们一辈子坐轿骑马，"父亲叹了一口气十分惋惜地说，“他们连一个自己的脚印也没有留下，在这世上不是白走了一遭吗？”父亲看了我一眼，蹲下身子说：“孩子，来，趴到爹的背上来。”

我警觉地问：“干什么？”

父亲说：“让我背你回家。”

我委屈而有些愠怒地说：“我 17 岁了，我自己能走！”

“17 岁？ 70 岁又怎么样？”父亲执拗地说，“不管怎么说，今天老子我就要背着你回家！”

我知道父亲那种说一不二的脾气，没办法，我只好趴到父亲那宽厚而又坚实的脊背上，听父亲嗨的一声站起来，然后迈着深一脚浅一脚的步子，趔趔趄趄地踩着泥浆，驮着我朝家里走去。

父亲气喘吁吁，一直把我驮到家门口，才如释重负地把我放下来，缓了口气问：“你能找到你回来时的脚印吗？”我莫名其妙地说：“是你把我一步一步驮回家的，我怎么能找到我回家的脚印呢？”

父亲笑了，说：“你让我去求朋友们替你谋份既体面又轻松的工作，你想想，不就是同大家驮你走一样吗？”父亲叹了口气继续说，“老让别人驮着走，连你自己的一个脚印也留不下来，那可真是枉活一辈子了。”

看着回来时泥路上父亲那行沉重而趔趄的脚印，我说：“父亲，我懂了。”父亲说：“孩子，你记住，要想留下自己最深的脚印，就得选一条最泥泞的路走才行。”

第二天一清早，我便打起自己的背包，踏着村道上的深深泥淖出发了，我不能让别人驮着我走，因为到这世界上走一遭，我要留下自己的脚印。

让我长大的一句话

17岁那年秋天,我高中毕业了,和父亲站在一块儿,我的个头儿差不多和父亲一般高了,因为高考落榜,我整天和村里的几个小青年厮混在一块儿。

家里的人对此忧心忡忡。

秋末的一天上午,我和这群小青年在村东头遇见了城里来的一个鸡贩子,我们拦住他纠缠,鸡贩子一副不屑和我们纠缠的样子,说:"我还要收鸡呢,没时间和你们这群孩子磨牙。"

我们哈哈大笑起来:"爷们儿,你怎么知道我们就不卖鸡?"

被纠缠得无法脱身的鸡贩子十分不耐烦地说:"瞧你们都还是群毛孩子,能擅自做主卖你们家里的鸡吗?还不是找家长的揍!"

这几句话搅得我们这帮子年轻人火起,纷纷拍着胸脯说:"别以为我们做不了主呀,今天我们非把鸡卖给你不可!"于是纷纷自报自家要卖几只鸡,并个个充起买卖行家里手的模样,和鸡贩子七嘴八舌地讨价还价。

最后我们谈定一只鸡2元,让鸡贩子就坐在村头的古槐树下等我们,我们各自回家捉鸡来。

我将家里的12只鸡五花大绑着提到古槐树下，大大咧咧地把鸡摔在鸡贩子的面前说："数数吧，12只鸡，连一条鸡腿都不少！"鸡贩子眉开眼笑一叠声直叫："好好好，我这就付钱给你。"

这时，刚好父亲和母亲从地里挑粪归来，一看到我家那五花大绑堆在地上的公鸡、母鸡，母亲立刻惊叫起来。我知道这每一只鸡都是母亲一粒米一粒米一天天喂大的，现在，是我们家的银行呢。一家人的油盐酱醋全靠这几只鸡了。母亲说："你怎么能卖鸡？"

我不理睬母亲，斜着眼对惊慌失措的鸡贩子说："给钱吧！"

鸡贩子迟迟疑疑地对我母亲说："这鸡……还卖吗？"母亲说："这都是正下蛋的鸡呢，我们不卖！"

"卖！"这时父亲从人群后挤过来果断地拍板说，"就按你们刚才说定的价格卖吧。"母亲不解地看着父亲说："鸡卖了，以后油盐酱醋从哪儿来？一只鸡才2元钱，平常一只鸡最少也要卖6元钱的呀！"

"2元？"父亲愣了一下，又转身问我说，"这价钱你们刚才说定了？"我才知道，刚才自己几乎做了一桩太亏本的买卖，我有些不好意思地说："是2元钱一只。"

鸡贩子这时忙讪笑着对父亲说："如果2元不行，再商量商量，6元钱一只行不行？"父亲叹了口气说："价钱是太低了，可是你们刚才已经说定2元钱了，怎么能反悔呢？就按你们说定的卖。"鸡贩子一愣，但马上就掏出一沓钱数数递给父亲说："就按一只6元钱吧，这是72元钱，你数数，你数数。"父亲把钱推回去说："一只2元钱，12只24元钱，多一分我们也不要，已经说定了的，不能说反悔就反悔了。"

鸡贩子把24元钱递到父亲手里，慌慌张张地挑起鸡笼子溜走了。父亲轻轻拍了拍我的肩膀说："你已经17岁了，不再是个孩子了，说出的话，就如同泼出去的水，怎么能随便就反悔呢？长大了，就要对自己说出的每一句话、做下的每一件事负责，人不这样，怎么能活成个顶天立地的人呢？”

品味着父亲的话，陡然间我觉得自己长大了，已经一步跨过了孩提和成年的界限，变成了一个说话掷地有声、对自己所言所行负责的汉子。

我永远都不会忘记自己这特殊的成年仪式，在村头的老槐树下，12只鸡，24元钱，还有父亲那慈爱而严肃的脸，那随风飞向远方的一句句朴实而铿锵的话……

· 生命的林子

有一个僧人，可能就是唐玄奘吧，他刚剃发的时候，在法门寺修行。法门寺是个香火鼎盛、香客络绎的名寺，每天晨钟暮鼓，香客如流。玄奘想静下心神潜心修佛，但法门寺法事应酬太繁，自己虽青灯黄卷苦苦习经多年，但谈经论道起来，自己远不如寺里许多僧人。

有人劝玄奘说：“法门寺是个名满天下的名寺，水深龙多，聚集了天下的许多名僧，你若想在僧侣中出人头地，不如到一些偏僻小寺中阅经读卷，这样，你的才华就会很快光芒迸露了。”

玄奘自忖了许久，觉得这话很对，便决意辞别师父，离开这喧喧嚷嚷、高僧济济的法门寺，寻一个偏僻冷落的深山小寺去。于是玄奘就打点了经卷、包裹，去向方丈辞行。

方丈明白玄奘的意图后，问玄奘说：“烛火和太阳哪个更亮些？”玄奘说当然是太阳了。方丈说：“你愿做烛火还是太阳呢？”

玄奘认真思忖了好久，郑重地回答说：“我愿做太阳！”于是方丈微微一笑说：“我们到寺后的林子去走走吧。”

法门寺后是一片郁郁葱葱的松林。方丈将玄奘带到不远处的一个山头上，这座山头上树木稀疏，只有一些灌木和三两棵松树，方丈指着其中最高大的一棵说:“这棵树是这里最大、最高的,可它能做什么呢?”玄奘围着树看了看,这棵松树乱枝纵横,树干又短又扭曲,玄奘说:“它只能做煮粥的薪柴。”

方丈又信步带玄奘到那一片郁郁葱葱的林子中去,林子遮天蔽日,棵棵松树秀颀、挺拔。方丈问玄奘说:“为什么这里的松树每一棵都这么修长、挺直呢?”

玄奘说:“都是为了争着承接天上的阳光吧。”方丈郑重地说:“这些树就像芸芸众生啊,它们长在一起,就是一个群体,为了一缕阳光,为了一滴雨露,它们都奋力向上生长,于是它们棵棵可能成为栋梁。而那远离群体零零星星的三两棵树,一团一团的阳光是它们的,许许多多的雨露是它们的,在灌木中它们鹤立鸡群,没有树和它们竞争,所以,它们就成了薪柴啊。”

玄奘听了,便明白了。玄奘惭愧地说:“法门寺就是这一片莽莽苍苍的大林子,而山野小寺就是那棵远离树林的树了。方丈,我不会再离开法门寺了!”

在法门寺这片森林里,玄奘苦心潜修,后来,终于成为一代名僧,他的枝叶,不仅伸过云层,伸过了天空,而且,承接了西天辉煌的佛光。

是的,一个成才的人是不能远离社会这个群体的,就像一棵大树,不能远离森林。

真实的高度

大仲马是19世纪法国作家。他写了很多作品，其中最著名的有长篇小说《三个火枪手》《基度山伯爵》等。这些作品广为流传。

一天，大仲马得知他的儿子小仲马寄出的稿子总是碰壁，便对小仲马说："如果你能在寄稿时，随稿给编辑先生们附上一封短信，或者只是一句话，说'我是大仲马的儿子'，或许情况就会好多了。"

小仲马说："不，我不想坐在您的肩头上摘苹果，那样摘来的苹果没味道。"年轻的小仲马不但拒绝以父亲的盛名做自己事业的敲门砖，而且不露声色地给自己取了十几个笔名，以避免那些编辑先生们把他和大名鼎鼎的父亲联系起来。

面对一张张冷酷无情的退稿笺，小仲马没有沮丧，仍然不露声色地坚持创作。他的长篇小说《茶花女》寄出后，终于以其绝妙的构思和精彩的文笔震撼了一位资深编辑。这位知名编辑和大仲马有着多年的书信来往。他看到寄稿人的地址同大作家大仲马的丝毫不差，怀疑是大仲马另取的笔名，但作品的风格却和大仲马迥然不同。带着兴奋和疑问，他迫不及待地乘车去拜访大仲马。令他大吃一惊的是，《茶花女》这部伟大的作品，作者竟是大仲马名不见经传的儿子小仲马。

1848年,小说《茶花女》问世,使小仲马一举成名。1852年,《茶花女》又被改编成同名话剧,演出获得巨大的成功。

那位资深编辑曾经疑惑地问小仲马:“您为何不在稿子上署上您的真实姓名呢?”小仲马说:“我只想拥有真实的高度。”老编辑对小仲马的做法赞叹不已。

·分解成功

古印度人有个捕捉猴子的神秘妙法：在群猴经常出没的原始森林里，放上一张装有抽屉的桌子，抽屉里放一个苹果或者桃子，然后将抽屉拉开到猴子的手能插进去而苹果或桃子却不能拿出来的程度，猎人就可远离桌子静静地安心守候。每一次，猎人都可看见这么一幅可笑的画面：猴子将手伸进抽屉里取桃，桃子却怎么也取不出来，而猴子又死活不肯放弃，于是贪婪的猴子急得两眼直冒绿光，却又一筹莫展。

这种古老的方法让很多聪明的猴子轻而易举成了猎人手到擒来的猎物。

有一天，一个猎人又用这个方法准备擒捉一只在附近栖息了很久的猴子。

一会儿，那只猴子终于探头探脑走到了桌子旁边，它先将一只手伸进抽屉里取苹果，但苹果太大，抽屉缝又小，任它怎么努力还是取不出来。于是猴子又将另一只手也伸了进去，两只胳膊飞快地在抽屉里翻动，不一会儿，一个又大又圆的苹果被它用尖利的指甲抠削成一堆苹果碎块，猴子扔掉果核，用手掏出抽屉里的苹果碎块有滋有味地吃起来，吃完后，它心满意足地扬长而去了。

这只聪明的猴子将苹果抠成碎块化整为零了，它因此而获取了整个苹果，避免了贪婪的猴子失败的悲剧。

我们对于成功又何尝不是如此呢？许多人贪婪巨功，将自己的一生紧紧系在一个硕大的成功果实上，结果就像那些紧紧拿住苹果而束手待擒的猴子，忙碌了一生，连“苹果”的皮也没有尝到。而另一些人知道先将成功一点点分解，虽然每次得到的只是微不足道的一点点，但一次又一次的积累，使他们最终获取了圆满的成功。

巨大的成功，其实是从细微的收获开始的。

有一些花朵是为你开的

一个人在白云苍狗的岁月里能同多少朵花相遇?

一朵花在绽开和凋零之间能与多少人相遇?

我思谋过很多次,但我总也思谋不清楚。在这个叫米家坪的小村庄的后面,是我曾经耕种过十多年的庄稼,农历四月时那毛茸茸青麦穗上一粒粒数也数不清的小麦花,五月时庭院里火焰一般的一朵朵石榴花,田塍上的荠荠菜银末似的小白花,屋檐下像指甲大小蜡黄蜡黄的黄花苗花朵,还有村南头那棵老皂角树上米粒般大小、凋落时能谢落厚厚一地的皂角花,甚至村巷里那歪歪斜斜、一树一树一嘟噜一嘟噜的紫色或白色的槐树花,或者西边山岗上一枝条一枝条的迎春花和连翘花,草丛里一簇簇淡蓝淡蓝的桔梗花或一大朵一大朵褐红色的打碗花,当然还有许多许多我叫不出名字的或红、或白、或黄、或紫的无名花,它们或许曾经在四月的时候把花瓣飘落在我的头发或衣襟上,也或许它们的花粉沾在我的鞋子或被露珠洇湿的裤角上,但我没有弯下腰来细细打量或关注过它们,甚至没有为它们稍稍地逗留过。我知道那些花儿不是为我绽开的,它们是属于村庄的,是属于村庄里所有来来往往荷锄掮镐的人们的,是属于那些早出晚归在村庄与山岗上、村庄与河湾里的牛羊牲畜和嘎嘎大叫的鸭鹅家禽的，是属于那些被花色惹得兴奋地跳来跳去的鸟儿和那些嘤嘤嗡嗡的蜜蜂的。

我们的庭院和邻居们的庭院里也养着花，有的是一树几乎要把五月浸透得粉红的芙蓉，有的是一开就有碗大小的深红色的芍药，自然在初春时也会有一树一树雪白色的梨花和濡红色的一团团杏花，但我也清楚，它们也不是为我而绽开的，它们只是因为主人的殷勤和秋风渐紧时那一树硕大而甘美的果实。而一个人与一朵花的真正相遇，是灵魂与灵魂的一种相遇，是一种不能等待的偶然，是苍茫岁月中一种似梦似幻的邂逅，是一种无法说清但也无法逃避的渊源。

在花海似的村庄里生活了十多年了，但我从没有被一朵花打动过，也没有被一朵花点燃过，我甚至说不出路旁或庭院里许多花朵的名字，每每我看到有同伴被一朵花招惹得神魂痴醉时，或者看到一朵花被人喜欢得爱不释手时，我就有一些莫名的好笑和莫名的惆怅，我问整天眯着浑黄老眼坐在村头皂角树下的年迈老祖母说："为啥我就喜欢不上一朵花儿呢？"老祖母笑了说："那是你还没有遇上那朵为你才绽开的花朵。"我对老祖母的话深信不疑，我知道没有人会不喜欢花朵的，只是遇上或没有遇上罢了。但总有一朵花是为我而绽开的，也总有一朵花是只为你而绽开的，我们只需静静地等待着和它相遇。

直到20岁那年秋天，我一个人默默到庄西枯叶满地的山坳里打柴，傍晚的时候，当我满身疲惫地扛着一捆重重的枯梢趔趔趄趄走到一片落叶如毯的涧间阔地时，似乎突然被什么绊了一下子，双腿一软就仰面跌倒在那金黄金黄的厚厚落叶上，我实在太累了，也没有力气马上就翻身爬起来，我只好信马由缰仰躺在那弥漫着枯叶焦香和厚厚落叶层下那腐殖腥香交织的谧凉林地上，在闭眼深深呼吸的时候，忽然嗅到有一种淡淡的却又清新别致的暖暖馨香，那馨香比兰花清冽，比野梅甘饴，是我从未感知到的一种芬芳。寻着花香，轻轻扒开厚厚的落叶，在蓬松的落叶下，我发现了一朵指甲大小的花朵。这朵花的花瓣沿呈粉红，但由瓣沿向内过渡成褐紫，但花蕊周围却是一圈清爽的天蓝色。尤其是花蕊，那针尖般大小又细密的蕊柱，红蓝紫相间，像用彩线绒一根根小心翼翼地绣上去的，在轻轻的晚风中，那奇异的芬芳涟漪一般从中弥漫开来，就像一掬掬暖暖的香水，柔柔地彻底淹没了我的心魂。我想用颤颤的指尖轻轻地触抚它，但又怕自己的手太糙会伤了它；我想用自己的嘴唇去小心地亲吻它，但又担心自己的气息太浊会污了它。我远远地拢着手护着它，就像呵护着一只稍不留意就扇翅飞走的蝴蝶，就像呵护着一只汪着惊恐的鹿眼，就像呵护着一缕风轻轻一拂就会飘散的弱弱云岫。我静静地望着它，它也像温润的眼睛一样默默地望着我，直到夜幕从四周的涧谷深处不知不觉漫过来的时候，我才用枯叶小心地覆遮住它，然后才意犹未尽地荷柴离开了。第二天我又赶到那里，但翻尽了枯叶，寻遍了周遭所有的石缝，但却再也寻不到那一朵花儿了。直到纷纷扬扬的大雪封山之前，我都像一个怅然若失的落魄之人，在那一片不大的林涧间低头找来寻去，但都未能再找到它。我曾问遍了村庄里所有见多识广和那些一生都浪迹在林莽沟壑之间的采药人，但他们谁都没见过这种花，更没有人能够说出这种花朵的名字。好多年来，我一直在思谋，为什么我就在那儿跌了一跤呢？为什么就我一个人看见过那一朵花儿呢？为什么只是匆匆的一次偶然相遇但从此杳无影踪了呢？是不是它就是为我一个人绽开的？在我和它那短暂而温馨的相遇之前，我和它是不是已在冥冥中等待了几千个流年呢？

人不能两次踏进同一条河流，一个人也不能两次和同一朵花相遇。也许，为了能和你的一次不期而遇，一朵花从种子到花朵，再从花朵到种子，已经和你期许了几十年、几百年。而一个人因为要和一朵花邂逅，也可能已在岁月的沧浪之河上蛰伏了几十年、几百年。佛祖拈花微笑，可能是他终于和他有着宿缘的那朵花相遇了，而只为我们一个人绽放的那一朵花在哪儿呢？我思忖，它肯定不在那些人海如潮的花圃或公园里，也一定不在你家庭院或阳台上的殷勤侍弄中，也不在你阳春三月踏青时的刻意寻觅中，它可能在你田塍间一个人踽踽独行的寂寞低眉间，也可能在台阶缝隙中你的一次不经意注视间，甚至在你匆匆忙忙来不及短暂驻足的风尘旅途上。因为，真正的相遇是没有约期的，真正灵与灵的相逢是一种注定的却无法永恒的邂逅。

你寻觅到那朵为你才静静绽开的花朵了吗？

你被一朵花点亮过你的心魂吗？假若没有沉醉过，那么你就到小路边、田塍上、山野间、河谷里，甚至屋檐下寻觅吧，在这个世界上，总有一朵花是为你而绽开的，总有一缕芳香是在为你而静静酝酿的。

浮生若茶

一个屡屡失意的年轻人千里迢迢来到普济寺，慕名寻到老僧释圆，沮丧地对老僧释圆说："像我这样屡屡失意的人，活着也是苟且，有什么用呢？"

老僧释圆如入定般坐着，静静听这位年轻人的叹息和絮叨。什么也不说，只是吩咐小和尚说："施主远途而来，烧一壶温水送过来。"小和尚诺诺着去了。

稍顷，小和尚送来了一壶温水，释圆老僧抓了一把茶叶放进杯子里，然后用温水沏了，放在年轻人面前的茶几上微微一笑说："施主，请用些茶。"年轻人俯首看看杯子，只见杯子里微微地袅出几缕水汽，那些茶叶静静地浮着。年轻人不解地询问释圆说："贵寺怎么用温茶？"释圆微笑不语，只是示意年轻人说："施主请用茶吧。"年轻人呷了两口，释圆说："请问施主，这茶可香？"

年轻人又呷了两口，细细品了又品，摇摇头说："这是什么茶？一点茶香也没有呀。"释圆笑笑说："这是江浙的名茶铁观音啊，怎么会没有茶香？"年轻人听说是上乘的铁观音，又忙端起杯子吹开浮着的茶叶呷两口，又再三细细品味，还是放下杯子肯定地说："真的没有一点茶香。”

老僧释圆微微一笑，吩咐门外的小和尚说：“再去膳房烧一壶沸水送过来。”小和尚又诺诺着去了。稍顷，便提来一壶壶嘴吱吱吐着浓浓白汽的沸水进来，释圆起身，又取过一个杯子，撮了把茶叶放进去，稍稍朝杯子里注了些沸水，放在年轻人面前的茶几上，年轻人俯首去看杯子里的茶，只见那些茶叶在杯子里上上下下地沉浮，随着茶叶的沉浮，一丝细微的清香便从杯子里袅袅地溢出来。

嗅着那清清的茶香，年轻人禁不住欲去端那杯子，释圆微微一笑说：“施主稍候。”说着便提起水壶朝杯子又注了一缕沸水。年轻人再俯首看杯子，见那些茶叶沉沉浮浮得更嘈杂了，同时，一缕更醇、更醉人的茶香袅袅地升腾出杯子，在禅房里轻轻地弥漫着。释圆如是地注了五次水，杯子终于满了，那绿绿的一杯茶水，沁得满屋津津生香。

释圆笑着问道：“施主可知道同是铁观音却为什么茶味迥异吗？”年轻人思忖了一会儿说：“一杯用温水冲沏，一杯用沸水冲沏，用水不同吧。”

释圆笑笑说，用水不同，则茶叶的沉浮就不同，用温水沏的茶，茶叶就轻轻地浮在水之上，没有沉浮，茶叶怎么会散逸它的清香呢？而用沸水冲沏的茶，冲沏了一次又一次，茶叶沉了又浮，浮了又沉，沉沉浮浮，茶叶就释出了它春雨的清幽，夏阳的炽烈，秋风的醇厚，冬霜的清冽。世间芸芸众生，又何尝不是茶呢？那些不经风雨的人，平平静静生活，就像温水沏的茶叶平静地悬浮着，弥漫不出他们生命和智慧的清香，而那些栉风沐雨饱经沧桑的人，坎坷和不幸一次又一次袭击他们，就像被沸水沏了一次又一次的酽茶，他们在风风雨雨的岁月中沉沉浮浮，于是像沸水一次次冲沏的茶一样溢出了他们生命的一脉脉清香。

是的，浮生若茶。我们何尝不是一撮生命的清茶？

而命运又何尝不是一壶温水或炽烈的沸水呢？茶叶因为沸水才释放了它们本身深蕴的清香，而生命，也只有遭遇一次次的挫折和坎坷，才能留下我们一脉脉人生的幽香。

第二辑

总有一颗心在乎

有许多时候，我们可能拯救不了世界，可能拯救不了整个人类，甚至拯救不了一个贫困的村庄，一群因贫穷而面临失学的孩子，但我们却足以拯救一个生命、一颗心灵、一只鸟儿和一朵小花。我们的微薄给予，可能世界不会在乎，生命的群体不会在乎，春天的树林和草原不会在乎，但总有一个生命和一颗心灵在乎。只要有一颗心灵在乎的，就是需要我们去做的，就应该是我们神圣的工作。

伤口上的翅膀

一只蛹要化蝶了，这是一个十分艰辛的历程。

首先，它要经受住饥饿，即使再美味的东西在它的口边，它也必须压抑下心灵深处的那份强烈的欲望，把自己曾经臃肿的身材拼命地瘦下去，甚至瘦到皮包骨头的地步，只有这样，它原来那副肥胖的蛹壳才能慢慢地和它的身体逐渐分化和剥离。对此，昆虫学家曾做过一次十分有趣的实验，他们把蛹最喜欢吃的食物，分别放在十只正在梦想化蝶的蛹旁，一些蛹饿了几天后，实在禁不住那些美味食物的诱惑，于是它们张开口，开始有滋有味地品尝那些食物。而另一些蛹却丝毫不为所动，它们饥肠辘辘，即使饿得难受地一次次痛苦地蠕动，它们也坚持不吃一口那些就放在自己嘴边的食物，甚至有的蛹已经饿得昏睡了过去，但为了自己的化蝶梦想，面对那些唾手可得的美味佳肴，这些蛹一丝也不会动摇。

几十天后，结果出现了，那些不能压抑下自己欲望的蛹，因为贪嘴，它们的身体越发地肥胖了，它们不过成了一只更臃肿的蛹。而那些压抑贪欲，始终不为美味佳肴而动心的蛹，它们终于瘦了下来，它们的身体与臃肿的蛹壳已成功分离，它们离自己化蝶的美丽梦想已近了大大的一步。

和蛹壳彻底分离后,它们只要钻出自己蜕化的蛹壳,就可以梦想成真蜕化成一只斑斓而能够自由、轻盈飞翔的美丽蝴蝶了。为了能早日钻出坚硬的蛹壳,所有的蛹都使出了自己浑身的解数,有的用并不锋利的唇齿拼命撕咬蛹壳十分微小的缺口,有的探出头来用尽气力企图把蛹壳的缺口撑得更大些。昆虫学家发现,在破壳而出的化蝶过程中,这些蛹的表现也是不同的,有的蛹企图投机取巧,它们不遗余力地吐出它们身上的全部湿液,期望能濡湿自己那干硬的老壳,以利于撕开更大的缺口使自己能够不受阻挡地轻松脱壳而出。但另外一些蛹就不同了,它们把缺口稍稍撕大一点点,就拼命地弓起身体从缺口处往外挤,直到挤压得自己宽厚的脊部伤痕累累鲜血直淌,但它们绝不会去投机着把缺口再撕大稍微一点点。

这两种脱壳的方法同样也导致了两种绝对不同的结果,那些把缺口撕大不受任何挤压顺利脱壳而出的蛹,虽然它们轻松地脱壳而出了,但它们根本长不出翅膀变不成蝴蝶,它们不过成了一只新生的蛹,而那些背部饱受挤压历尽磨难的蛹,它们背部的伤口很快长出了美丽的翅膀,它们终于化蛹为蝶,成了一只只美丽的蝴蝶。

欲望和投机是梦想的天敌,一颗有贪婪欲望和投机的心灵是永远抵达不了梦想的,要使自己化蛹成蝶,要使自己长出能够自由飞翔的翅膀,最关键的就是要让自己从欲望和投机的坚硬蛹壳里脱壳而出。

抵制了欲望和投机,你就有了一双人生美丽的蝶翅。

总有一颗心在乎

一个风雨交加的夜晚过去后，天刚蒙蒙亮，一个到海边看日出的男人来到了正呼啸着退潮的海边。

他看到一个老人正不停地忙碌在退潮的海滩上。老人不停地弯下腰，在海滩上捡到什么，又远远地扔进海里去。男人向那个忙碌的老人走去。走到老人的身旁时，他看见老人前边刚落潮湿漉漉的海滩上，蹦跳着一条条银色的小鱼。那是被潮水遗忘在沙滩上的小鱼，每条仅仅拇指大小，银闪闪的，挣扎在还没有干涸的水洼里，有的在焦躁地翕张着漂亮的小嘴和鱼鳃，有的在绝望地扭摆着透亮的尾鳍。老人小心地捡起一条，扬手扔进旁边正翻卷呼啸的海里，然后弯下腰去又小心翼翼地捧捡起一条。

男人不解地问正在忙碌的老人说："你扔了多少条了？"老人边忙边头也不抬地说："不知道，我已经扔了多年了。"

男人又问："这是你的工作吗？"老人笑笑说："哪有这样的工作呢？"男人说："既然不是你的工作你这样做为什么呢？"老人抹了一把额头亮晶晶的汗水说："如果不在太阳出来之前把这些小鱼扔进海里，等太阳一出来，这些小鱼都会被太阳晒死的。"

男人抬头看了看浩渺无际的大海说:“海这么大,海里的鱼那么多,你扔进去一千条、一万条的小鱼,可这海能在乎吗?”老人说:“海当然不会在乎,海那么大,它肯定不会在乎一条小鱼。”老人用手指指他脚前水洼里一条搁浅的小鱼说:“可是它在乎,这条小鱼在乎,因为这可以让它摆脱死亡,重新获得生命啊。”

老人顿了顿,眯着眼睛看了看大海深处就要破雾而出的朝阳说:“大海不在乎,风也不在乎,可是,这条小鱼的心在乎。”

这条小鱼的心在乎?男人愣了,是啊,有许多时候,我们可能拯救不了世界,可能拯救不了整个人类,甚至拯救不了一个贫困的村庄,一群因贫穷而面临失学的孩子,但我们却足以拯救一个生命、一颗心灵、一只鸟儿和一朵小花。我们的微薄给予,可能世界不会在乎,生命的群体不会在乎,春天的树林和草原不会在乎,但总有一个生命和一颗心灵在乎。

只要有一颗心灵在乎的,就是需要我们去做的,就应该是我们神圣的工作。

爱和善良,总有许多心灵是在乎的。

碰壁的鲮鱼

曾有一个有趣的实验，生物学家把鲮鱼和鲦鱼放进同一个玻璃器皿，然后用玻璃板把它们隔开。开始时，鲮鱼兴奋地朝鲦鱼进攻，渴望能吃到自己最喜欢的美味，可每一次它都咣地碰在玻璃板上，不仅没有捕到鲦鱼，而且把自己碰得晕头转向。

碰了十几次壁后，鲮鱼沮丧了。当生物学家轻轻地将玻璃板抽去之后，鲮鱼对近在眼前唾手可得的鲦鱼却视若无睹了，即便那肥美的鲦鱼一次次地擦着它的唇鳃不慌不忙地游过，即便鲦鱼的尾巴一次次扫了它饥饿而敏捷的身体，碰了壁之后的鲮鱼却再也没有了进攻的欲望和信心。

几天后，鲦鱼因有生物学家供给的鱼料依然自由自在地畅游着，而鲮鱼却已经翻起雪白的肚皮漂浮在水面上了。

美食张嘴可得，鲮鱼却饥饿而死。这的确可悲可笑，然而，生活中的我们是否也当过那一条"鲮鱼"呢？一点点风浪就使我们弃船上岸，一次小小的碰壁就使我们裹足不前，一次小小的打击就使我们放弃了一切的梦想和努力……许多时候我们失败的真正原因在于：面对近在眼前的已被抽掉"玻璃板"的"鲦鱼"，我们没有去"再试一次"。

为生命奔跑

每天早晨，当曙光刚刚照亮非洲大草原的时候，那些羚羊一睁开眼睛就开始练习起了奔跑，它们箭一样地踩落露珠，让自己敏捷的身躯和草原上的阳光展开奔跑。阳光和晨风被它们追逐着，它们的四蹄，把风和阳光远远地甩在自己的身后。

也是在早晨，当草原上射下第一道阳光的时候，那些猎豹和狮子也纷纷从草丛中跃起，闪电一样，在茫茫的大草原上练习起飞跑，它们不追逐阳光和风，它们只梦想自己能跑过那些最矫捷的羚羊，然后在饥饿的时候，可以追上那些风一样快的羚羊群。

羚羊和猎豹、雄狮都是非洲大草原上以奔跑而扬名的佼佼者，但一支欧洲动物科考队经过连续几年的观察却惊讶地发现，有些箭一样的羚羊却被并不健壮的猎豹和雄狮捕食了，而一些并不矫捷的羚羊，却轻而易举逃脱了猎豹和雄狮们闪电一样的利爪。

这是为什么呢？科考队也解不开这个奇异的谜。

后来，科考队盯上了一只年轻雄狮，同时跟踪了一群年轻的羚羊。科考队发现，每当朝阳初升的时候，也是羚羊最危机四伏的时候，这时，沉睡了一夜的非洲雄狮早已饿得饥肠辘辘了，为了活过新的一天，饥肠辘辘的雄狮就在大草原上四处逡巡，寻找那些敏捷的羚羊群。发现羚羊群后，它们蹑手蹑脚地靠着草丛的掩护一点一点靠上去，然后选准个头小的雏羚羊，或是神态老迈的老羚羊就一个箭步跃出去。在雄狮凶狠的追逐下，羚羊群很快飞跑了起来，但无论它们奔跑得再快，总有一两只羚羊会被雄狮追而不舍，最后彻底把它们扑倒，锋利的牙齿一下子深深咬进它们的喉咙。科考队发现，清晨的时候，往往是猎豹和雄狮最容易捕到猎物的时候，也是决定羚羊们活着与否最危险的时候。

但在中午，情况就很不一样了，那些吃饱喝足的猎豹和雄狮就懒洋洋地半闭着眼躺在树荫和草丛下，刚刚饱餐了一顿，它们对那样静止在身旁不远处的羚羊已经没有了太多的兴趣，能捕到一只，自己可以吃得更饱一些，假如捕不到猎物，那也没什么，它们的体力足以支持到第二天早上。因此，对于那些近在咫尺的羚羊，它们也是象征性地追逐一番，捕得到的就捕一只，捕不到的，猎豹和雄狮只是象征性地追逐几个回合，往往捕不到就草草收场了。

科学家们感慨地说：“早晨时猎豹和雄狮们是在为自己的生命奔跑，所以它很容易就捕到了猎物。而到了中午，已经吃饱喝足的猎豹和雄狮们仅是为了自己能吃得更饱而奔跑，严格来说，仅是为了自己生活得更好而奔跑，所以它们常常是无功而返。”

为食物而奔跑，猎豹和雄狮常常一无所获，为生命而奔跑，猎豹和雄狮却时时无一落空。同是奔跑，目的不同，得到的收获也绝不相同。

为温饱和财富奔跑，我们的人生可能会终无所获。为生命奔跑，我们的人生才可能硕果累累。

人生，要为只有一次的生命努力奔跑。

野马的天敌

在茫茫的非洲大草原上，野马是最矫健的动物，就是那些快如闪电的雄狮和猎豹，也远不是野马的赛跑对手。剽悍的野马，驰骋起来不仅四蹄快如闪电，它们的听觉系统也是十分敏锐的，远处虫鸣般的风吹草动，甚至连草原上一滴露珠滴落的声音，都足以让这些警觉的野马撒蹄飞奔。

动物学家不得其解的是，这些善于奔跑和时时警醒的野马，它们不是狮子和猎豹们轻易能够捕获的猎物，大草原上的丰茂水草，又给它们提供了繁衍的出色生存条件，它们应该不断壮大群族，成为非洲大草原上最大的动物群落才是，但令人疑惑的是，快如闪电的四蹄和丰茂的草原水草，并没有使这些野马的群体壮大，也没有能使这些矫健的野马成为非洲大草原上最活跃、最常见的一种动物。相反，在荒凉而弱肉强食的大草原上，却处处可以看见这些矫健动物的遗骨残骸。是什么动物捕食了这些快如疾风的野马呢？如果有这种动物，那么这种动物应该比狮子更凶猛、比猎豹更矫健，那么这种动物是什么呢？

经过了很长时间的探索和考察，那些动物学家们不禁又惊讶又惋惜，那些能够捕食这种野马的，既不是雄师，也不是猎豹，而是连一个雄师的一个脚爪大也没有、连猎豹的一只耳朵大也没有的微小动物——吸血蝙蝠。这种蝙蝠顶多就像一只大蝴蝶，浑身黝黑，飞翔从容，它们像一只只蝴蝶似的盘旋着、飞舞着贴近野马，然后轻盈地栖落到野马的身上，等到野马感到钻心的疼痛时，吸血蝙蝠的利齿早已咬开了野马的皮肤，拼命地吮吸它们的血液，于是野马开始焦躁地奔跑，开始用尾巴拼命地抽打自己的躯体，但是吸血蝙蝠们根本是甩不掉的，它们紧紧地吸附在野马的身上，日夜不停地拼命吮吸，一天、两天，直到这匹矫健又庞大的野马最后轰然倒地。

高大、健壮、疾如闪电，连雄师和猎豹也望尘莫及的剽悍野马，它的致命天敌，竟是一只蝴蝶般大小的蝙蝠！在我们的生命里，是否也有许多这样的小蝙蝠呢？所以伏尔泰说：让你疲惫的不是高山，而是你鞋里的一粒沙子。

我们不惧怕强大的对手，但当我们的对手小到被我们忽视时，我们才应该是最警醒和最容易失败的，绊倒我们的不是高山，而常常是脚下一个门槛，甚至是一粒微不足道的沙子。

拴在木棍上的骆驼

在非洲的撒哈拉沙漠上，骆驼是人们最主要的交通工具，用它驮水、驮粮、驮货。尤其是在远途跋涉中，一头骆驼至少要比十个壮年人驮的重量还要重。所以，几乎那里的每户人家都饲养着一头甚至十几头骆驼。

作为庞然大物的骆驼，驯服它应该是最棘手的一件事情，因为一头骆驼一旦狂躁起来，十来个人是拉不住的，所以驯服骆驼是撒哈拉骆驼人家最普遍的技能。

在一头骆驼出生后不久，养骆驼的人就要在地上深深揳下一根用红线缠裹的鲜艳木桩，使这些生性无拘无束的骆驼清楚地知道，它的行动自由被一根木桩剥夺了，骆驼当然是不甘于屈服一根看起来似乎微不足道的小小木桩的，它拼命拽着绳子，左突右跳，想把那根矮矮的木桩彻底从地下拔出来。但骆驼根本不知道，那根看似又矮又小的木桩不仅揳得很深，而且被驯驼人绑上了沉重的石块，就是十几头成年骆驼一起用力，也是根本没办法拔出来的。

几天后，精疲力竭的骆驼开始屈服于那根木桩了，它不再试图把那根木桩拔起来了。但它敬畏木桩，却并不敬畏饲养它的主人，这时，主人把木桩上的鲜艳红布拆下来，坐在木桩上，用手悠闲地拉住拴骆驼的绳子不住地抖动，骆驼愤怒了，它相信自己一定比这个矮自己许多也小自己许多的人的力量大，于是，不甘受人摆布的骆驼又红着眼睛狂躁起来。它拼命地拽、拼命地挣扎着要脱离那个人的恣肆摆布，沙团搅起了一阵又一阵，脚下的土被踢得飞沙走石，甚至连四个驼蹄都折腾出血，但那个紧拉缰绳的人却依旧泰然自若，像一块纹丝不动的巨大石块。骆驼开始有些臣服了。但第二天，牵扯骆驼缰绳的人换成了一个和骆驼体积根本不成比例的孩子，骆驼的野性又燃烧起来了，它又开始了新一轮的挣脱，当然，它又精疲力竭地败下阵来。

骆驼终于彻底臣服了，从这天开始，驯骆驼的人开始手拿一根小木棍，将棍随便往地上一插，便将骆驼拴在那根小棍上。骆驼再也没有勇气挣脱了，它围着那根小棍转来转去，但从此再不敢试着和小棍抗衡了。

围着那根小棍，骆驼一天一天长大了，它的身体更强壮、更有力了，那根主人随便一插便要拴住它的小棍，对骆驼来说早就不算什么了，但骆驼还是只围着它转悠，不敢离开那根小棍半步。对于被小棍牵着的生活，骆驼已经彻底习惯了。

在撒哈拉沙漠上，常常发生这样的悲剧：当不期而遇的沙暴突然来临时，一些骆驼队的人为了防止自己的骆驼迷失，他们往往迅速在地上插上一小根木棍，然后把他们的一头，甚至几头骆驼一起拴到这根小棍上。悲剧就这样发生了，当驼队的主人被巨大的沙暴远远裹走后，那些身体巨大的骆驼还牢牢地卧在小棍的周围，因为主人生死不明，这些骆驼失去了为它们拔掉小木棍的人，它们就寸步不离地在那里一天、两天……最后它们活活地饿死了。

与其说它们饿死于食物，不如说它们饿死于自己的经验和习惯。一根习惯的小木棍，把一头甚至十几头骆驼饿死了，这的确是个滑稽而可笑的悲剧。

大象的路标

在荒凉的非洲大草原和沙漠上，有许多的野象群，它们一群有的多达几十头，最少的也有五六头。这些非洲象在草原和浩渺的沙漠上奔波和生活，它们有时经过丛林和戈壁滩，当然，它们也常常会穿越那些表面看起来绿草如茵、其实薄薄的表层下却是深深的泥潭的沼泽地。也常常有一些狼、鹿、斑马之类的动物经过沼泽地，那些嫩绿而平坦的草皮，使它们一踏上便不能自拔，陷进了那些泛着腥臭腐殖质气味深不可测的沼泽地里，成了恐怖沼泽的牺牲品。

但令人惊讶的是那些大象们，它们经常穿越沼泽地，并且它们的躯体是那么的庞大，但它们却很少有陷进沼泽的。它们悠闲地穿过那一片片沼泽，边走边啃食沼泽地上的绿叶，自得地甩着它们的尾巴，安详又宁静，让许多动物心惊胆战的可怕沼泽，在它们庞大而沉重的脚下，不过是一片绿色的乐园。

人们很奇怪，这些狼和斑马等许多动物的葬身之地的沼泽地，庞然大物大象怎么竟如履平地呢？经过多次的探索和研究，人们才发现，原来大象们经过这些可怕的沼泽地时，它们有自己的“路标”。

这些路标是沼泽地上的小树丛。每一群大象穿越沼泽地时都要沿着这些树丛走，并且经过一棵一棵的树丛时，大象们都要用它们有力的鼻子，将树丛一边的树枝和叶子一点点折断和摘掉，每一群大象都这样，所以天长日久，危险的沼泽地上都有这样一种现象：有一行横穿沼泽地的树丛，它们往往一边枝叶茂盛，而另一边则光秃秃的，几乎没有任何树枝和树叶，沿着这样的树丛走，就会避开许多险境丛生的可怕泥潭，平平安安地走过漫漫沼泽地。

更令人钦佩不已的是，维持这种路标的往往不只是一群大象，每一群大象经过这片沼泽地，经过这些小树丛时，它们都会小心翼翼地这么做，或许它们可能只会一次穿过这片沼泽，从此再也不会从这片沼泽地上经过，但只要经过，它们都会这样做，绝没有一群大象因为自己的行色匆匆或只是偶尔经过，就放弃这种维持路标的烦琐义务。

只要是在绝境中能给生命留下绿色通道的，不管是经常行走或者只是偶尔经过，维护这个绿色通道的路标，都是每一头大象的坚定责任和义务。这就是大象这些庞然大物们为什么能平安穿过沼泽，而那些敏捷的狼和斑马们却不能平安穿过的奥秘。

生命最平安的通道，是不管是我们经常经过，或偶尔经过，都不放弃自己维护通道的那一种责任。坚守这种责任，即使我们沉重如大象，我们也会如履平地地经过种种生命的沼泽；放弃这种义务，即使我们轻捷如小鹿，我们也肯定会深陷于泥淖而不能自拔的。

拥有责任和义务的生命，就像拥有了一双翱翔的翅膀，江河湖海、丛林、沼泽，将会被我们轻盈地高高掠过。

折射的微笑

社会学家做了一项有趣的实验。

在一个装满镜子的房间里，带进来一只性格暴躁，动辄目含敌意、勃然大怒的狒狒。这只狒狒一进入房间，看见墙壁上、天花板上都有许多狒狒，于是立刻变得气势汹汹、怒吼着扑向镜子里同样气势汹汹、咬牙切齿的狒狒们，它上蹿下跳、左冲右突，疯狂撕咬，狂叫不止，只半天工夫，便把自己活活地累死了。

而另一只性格温和的狒狒被猛然带进这个房间后，突然发现这里有那么多自己的同类，它友善地摇了摇自己的尾巴，向那些陌生的同类们发出和善而友好的微笑，而那些同类们个个也向它摆尾致意，对它也发出友善的微笑。

它向那些狒狒们伸出手时，那些狒狒也同样友好地向它伸过手来，它向它们眨眨眼睛微笑，它们也同样向它眨眨眼睛，轻轻地向它微笑。

它高兴而幸福地在这间房里生活了下来，如果它也像第一只狒狒那样，那么不要半天，它也会被那些打不败的狒狒活活累死的。社会学家总结说："它能这样幸福而安然地生活，没有第一只狒狒那可悲可笑的结局，仅仅是因为它自己的微笑！"

微笑是可以改变自己的命运和世界的。

我们面对一切微笑，一切便会回报给我们灿烂的微笑。我们对朋友和陌生人微笑，朋友和陌生人也会对我们发出善良而友好的微笑；我们对花朵发出微笑，花朵也会绽开对我们的微笑；我们对生活静静地微笑，生活和命运便会对我们回报以一缕缕温馨的微笑。

种瓜得瓜，种豆得豆。我们给予社会和生活什么态度，生活和社会便会回报给我们什么态度。面对生活，我们应该微笑，因为只有我们自己的微笑，才能给我们折射来一个明媚而温馨的世界！

乞力马扎罗的豹子

在欧洲之巅乞力马扎罗的雪山峰顶上，有一座又小又简陋的宫殿。由于海拔太高，很少有人到这“欧洲之巅”的宫殿里来，来到这宫殿里的，多是那些神奇、无畏而勇敢的高山征服者。

20世纪初，当一队登山队冒着高寒精疲力竭地登上乞力马扎罗，走进这个低矮而简陋的宫殿时，他们大吃了一惊，因为在这个不大的宫殿里，他们发现了一只浑身斑斓的豹子。他们小心翼翼地接近这只看着威风凛凛的凶猛豹子，它俯卧在地上，两条后腿蜷伏着，两条短粗有力的前腿支撑起它那不屈而机敏的脑袋，一副蓄势待发的样子。

但登山队员小心翼翼了半天才突然发现，这是一只死豹子，并且是死了很久的一只豹子，它的躯体早被冻得坚硬如石了，就像一尊附着了皮毛的坚硬冰雕。

人们很奇怪，它不是一只雪豹，它是一只很普通的豹子，在高寒地区，这样的豹子几乎是绝迹的。那么，它是如何闯进高寒的乞力马扎罗山脉，又是怎样跨上这欧洲之巅乞力马扎罗峰顶的呢？因为，距离山顶五千米以上海拔区域，已不适宜植物和动物生长与生活了，山上除了皑皑白雪和嶙峋的怪石，已经没有什么草、森林和动物，甚至连一只飞鸟也没有,那么这只豹子为什么来到这乞力马扎罗的峰顶呢?

是为了寻觅它自己隐身的丛林?但是这山上没有树,甚至也没有草。

是为了捕获用以果腹的猎物?但是这终年白雪皑皑的山上,没有豺狗,没有走兔,甚至没有一只鸟。

它是迷路了?那么凭它的敏捷和矫健,它随时都可以逃离这冰天雪地高寒的世界。

登山队回来后,欧洲的动物学家、社会各界就开始对这只豹子展开了激烈的争论,众说纷纭了将近一年,大家才一致同意了这种说法,那只乞力马扎罗的豹子是在挑战自己生命的极限,它是为了验证自己生命的征服力,所以才在终年积雪的乞力马扎罗山巅之上殉道了。

这种结论让所有的欧洲人顿时对这只乞力马扎罗的豹子肃然起敬,大家纷纷约定,谁也不能擅自带走那只死在高山之巅的豹子,就让它永永远远留在那乞力马扎罗之上,作为生命无畏的一种图腾,作为精神的一种象征,接受灵魂的洗礼和深深膜拜。

这只殉道在乞力马扎罗山上的豹子,迄今已经有一百多年了,但它至今仍然是欧洲人甚至生命世界中被时时记起的一种伟大的骄傲。

不错,它虽然是生命,但它只是一只豹子,一只比人低等许多的动物,它远远比不上一个举世闻名的伟人,或者是一个满腹经纶的哲学家,甚至是一个靠人施舍而活着的乞丐。但是,又有多少伟人、哲学家、富翁能像乞力马扎罗山巅的那只豹子一样,站到我们心灵那么伟大、神圣而肃穆的制高点上呢?

生命没有高下,人生没有尊卑,当你用生命抒写灵魂的时候,人们就会在心灵上为你留下一个高贵的位置。

不管我们是一个普通人,还是一只豹子,甚至一只昆虫。

给自己一片悬崖

在非洲草原上，常常有这样一种令人吃惊的画面。

当一只幼羚羊刚刚能够飞奔时，在猎豹和猛狮的紧紧追捕下，那些成年羚羊往往引领着小羚羊们箭似的奔出平坦的开阔地，然后引领着幼羚羊们奔向险峻的山岭。

动物学家们惊讶地发现，羚羊们逃命的山岭往往是附近最陡峭、悬崖最多的山岭，尤其是那些陡峭的山崖，那里往往是羚羊们的逃生首选之地。每当猎豹和雄狮气势汹汹地追来时，领头的羚羊会在一瞬间一跃而起，它果断地引领着羚羊们的浩荡队伍，避开重重拦截，向距离最近的山峰奔去。其实，一只成年的壮羚羊如果在草原上飞奔起来，那些快如闪电的猎豹和雄狮也是很难追上它的，它矫健地在草原上左右盘旋，就是跑得最快的猎豹也常常对它望尘莫及。

那么，羚羊们为什么在生死攸关的时候却要给自己选择一片悬崖呢？当一只幼羚羊刚刚学会在大草原上奔跑时，由于奔跑的强度不大，它的腹肌并没有被最大化地拉开，所以，即使它撒开四蹄拼命奔跑，它奔跑的步幅也不过是三米左右。但当一只幼羚羊在猎豹和雄狮的疯狂追逐下，被成年羚羊引领上峰顶，前无生路面对悬崖时，在后边猎豹和雄狮的一步步虎视眈眈逼近下，在成年羚羊悲壮地舍命一跃中，那些幼羚羊也都会悲壮地攒下自己所有的力量，像一张彻底拉满的弓，然后毁灭性地拼命一跃，让自己从悬崖上箭一样地射出去。幸运的羚羊，它们会跃过深渊，跳到对面的山坡或峰顶上，就是那些不幸的羚羊，它们也是跃落到渊底或跃落到悬崖断壁上，由于它们的身体柔韧和矫健，它们不会遭到多大的损伤。而那些把羚羊们逼上悬崖的猎豹和雄狮，基于自己的身躯太过庞大和沉重，面对那些奋身一跃的羚羊，它们往往束手无策空手而归。

最大的不同是，经过跃崖的幼羚羊们，在刚刚跃崖后，它们的腹肌都有不同程度的拉伤，但拉伤很快恢复后，它们飞奔的步幅明显已经增长了，差不多可以达到四米，这样的步幅，在草原上飞奔起来，雄狮和猎豹们往往是望尘莫及的。

动物学家终于明白羚羊们给自己一片悬崖的目的了。

给自己一片悬崖，给自己的命运一片悬崖，绝地往往可让你重生，绝境才会给生命创造出神话和奇迹。

谁见过鹰的死亡

逛过十几次动物园，对于那些被铁栅栏囚禁的动物，我最怜惜鹰们。它们有着拍云击风的强健翅膀，本来应该像云朵一样，自由翱翔在天地之间，飘摇在云浪之端，如今却只能敛翅静默在冰冷的铁栅栏中，低眉顺眼地依赖饲养员定时定量给的那一点点肉食存活。它们的翅膀已不能搏风击云，它们的眼神已不能令野兔胆怯，它们早已不是力量和雄健的象征，难怪北京一位诗人朋友叹息说："铁栅栏里的苍鹰已不再是鹰，它们是一种退化了的大鸟。"

我的故乡八百里苍茫伏牛山，也曾是鹰们的故乡，它们栖宿在那儿的山林里、悬崖上。每天清晨，当太阳刚刚升起的时候，它们就高高地盘旋在村庄的上空，像一枚黑黑的铁钉钉在湛蓝而静谧的天空里。它们有时迎风飞翔，有时候又静浮在天空中，一动不动，像一片黑黑的云朵。

它们靠自已的捕食生活，草丛里的走兔，低空中穿梭的麻雀，都是它们追逐的食物，有时，村庄的鸡鸭，甚至小小的羊羔，也常常被它们明目张胆地一掠而去，但我们并不憎恨它，甚至有些崇拜它，祖父告诉我说，鹰是一种圣物，我们谁都见过它的飞翔，但谁都没见过一只鹰的死亡。祖父说："鹰即使是死亡，也不会让人看见的，它们要飞到天堂里去死。"

我们村庄的上空有一只苍鹰，它已经在那里翱翔了十几年了，有一天，它在村庄上空盘旋了又盘旋之后，突然直直地往高空飞去，村庄的老人们说，这只鹰要死了。我们站在村庄的旷地上看着它，只见它越飞越高、越飞越高，直到成为一个小小的黑点，最后在炫目的阳光中消失了。

我们期待它会掉下来，但它一直没有。老人们说："鹰死了怎么会掉下来呢？它一直朝着太阳飞，飞近太阳的时候，就被火热的太阳熔化了。"

果然，从那次高飞以后，这只鹰就再也没在我们村庄的上空出现过。

鹰是具有灵性的，它们不愿死在自己一生傲视的山峦、麻雀、野兔之下。它们和我们饲养的猫一样，即使死亡，也要远离自己曾经睥睨的一切，只留下自己雄健刚毅的印象在我们的记忆中。

谁见过一只自然死亡的鹰？

谁见过一只自己饲养的猫死亡在自己的家里？

有许多东西是值得我们崇拜和记忆的。

动的效应

生物学家捉来一只流萤。

首先，他们小心翼翼地用镊子轻轻夹住这只流萤的两片又薄又小的翅膀，将它的翅膀用黏液紧紧粘在它的身体上，然后将这只流萤带进暗室，观察它的萤光。

令人吃惊的是，这只流萤的萤光彻底消失了。难道流萤的萤光跟它的翅膀有关？生物学家怀着疑问，用稀释液稍稍稀释掉流萤翅膀边缘的黏液，它的翅膀边缘可以稍稍抖动了。然后，他们把这只流萤又带进暗室观察，发现流萤的萤光有一丝丝的微亮。

这次他们稀释掉了流萤两翅上二分之一的黏液，结果发现流萤的萤光又亮了一些。

生物学家把这只流萤粘在一块玻璃板上，为了摆脱束缚，流萤拼命地扇动它的翅膀，生物学家发现，当流萤扇动翅膀的频率最高时，它尾上的萤光亮度就最强；当流萤扇动翅膀的频率迟缓时，它尾上的萤光就随之减弱。

流萤的萤光是流萤翅膀扇动的结果，是它翅膀抖动的亮光。动是流萤萤光的源泉。在无风的夏夜，因为没有风，流萤可以没有阻力地轻盈飞翔，所以它的萤光就随之暗一些；而在微风吹拂的夜晚，为了冲开风的阻力飞行，流萤不得不拼命加大自己翅膀抖动的频率，所以它的萤光也亮到了极限。

生物学家还发现，一只静止在草叶或树叶上的流萤，不会发出一丝萤光。

其实，一个人的成功何尝不是他奋斗的萤光呢？你奋斗得越努力，你成功的果实就越大，你人生的“萤光”就越亮；你越不努力，你成功的果实就越小，你人生的“萤光”就越黯淡。

一个人不动，是没有光亮的，只有动起来，才能使自己在岁月夜晚的飞翔里发出“萤光”。

一只鹰眼里的天空

有一只小鹰，刚刚学会飞翔时被人逮着了，小鹰很漂亮、很可爱，于是，它便被人养在了一个笼子里。

小鹰在笼子里很快乐、很惬意，每天不用忙，就有人给它送食物吃、送水喝，高兴的时候，它就在笼子里轻轻飞两下，如果不乐意，它就慵懒地站在笼子里，打打盹儿，或者隔着笼子悠闲地望一望天空的流云，听一听笼子外的徐徐风声，雨淋不着，风吹不着，小鹰生活得十分舒适。

过了半年，小鹰长大了，鸟笼已经盛不下它了。偶尔它想扇动翅膀飞一飞，但翅膀尚未掠开，就碰在了笼子上，不是被撞得生疼，就是被撞乱了羽毛，小鹰很生气，就不吃不喝、无精打采地蜷缩在笼子里。主人很懂得小鹰的心思，又请人做了一个更大、更华美的笼子，然后把小鹰养进了这个新笼子里，新笼子果然舒适多了，小鹰想跳一跳，有足够大的地方可以让它尽情地跳，小鹰想飞一飞，笼子里的空间也可以满足它完全地张开翅膀。

后来，养小鹰的主人有些年迈了，已经没有精力和闲情逸致再去喂养小鹰了，他思忖鹰是善飞的动物，自己已经把它关在笼子里陪自己这么多年了，既然自己已经没有时间和精力再去喂养它，就不如把它再还给蓝天和白云吧！于是，他把鹰笼打开，把鹰放归了自然。看着从笼子里出来一飞冲天的雄鹰，老人笑了，他思忖把它放飞鹰也肯定是万分高兴的，因为它毕竟是属于天空。的确如老人所想的一样，刚刚飞出笼子的时候，这只鹰真是欣喜若狂，因为它从来就没有飞这么高、这么远过。在笼子里的时候，它想飞，但刚展开翅膀没扇动几下就会撞着笼壁，它想跳，但刚跳了两下，也马上就撞着笼壁了。现在一切都变了，它想飞多远，就可以自由自在地飞多远；它想怎么跳，就可以在高高的枝丫上怎么跳。但这只鹰在天空里纵情飞了没两天就又变得无精打采了，它去问一只在天空中相遇的鹰说："这个笼子太大了，你知道笼壁在哪里吗？"

"笼壁？"那只鹰想了半天也没想明白笼壁是什么东西。那只鹰对它说："我不知道你说的笼壁是什么，这样吧，你就一直朝南飞八百里，那里有一座最高的山峰，在峰顶的石壁上住着一只德高望重、见多识广的老鹰，它或许能够告诉你笼壁在哪里。"这只鹰于是就一直向南飞，在高耸入云的石壁上，它找到了那只见多识广年迈的老鹰。老鹰告诉它说："孩子，天空大得无边无际，我一生纵横飞翔了几万里，从来没撞上过你说的什么笼壁。"这只鹰很沮丧，它想天空这个大笼子怎么可以没有笼壁呢？没有笼壁的笼子怎么能算笼子呢？

这只鹰很快就变得闷闷不乐起来。

有一天早上，当那位年迈的老人清晨起床后惊奇地发现，自己放走的那只鹰竟然又飞回来了，它又自己钻进了那个没关笼门的笼子里。老人抚摸着那只鹰沾满风尘、有些凌乱的羽毛哭了。他不是为鹰的不忘旧情而流泪，他是因为自己把它关得太久，以致它心的世界变得太小而感到深深的愧疚和伤心。

一个人的心灵就是它自己的翅膀，心有多大，它人生的世界就会有多大。如果不能打碎自己心中的篱笆，那么即使给你一片蓝天，你也不能找到自由的感觉。

人生的风浪

在地中海的金兰湾，生长着一种螃蟹，叫寄居蟹。

刚开始的时候，金兰湾一带的居民认为他们这里生长有两种蟹类：一类是生活在海边浅水洼里的；另一类是生活在深海里的。因为这两种蟹不仅生活场地不同，而且体形更是截然不同。生活在海边浅水洼的蟹体形很小，每一只只不过有乒乓球般大小，而且反应迟缓；而那种生活在深海里的蟹却很大，它们每个成年蟹差不多能长到同盘子一样大，并且色泽鲜亮动作敏捷。金兰湾的居民们一直认为，这是两种截然不同的螃蟹，一种是海蟹，一种不过是岸边的土蟹罢了。

1854年秋天，一个来自英国的海洋生物学家偶然到金兰湾休假，他发觉了这两种蟹，通过观察和分析，便向金兰湾的居民宣布说："别看这两种蟹形体差异这么大，但它们百分之百是同一种蟹，不过是生活环境让它们的形态有了异化而已。"金兰湾的居民认为这位英国生物学家简直就是信口雌黄，对他的说法更是嗤之以鼻，认为这位自命不凡的海洋生物学家只不过是在哗众取宠——对于一个小如乒乓球、一个大如盘子的两只螃蟹，不用什么思考和分析，仅就反差巨大的形体就可知是不同的蟹类，怎么能这样明目张胆地指鹿为马呢？生物学家的判断一经宣布便遭到了金兰湾居民的一致否认和嘲讽，他们普遍认为生物学家是一个白痴，是在胡说八道而已。原本随便表达一下自己看法的这位英国生物学家被金兰湾居民的固执己见激怒了，他是一个治学严谨的学者，无论如何都难以接受金兰湾居民对自己的误解和百般嘲讽。他决心不惜一切办法，要同当地的居民打个赌，用事实证明自己绝不是一个信口雌黄、指鹿为马的人，为自己的人格讨回一个清白。在一个社会机构的主持下，生物学家和金兰湾居民开始了一场真伪之辨的生物实验。

按照生物学家和金兰湾居民们商定的，他们用两只网箱，一个网箱装上10只岸边土蟹的幼蟹，然后把它沉放进大海的深处；而另一个网箱则装上10只深海里那些大蟹的幼蟹，然后把它放在海岸边的小水洼里。

半年过去了，放在海岸边水洼里的那些幼蟹还活着，但它们并没有像深海里的蟹和金兰湾居民们期望的那样，很快就长得大起来，它们只长到了乒乓球般大小，同岸边生活的土蟹一样；而那些被放在大海深处的土蟹却出人意料地长得很大，它们大的大如盘子，小的也赛如拳头，个个通体锃亮，敏捷健壮。金兰湾的居民们想不明白，为什么那些海蟹在海里能长那么大，而在海边的浅水洼里却只变得如此的小呢？而那些原本很小的土蟹，为什么在海底生活却能令人吃惊地长这么大呢？

生物学家笑笑说：“岸边的土蟹和海里的海蟹其实就是一种蟹，之所以它们形体大小迥异，只是因为有些幼蟹惧怕风浪，一直蜗居在岸边浅水洼里，它们只能从每次的涨潮中得到一点点的食物，它们的生活总是处在饥一顿饱一顿的状态里。在这种环境中生长，它们怎么能长大呢？而那些勇敢地迎向风浪走向大海的幼蟹，大海的风浪不断强化着它们的体质，大海里的丰富食物让它们有着享之不竭的营养，它们又如何能长不壮、长不大呢？”

金兰湾的居民们沉默了，他们从自己海岸边的螃蟹上悟到了人生的真谛，那些贪图悠闲的人开始走出了村庄走向了大海，那些梦想能创造出人生大成就的人更是勇敢地走进了人生的风浪里，后来，金兰湾成了一个人才辈出的著名地方。

我们谁又不是金兰湾的那一种螃蟹呢？决定我们一生的绝不是别的什么，它只取决于我们自己选择了什么样的生活。是生活造就了不同的人生。无论是谁，要让自己的人生精彩，就必须拒绝生活的平庸，把自己交付给风浪和坚韧的跋涉。

只需改变一点点

我有一位朋友，是寻觅奇兰的。

他时时在山林中奔波，哪里有兰花，哪里就有他的足迹。我居住的伏牛山，他已经来过好多次了，每次来，他都是一个人钻进深山里，在悬崖边、在涧溪旁、在丛林深处，寻觅他梦想的奇兰。我曾陪他寻过几次兰草，当我们在密林深处寻觅到一丛丛花香馥郁的兰草时，他总是很惋惜地说：“唉，如果这些兰草稍微有些变异就珍贵了。”

我问他为什么，他笑笑回答说：“所谓的奇兰，不过是普通的兰草基因略略变异了一点点而已。但因为这一点点改变，一棵本来不值分文的兰草，马上就身价千倍万倍，甚至价值连城了。”

还有一位朋友，是培育玉米新品种的专家，整天忙碌在实验室和实验田里。他告诉我说：“我如此地忙碌，不过是促使原本普通的玉米品种，基因稍稍有所改变，哪怕改变一点点，这世界上就多了一个新品种玉米，这些玉米就十分珍贵了。”

从一棵普通的野草，成为价值连城的奇兰，只需改变一点点；从一粒普通的玉米粒，成为身价倍增的新品种，只需改变一点点。那么我们人呢？

一个农人，如果改变了他的一点点懒惰，那么他将拥有丰收的喜悦；一个工人，如果改变了他被动式的流水线作业，变得勇于探索，那么他将会成为工程师；一个教师，如果改变了他自己只授课不思索，那么他将会成为一个教育家……

我曾经采访过许多的成功人士，问他们是如何功成名就的，他们许多人都回答不出来，但问他们和以前相比自己是不是有过什么改变，许多人都回答说："有改变，但不过只是改变了那么一点点。"

是的，只需改变那么一点点就足够了。

雨改变了一点点，它就成了能够飞翔的雪花；水改变了一点点，它就成了玲珑剔透的冰凌；石头改变了一点点，它就成了稀世的宝贵钻石……

成功并不难，只需你自己改变一点点。

改变自己一点点，你会发现世界都因你的一点点改变而彻底变得崭新而绚烂了。

第三辑

我在第一排

争第一排,坐第一位,激励自己出色,让自己远离平庸的旋涡,这是一个人从小成功走向大成功的唯一之路。

积累人生的成功,你就必须时时争人生第一排,坐人生第一位,因为,优秀是成功最主要的一个习惯。

人生的疑问

著名哲学家维特根斯坦在剑桥大学学习时，曾是大哲学家穆尔的学生。

在穆尔授课期间，维特根斯坦是最令他头疼的学生。维特根斯坦总有问不完的疑问，一个接一个，总是没完没了。常常一堂哲学课会被维特根斯坦的种种疑问搞成了维特根斯坦提出疑问，由穆尔一一解答的答辩课。甚至在休息时间，维特根斯坦也穷追不休，亦步亦趋地紧跟着老师穆尔。在剑桥大学，维特根斯坦是一个有名的“问题篓子”。

有一天，穆尔的朋友、著名哲学家罗素登门和穆尔闲聊，他问穆尔：“谁是你最出色的学生？”

穆尔毫不犹豫地回答说：“是维特根斯坦。”

罗素问：“为什么呢？”

“因为在我所有的学生中，只有维特根斯坦老是有一大堆学术上的疑问。”穆尔回答说。

十几年过去后，维特根斯坦在哲学界的名气不仅远远超过了自己的导师穆尔，而且也超过了大哲学家罗素，声名鼎沸、如日中天。这时，穆尔拜访罗素问：“知道我们和维特根斯坦比较起来，我们为什么落伍了吗？”

罗素听了，静静思忖了一会儿，回答说：“因为我们提不出疑问了，而维特根斯坦却还有一大堆的疑问。”

我在第一排

那是 1931 年的时候，那时她刚刚六岁，在英国一个微不足道的小镇上，她刚刚读一年级，个子不很高，也很瘦弱，第一次在学校列队的时候，她站到了队伍的第一位，但眨眼的工夫，几个个头很高又很强壮的男同学就抢站到了她的前边。

她不甘心，从后面的队列里一次次走出来，再一次次站到队列的第一位，但很快又被几个男同学挤到了后面去。后来，老师来了，队列安静下来了，就在老师刚要开口讲话的前一分钟里，她又从后面的队列中走了出来，勇敢地站到了队伍的第一位。开始学习后，她很勤奋，也很努力，成绩总是排在全班的第一位。班上选举班长，当众多的同学都不知道应该选谁的时候，她勇敢地站了起来说："选我吧，相信我是班长最合适的唯一人选！"于是她当选了班长，而且是年年连任，从一年级到二年级，从小学到中学、到大学。

就是坐公共汽车，她也要坐第一排，别看她瘦弱，但在挤车时是拼命的，不坐在第一排就绝不善罢甘休。在老家的那个小镇上，人们早熟悉了她的性格，在公共汽车第一排，即使人再多，也总要留下她的位置。

读大学后，她还是一如既往地时时处处抢在第一排，学习成绩次次第一,唱歌第一,跳舞第一,演讲第一,就是演戏剧,她也要争演第一主角。有时,为了争上演主角,她甚至不惜女扮男装。

40多年后,她终于抢来了英国、欧洲乃至世界瞩目的第一,她通过激烈的竞选,成了英国开天辟地以来的第一位女首相,任首相后,她处理政务周密、果断、雷厉风行,雄踞首相职位11年,被世人惊称为“铁娘子”。

她就是扬名世界的著名政治家、英国前首相玛格丽特·撒切尔夫人。

在回顾自己的一生时,她说:“我的人生之所以能如此成功,源自我自己的人生信条,那就是:永远争坐第一排,永远争坐第一位!”

争第一排,坐第一位,激励自己出色,让自己远离平庸的旋涡,这是一个人从小成功走向大成功的唯一之路。

积累人生的成功,你就必须时时争人生第一排,坐人生第一位,因为,优秀是成功最主要的一个习惯。

肯定自己

1861年,亚伯拉罕·林肯52岁,经过到各地演说、竞选,他终于艰难地脱颖而出,成了美国共和党第16届总统候选人。

但对当时的许多美国选民来说,大家对来自斯普林菲尔德森林深处小木屋的这位总统候选人并不太了解,在选民们的强烈要求下,国会议员们决定让两位总统候选人亚伯拉罕·林肯和史蒂芬·道格拉斯举行一场面对面的激烈政治辩论会。辩论会在曼哈顿的库珀协会举行,在讲台就座的有:东部文化巨子、《纽约晚邮报》编辑威廉·卡伦·布赖恩特;纽约著名律师大卫·达德利·菲尔德;《纽约论坛报》的贺拉斯·格里利等社会知名人士,以及一些德高望重的国会议员。

辩论开始后,亚伯拉罕·林肯和史蒂芬·道格拉斯你来我往唇枪舌剑地进行了辩论。他们的精彩辩论不时赢得台上台下选民的一阵阵喝彩声。辩论会展开了三个多小时,沉着冷静的林肯和巧舌如簧的道格拉斯难分伯仲。这时,《纽约晚邮报》的一位记者向林肯和道格拉斯提出了一个大胆的问题:“如果让你自己投票,你会把你的选票投给谁?”

听到这个提问,台上和台下的人顿时全沉寂了下来,人们都焦急地盯着林肯和道格拉斯这两个几乎是势均力敌的总统候选人,等待着他们各自精彩绝伦的回答。

静默了两分钟后，史蒂芬·道格拉斯首先含糊其词地回答说：“对于这个问题，我无法站在这里回答，也拒绝回答。”

听罢史蒂芬·道格拉斯的回答后，林肯跨前一步，微笑着充满自信地说：“我会把这一票投给自己，投给亚伯拉罕·林肯，因为没有人能比我做得更好！”

林肯的回答余音未落，会场内便响起了排山倒海的掌声和喝彩声。几天之后开始选举，众多的选民们纷纷把选票投给了亚伯拉罕·林肯，对于一个充满自信并且敢于肯定自己的人，有谁还会不去相信他呢？

要别人信任自己，就必须敢于自己肯定自己，一个连自己都不能相信自己的人，谁还会去信任他呢？要别人信任自己，就要首先自己信任自己。

· 两堆碎片

雅各布 · 博尔，是丹麦著名的科学家，在大学读书时，雅各布 · 博尔是个非常注重实验的学生。有一天在实验室做实验时，一不留神，一只玻璃瓶从雅各布 · 博尔的手中滑落到地上。砰的一声摔得四分五裂。摔碎瓶子，在实验室是经常发生的事情，其他人打碎瓶子后，不过是匆匆把碎片清扫一下倒掉就马上了事。但雅各布 · 博尔将瓶子摔碎后，看着一地大小不一的碎片，他忽然有了一个奇怪的想法，他小心翼翼地将那些玻璃碎片一片一片捡起来，然后按大小仔细分类，他发觉碎片可以分成四个类别，把四个类别的碎片用天平称重，相邻的两种大小碎片无论是总量或是个体，它们的比例都接近 16 : 1。雅各布 · 博尔又先后摔碎了十几个瓶子，实验结果惊人的相同。1942 年雅各布 · 博尔依据自己的实验数据，推出了著名的“雅各布 · 博尔规律”，受到了科学界的高度称赞。

另一堆碎片是约翰 · 巴比克的。

约翰 · 巴比克原来只是美国芝加哥市的一个无业游民，一次在家里把玩一个中国古瓷瓶时，不留神掉在地上摔碎了。这是约翰 · 巴比克祖上传下来的一件珍贵收藏品，家里人都为这只瓷瓶的不幸破碎而痛惜不已，看着家里人痛惜的样子，约翰·巴比克心痛极了，他将那个瓷瓶的碎片小心翼翼地捡起来，他决心要配制出一种黏液。有一天，要用这种黏液把瓷瓶的碎片重新复原成一个古色古香的完整瓷瓶。他调和树胶、蛋清等，试制了上百种黏液，终于发明出了一种高强度的黏液，当它用这种黏液把那个瓷瓶重新黏合复原后放在家人的眼前时，全家人顿时大为惊叹，因为这种黏液的强度不仅远远超过瓷片本身，而且用这种黏液黏合的痕迹用眼睛几乎无法看得出来。依靠这种黏液，约翰·巴比克于1935年成立了专门从事黏合剂研制生产的BBK公司。BBK公司的黏合剂产品登陆市场后，备受人们青睐，十几年的时间，就成了芝加哥乃至美国最有名的大公司，而约翰·巴比克则奇迹般地从一个一文不名的流浪汉摇身一变成了拥资千万的大富翁。

两堆玻璃碎片造就了两个巨人。

如果用一个完整的玻璃或瓷瓶做花瓶，它只能盛满一缕缕花朵的芬芳和郁香，而一个人的心灵一旦摔不碎，什么样的碎片都可能成为他生命的花瓣，飘逸出他生命穿透岁月的永久清香。

成功，可以预料

熊旁是瑞士的化学家，他经常孜孜不倦地沉醉在实验室里，就是回到家里，他也要于茶余饭后做上一点微小的实验。

1896 年一天下午，熊旁趁妻子午休的时间，自己躲在家里的那间小实验间里做实验，由于一不小心，他把桌上那瓶盛满硝酸和硫酸混合液的瓶子碰倒了，溶液流在了桌子上，熊旁马上去找抹布，抹布没有被立即找到，眼看那些溶液就要从桌子上漫流到地板上，慌乱之中，就顺手拿起了放在旁边的一条妻子的棉布围裙擦掉那些溶液。围裙浸了溶液，湿淋淋的，熊旁担心妻子见后责怪，就悄悄把围裙拿到厨房，准备烘干，没料到刚靠近火炉，就听轰的一声，围裙在瞬间被烧得干干净净，没有一点烟，也没有一丝灰烬。熊旁惊得目瞪口呆，但随后就欣喜万分，他意识到自己于不经意间已经合成了可以用来做炸药的新的化合物，一个发明在不经意间突然出人意料地成功了。

1838 年，法国著名物理学家达盖尔正在费尽心机地苦苦研究影像保留在胶片上的方法，但研究进行了半年多了，达盖尔几乎尝试过了各种材料和方法，但研究仍然是一片空白、毫无进展。

就在达盖尔要对此项研究绝望时，有一天，他意外地发现了一个影像居然莫名其妙地留在了胶面上，达盖尔大喜过望，立刻小心翼翼地整理实验桌上的所有化学物品，想弄明白到底是什么东西使自己这项原本已山穷水尽的研究又突然变得柳暗花明。结果，他惊讶地发现，原来是一支温度计破碎后留下的水银造成的。

在不经意之间，熊旁发明出了世界上的第一种无烟炸药，而达盖尔则发明了摄影技术。其实在科学研究进程上，像熊旁和达盖尔这种歪打正着的成功真是屡见不鲜，但没有他们的不懈努力，没有他们的锲而不舍，成功的果实能被他们如此偶然地摘到吗？

在这个世界上，幸运总是偏爱那些坚韧不拔的人，只要你脚步不停地跋涉，意想不到的风景总会闪进你的眼帘。

只要你努力，成功虽然不能预期，但却不会远离你的预料。

只要开始

马维尔是美国20世纪最著名的记者，1864年，美国南北部战争结束时，在去帕特森的途中，他意外地遇到了林肯总统，并匆匆采访了林肯总统。

从那时起，马维尔就决心要采访到每一位与他同时代的世界名人，并且，不需任何翻译，他要亲自和世界上的每一位名人自由对话。为实现自己的这个艰巨人生愿望，马维尔自学了法语、德语、俄语等，并且亲自和许多国家的名人做了面对面的直接交谈和采访，发表了一大批举世瞩目的新闻作品。

1918年，马维尔已经七十二岁了，但他决定要远渡重洋，到中国来采访当时的领袖孙中山先生。从做出了这个决定的那一天起，马维尔就开始学习他一点都不懂的汉语。许多亲戚和朋友劝他说："汉语很难学，许多年轻人都不容易学会，何况你这个已经七十多岁的老头儿呢。"但马维尔说："尽管我七十二岁了，但现在开始学汉语，也还不算晚，我相信有一天，我会用汉语同中国的孙中山先生直接交谈的！"谁也劝阻不住这个又瘦又高的固执老头儿，都叹息着对他摇摇头耸耸肩走了。要用汉语采访中国的孙中山，这或许将是这位固执的七十二岁老翁一个永远不能实现的人生梦想吧。当时，许多美国人都这样想。

为了实现自己的这一个人生愿望，马维尔开始拄着拐杖频频出入纽约的唐人街上，他向做生意的华人学，缠着中国驻纽约的大使馆领事学，甚至同一些街头流浪的底层华人学，从简单的礼仪用语，到高深莫测的美妙中国诗词，历时三年多，这个原本对汉语一窍不通的美国七旬老翁，已经可以用流利的汉语同唐人街上的华人讨价还价、自由交谈了。

1922年，已经七十六岁的老翁马维尔搭乘远洋轮船终于向中国进发了，在广州，他见到了孙中山，孙中山征询他说："马维尔先生，我们用英语交谈可以吗？"但马维尔却说："不，我们用贵国的汉语直接交谈！"那天，马维尔一句英文也没有说，他用准确流利的地道汉语采访了孙中山，并和孙中山先生做了亲切的促膝长谈。

有记者问马维尔说："你七十二岁了才开始学汉语，你感觉是不是有些晚？"老态龙钟的马维尔朗声回答说："晚？只要你开始做，什么时候都不算晚！"

人生没有"晚"，只要你开始做，什么时候都不算晚。

永不放弃

23岁的时候，他意外地失业了。他想恰巧可以利用失业这段时间，全心地去竞选议员，但竞选结束时，他失败了。那是1832年。

他办了一家工厂，但一年不到，就彻底破产了，而他因为工厂的破产，还债整整用去了17年。

失业的第三年，他最心爱的未婚妻不幸患病去世，他整夜整夜地失眠，茶饭不思，医生诊断他患了神经衰弱症。1838年，他竞选州长，落选了。1843年，他竞选国会议员，又失败了。三年后，他又竞选国会议员，终于成功了一次，成了美国国会议员。两年后，他竞选连任，但失败了。他向州政府申请，希望能做本州的一名普通的土地管理员，但被冷冷地拒绝了。

1854年，他再次竞选议员，失败了。1856年，他雄心勃勃地竞选副总统提名，被对手以明显优势击败。1858年，他又一次竞选国会议员，结果还是失败。

在他的一生里，他坚持尝试过11次，但失败和成功的比例是9∶2，但他没有绝望，也没有沮丧，而是咬着牙挺住了。1861年，他已经52岁了，但他还没有放弃自己的梦想，那一年，他终于过关斩将，当选为美利坚合众国第16届总统。这样一个一次次从失败的阴影中走出来的人，该是一位多么坚韧多么伟大的人啊，的确，他是一位伟人，他有彪炳千秋的政绩，至今还被人们所深深敬仰和怀念着，他就是美国第16届总统、美国最伟大的总统之一——亚伯拉罕·林肯。

当选总统后，曾有记者采访他问："您一生总是失败，而现在您终于如愿当选上总统了，您对您的一生怎么评价？"林肯笑了笑说："幸运总会光临那些永不放弃的人，在失败废墟上成功的人更伟大。一个人，一生成功两次就足够了。"

永不放弃，永不被失败所屈服，失败的记录越多，成功的果实也就越甜、越大。

成功只差五丝米

莱斯是一位著名的物理学家和发明家，曾研制和发明过不少的东西。在电话机还没有诞生之前，莱斯就设想发明一项传声装置，这种装置可以使身处异地的两人自由地交谈，可以更方便人们的信息传递。

根据自己的设想和传声学原理，莱斯经过孜孜不倦的研究，用了两年多的时间，终于研制出一种传声装置，但令莱斯沮丧的是他研制的这种传声装置，只能用电流传送音乐，却不能用来传递话音，不能使身处两地的人们自由地交谈。在经过无数次的改进和实验后，莱斯的这项研制毫无进展，依旧无法传递话音，莱斯于是心灰意冷地宣告自己的研究失败了，并得出实验结论说："传声学根本无法解决两地之间话语传递的问题。"

和莱斯有着同样梦想的还有另外一位发明家，他是美国人，叫贝尔。听到莱斯研制失败的消息后，贝尔并没有灰心和绝望，他详细推敲了莱斯的传声装置，在莱斯研究的基础上不断开始新的大胆尝试，他把莱斯用的间断直流电，改为使用连续直流电，解决了传声装置传送时间短促、讲话声音多变等难题。但这些都是微不足道的小问题，莱斯也曾这样设想和实验过，都没有取得过成功，贝尔和莱斯一样，实验了很多次,同样遭到了令人沮丧的两个字:失败!

是不是真的如莱斯所说的那样,传声学根本无法解决两地之间的话语传递呢,贝尔也陷入了困境。一天下午,当绞尽脑汁的贝尔束手无策地坐在实验桌旁,面对着他已改进多次的传声装置发呆时,他的手无意间碰到了传声装置上的一颗螺丝钉,这是一枚毫不起眼的螺丝钉,已经有些微微生锈的钉盖,钉子也早已没有了多少金属的钢蓝色光泽,如果不是自己发呆和无聊,贝尔是如何也注意不到这颗螺丝钉的。在沉闷和发呆时,贝尔的手指碰到了这颗螺丝钉,并且发现它有些松动,贝尔轻轻地用手将这颗螺丝钉往里拧了半圈,但仅仅这半圈,奇迹竟出现了:世界上第一部电话机诞生了!

得知贝尔发明了电话机,莱斯马上赶到贝尔的实验室向贝尔表示祝贺并向贝尔请教。贝尔向莱斯一一介绍了自己对莱斯那部传声装置的改进,莱斯说:"这些我都实验过。"贝尔摸着那颗螺丝钉说:"我将它往里拧了二分之一,竟发生了奇迹。"莱斯怎么也不肯相信,一颗螺丝钉多拧或少拧二分之一圈,不过只是5丝米左右微不足道的差距,它能决定得了什么呢?莱斯半信半疑地将那颗螺丝钉拧松了二分之一圈,奇怪的是传声机果然没有了声音,他又将那颗螺丝钉向里拧了二分之一圈,那部传声装置立刻就可以传递话语了。

莱斯惊呆了,然后泪流满面痛悔不迭地说:"我距成功只差5丝米啊!"

5丝米,一颗普通螺丝钉的二分之一圈,大约只是半毫米,却让莱斯失败了。而恰恰只因为多拧了5丝米,贝尔成了家喻户晓的电话发明家。

失之毫厘,谬以千里。成功和失败并非是南极和北极之间的迢迢距离,很多时候,它们就并肩站在一起,决定成败的,往往只是你心灵的一点点倾斜。

上帝不敢辜负信念

5世纪中叶的一个夏天,航海家哥伦布从海地岛海域向西班牙胜利返航。

怀着又一次航海探险成功的喜悦,哥伦布率着他的船队在风平浪静、一望无际的茫茫大海上像海鸟一样轻松地游弋。经历了惊涛骇浪的许多船员都在甲板上默默祈祷:上帝呀,请让这煦暖的阳光一直陪伴我们返回到西班牙吧!

但船队刚离开海地岛不久,天气就骤然变得十分恶劣了。天空集满了一团一团苍黑的浓云,远方的闪电,不停地驱赶着巨大的风暴,狰狞地从远方的海上向哥伦布的船队迎头击来。

这是一场惊涛裂岸般的特大风暴。恶浪迭起,惊涛咆哮,一道道翻腾的浊浪呼啸着拍向哥伦布船队的一艘艘已经千疮百孔的木船，喷溅的海水跃上了船舷和甲板，几个还没来得及落下船帆的桅杆在暴风雨里嘎吱地折断了，两只海鸥凄叫着被暴风雨卷入汹涌的波涛里。风雨交加,电闪雷鸣,哥伦布的船队瞬间就被冲击得七零八落,就像几枚飘落在海上的树叶。

这是哥伦布航海史上遭遇的最大一次风暴,有几艘船已经被排浪打翻了，只一闪便沉入了大海。船长悲壮地告诉哥伦布说："我们将永远不能踏上陆地了。"

哥伦布知道，或许就要船毁人亡了，他叹口气对船长说："我们可以消失，但资料却一定要留给人类。"哥伦布钻进船舱，在疯狂颠簸的船舱里，迅速地把最为珍贵的资料缩写在几页纸上，卷好，塞进一个玻璃瓶里并加以密封后，将玻璃瓶抛进了波涛汹涌的茫茫大海。

"有一天，这些资料一定会被冲到西班牙的海滩上！"哥伦布肯定地说。

"绝不可能！"船长坚定地说，"它可能会葬身鱼腹，也可能被海浪击碎，或许会深埋沙底，但它绝不可能被冲到西班牙的海滩上去！"

哥伦布自信地说："或许是一年、两年，也许是几个世纪，但它一定会漂到西班牙去，这是我的信念。而上帝可以辜负生命，却绝不会辜负生命坚持的信念的！"

幸运的是，哥伦布和他的大部分船只都在这次空前的海上风暴里死里逃生了。回到西班牙后，哥伦布和船长都不停地派人在海滩上寻找那个漂流瓶，但直到哥伦布离开这个世界时，那个漂流瓶也没有找到。

在哥伦布生命的最后时刻，他拉着船长的手，依旧充满着自信地说："那个漂流瓶终有一天会被冲上西班牙的海滩的，这是我的信念。上帝可以辜负生命，但他绝不会辜负人的信念！"哥伦布去世了，船长还一直派人不停地在海边寻找着那个漂流瓶，但直到船长也离开这个世界时，那个哥伦布的漂流瓶依旧杳无音信。船长把哥伦布自信的话和寻找漂流瓶的使命告诉并嘱托给了自己的儿子，他们一代一代的人坚持在西班牙的海滩上寻找着。同时，他们也寻找着"上帝会不会辜负人的信念"的确切答案。

1856年，大海终于把那个漂流瓶冲到了西班牙的比斯开湾，而此时，距哥伦布遭遇的那场海上风暴，已经整整过去了三个多世纪。上帝不会辜负生命的信念，上帝没有辜负哥伦布的信念。

是的，上帝是不会辜负生命的信念的，在飘飘摇摇、起起落落的命运里，只要你信念的灯闪烁着，只要你信念的灯燃亮着，你就一定能够抵达你期望的驿站，你就一定能够梦想成真！

·成功，不能等待

1896年6月2日，世界上第一台电报机诞生了。电报的诞生，给世界信息业带来了一场日新月异的革命，到1921年6月2日，当电报诞生短短25周年的时候，《纽约时报》对这一历史性的发明发表了一个总结性的消息，告诉世人：因为电报的诞生，人们每年接受的信息量是25年前的50倍。

看到这一消息后，当时有至少50个机敏的美国人对此发生了浓厚的兴趣，他们立刻想到创办一份综合性的文摘杂志，遍选精华，使人们能在千头万绪、林林总总的信息中，更加容易和直接地看到自己迫切需要知道的信息。这50个人，差不多都是美国的商界精英和政界头面人物，他们之中有百万富翁、出版商、记者、律师、作家，甚至还有一位忙碌的国会议员。他们都同时从电报诞生25周年这个消息上得到启迪，不约而同地相信，如果创办一份文摘性刊物，一定会拥有很多的读者，创办者百分之百可以从中赚到一笔巨额的利润。在不到一个月的时间里，他们都到银行存了500美元的法定资本金，并顺利办理了创办刊物的执照。当他们拿着执照到邮政部门申请办理有关发行手续时，邮政部门却一概拒绝了，邮政部门说：“从来还没有代理过这类刊物的征订和发行业务，如果同意代理，现在也不到时机，最快也要等到明年中期的总统大选以后。”

许多人得到这种答复后，就决定按照邮政部门说的那样，只好等待到明年中后期了。甚至有几个精明人为了免交执业税，马上向管理部门递交了暂缓执业的申请。但只有一个年轻人没有停下来去等待，他立即回到家里，买来纸张、剪刀和糨糊，和他的家人马上糊了2000个信封，装上了一张张的征订单，然后把信送到邮局全部寄了出去。

很快，一本全新的文摘性杂志《读者文摘》就送到了许多读者的手里，并且发行量直线上升，雪片似的订单从四面八方纷纷飞向了杂志社。第二年中期，当邮政部门终于答应代理发行征订手续时，《读者文摘》通过直接邮购早就在市场上稳稳站住了脚跟了。那些当初也曾梦想过办这样一份文摘性杂志的人现在手捧着《读者文摘》个个追悔莫及，如果自己不是坐等时机，他们也足以办起这样一本风靡全美的畅销杂志的，但恰恰是因为等待，他们丢失了这一个千载难逢的珍贵机遇。

而没有等待的年轻人叫德威特·华莱士，他抓住机遇，出手就创造了世界出版史上的一个奇迹，他创办的这份《读者文摘》出手不凡而且经久不衰，到2002年6月，《读者文摘》已拥有了19种文字、48个版本，发行范围遍布全球五大洲127个国家和地区，订户1亿多人，年收入达5亿美元之多。

成败就是这样，当相同的机遇同时光顾许多人的时候，有的人在等待时机的成熟，而有的人却马上一跃而起紧紧抓住了机遇。那些从不等待的人成功了，而那些坐等机遇的人，当他们觉得时机已经成熟，准备去抓住机遇的时候，却常常十分痛悔地发现，那些机遇早就成了别人篮子里沉甸甸的果实了。

这世界上没有什么成熟的时机，当你隐隐约约看见时机时，时机就应该被你立刻抓住了，时机不能等待，就是让它成熟也应该是让它在你的手心里慢慢成熟，否则，你的等待，只不过是给别人创造了夺门而入的机会。

时机就是现在，成功不能等待。

你自己就是圣者

二十年前的一天，盛誉全球的美孚石油公司董事长贝里奇到南非的开普敦巡视美孚石油开普敦分公司工作。在分公司的卫生间里，他看到一个体格健壮、工作卖力的黑人小伙子正在满头大汗地擦地板。贝里奇问这个黑人小伙子："年轻人，你今天的工作是擦地板，那么你今后的梦想是什么呢？"

黑人小伙子听了，十分真诚地回答说："我可不愿意一辈子就当清洁工，我的梦想是，能幸运地遇到一位圣者，然后恳请他为我指点迷津，赐给我一份体面的工作，使我将来能干出一番令人羡慕的事业来。"

贝里奇一听，笑了，他对黑人小伙子说："小伙子，二十年前我曾到过南非，那时，我曾上过南非的圣山，那时我同今天的你一样，只是一位普通的加油工。但十分幸运，在那座圣山上，我恰恰遇到了一位圣者，他给了我指点。根据他的指点，我今天才成了美孚石油公司的董事长。据说，只要谁能有幸见到圣者，他都会前程似锦干出一番事业的。小伙子，你为什么不去请那位圣者给你指点一二呢？"

黑人小伙子听了，喜出望外地说："我明天就去找那位圣者！"

第二天，黑人小伙子天不亮就出发了，他过沼泽、走草甸赶到那座山脚下，然后穿密林、攀悬崖，披荆斩棘，跋涉了一个多月，历尽了艰辛，终于站在了白雪皑皑的温特胡克山顶峰，他在山顶苦苦寻找了几天，没见到圣者。他不甘心就这样空手而归，从山顶下来后，他又走过一道道山脊，越过一道道幽深的沟壑，但令他失望的是，他连圣者的一个影子都没有看到。黑人小伙子满怀失望地回来了，他找到贝里奇，十分沮丧地说："董事长先生，我已经到过圣山的山顶了，也差不多找遍了圣山的每一个角落，但除了我之外，在偌大的圣山上，我连一个人甚至一个别人的脚印都没有找到，更别说找到那位圣者了。"

贝里奇笑了，他问："真的连一个人也没有吗？"

黑人小伙子说："除了我自己，真的没有一个人。"贝里奇意味深长地笑笑说："小伙子，你已经见到圣者了。"黑人小伙子不解地说："圣者？除了我，那山上肯定没一个人，我怎么已经见过圣者了呢？"

贝里奇说："你自己就是圣者啊！"见小伙子依然不解，贝里奇说："那么高又那么险峻的雪山，有几个人敢攀到顶端呢？你能有勇气和毅力不畏艰险地攀上去，你不是圣者谁还能是圣者呢？小伙子，你一定能实现自己的梦想的，只要你能记住：我自己就是圣者！"

二十年过去了，如今，那个黑人小伙子果然成了美孚石油公司开普敦分公司的总经理，他的名字叫贾姆纳。他深有感触地总结自己的成功说："一个人要想干出一番事业来，就必须记住你自己就是圣者！"

相信自己就是圣者，你就有了挑战一切的勇气；相信自己就是圣者，你就有了战胜一切的自信；相信自己就是圣者，你就有了不畏艰险的坚强毅力……

记住，我们自己就是圣者！

第一百零一次

阿里刚刚走上拳坛时，年轻气盛，自恃臂力过人，骄傲地纷纷给十几位拳坛老将下战书挑战，发誓自己要秋风扫落叶般地一一把他们从拳台上击落下来，一举实现自己梦寐以求的重量级拳王梦。

但令他始料未及的是，那些曾经纵横拳坛的老将们并没有像阿里想象得那样个个不堪一击，他们步法矫健、机敏沉着，防守稳固，出拳又奇又猛，往往几个回合，就用暴雨般的重拳，把阿里击打得晕头转向、头破血流，倒在拳坛上奄奄一息，再没有爬起来的力量和勇气。阿里十分气馁，他沮丧地对教练和朋友说：“没想到这些对手是这样的凶猛和剽悍，我没有信心再同他们交锋了。”

教练看着垂头丧气的阿里说：“小伙子，你绝对有同他们一决高下的能力，但你缺乏的是坚韧和勇气。”

阿里不解地说：“我还能有什么勇气呢？他们三几个回合就把我打得骨头跟断了似的，连爬起来的力气都没有，我还有什么勇气和他们再战下去？我还有什么勇气取胜呢？”

教练拍拍阿里的肩胛说：“你这里有的是用不尽的力量，但你缺乏的是倒下去后，再用它把自己有力地重新撑起来！”又一次走上拳坛时，阿里很快又被对手重重地击倒了，裁判蹲在阿里的耳边倒数“十、九、八、七……”裁判想，这个小伙子肯定还和以前一样，被击倒就再也不能爬起来了。但当裁判就要数“一”时，吃惊地发现阿里竟用双臂一撑，摇摇晃晃地站起来了，他用拳套轻轻拭掉嘴角的血，深深地吸了一口气，定了一下神，抬起双臂，又和对手擂击起来。但几个回合后，他又被击倒了。这次，他没等裁判倒数到五，就又站起来了。

不到一年，阿里这个默默无闻的小伙子，就纷纷击败了各路拳坛名将，独步拳坛，成了享誉世界的一代拳坛泰斗。

阿里功成名就后，许多初涉拳坛遭遇挫败的年轻拳击选手纷纷登门向阿里讨教取胜的秘诀。阿里微笑着向他们传授说：“成功其实很简单。”许多选手都很不解。

阿里问他们说：“如果你被击倒了一百次，你怎么才能成功？”很多人都摇摇头。

阿里说：“就看你们自己能不能第一百零一次地站起来，如果你不能再站起来，那你肯定无缘于胜利和成功；如果你能站起来，那么最后的胜利和成功肯定都会属于你！”

是的，成功其实很简单，被别人击倒了一百次，只要你能第一百零一次地站起来！

撬起世界的支点

在闻名世界的威斯敏斯特大教堂地下室的墓碑林中，有着一块扬名世界的墓碑。

其实，这只是一块十分普通的墓碑，粗糙的花岗石质地，造型也一般，同周围那些质地上乘、做工优良的亨利三世到乔治二世等20多位英国前国王墓碑以及牛顿、达尔文、狄更斯等名人的墓碑比较起来，它更是不值得一提的一块十分普通的墓碑。并且它还只是一个无名氏的墓碑，没有姓名，没有生卒年月，甚至它连墓主的一个介绍文字也没有。

但就是这样一块墓碑，却是名扬全球的一个著名墓碑，每一个到过威斯敏斯特大教堂的人，他们可以不去拜谒那些曾经显赫一世的英国前国王们，可以不去拜谒那些诸如狄更斯和达尔文等世界名人们，但他们却没有人不来拜谒这一块普通的墓碑，他们都被这块墓碑深深震撼着，准确些说，他们都被这块墓碑上的碑文深深震撼着。

在这块墓碑上，刻着这样的话：

当我年轻的时候，我的想象力从没有受过限制，我梦想改变这个世界。

当我成熟以后，我发现我不能够改变这个世界，我将目光缩短了些，决定只改变我的国家。

当我进入暮年以后，我发现我不能够改变我的国家，我的最后愿望仅仅是改变一下我的家庭。但是，这也不可能。

当我现在躺在床上，行将就木时，我突然意识到：

如果一开始我仅仅去改变我自己，然后作为一个榜样，我可能改变我的家庭；在家人的帮助和鼓励下，我可能为国家做一些事情。

然后，谁知道呢？我甚至可能改变这个世界。

据说，许多世界政要和名人看到这篇碑文时都感慨不已，有人说这是一篇人生的教义，有人说这是一篇生命力学的论文，还有人说这是灵魂的一种自省。当年轻的曼德拉看到这篇碑文时，他顿然有醍醐灌顶之感，声称自己从中找到了改变南非甚至整个世界的金钥匙。回到南非后，这个志向远大、原本赞同以暴制暴垫平种族歧视鸿沟的黑人青年，一下子改变了自己的思想和处世风格，他从改变自己、改变自己的家庭和亲朋好友着手，历经几十年，终于改变了他的国家。

真的，要想撬起世界，它的最佳支点不是整个地球，不是一个国家、一个民族，也不是别人，它的最佳支点只能是自己的心灵。

要想改变世界，你必须从改变你自己开始。要想撬起世界，你必须把支点选在自己的心灵上。

人生不止一步

年轻的时候，他沉迷于声色犬马，往往在酒吧里喝得酩酊大醉，然后深一脚浅一脚地趔趄着回家。亲朋好友和那条街上的邻居都知道，他是一个醉鬼，一个年轻的老醉鬼。他没有什么都可以，但没有酒绝对不行，如果有朋友相邀，他求之不得地兴冲冲赶去，然后醉得不知东西南北地被人扶回来。也有时候，没有人相邀，傍晚时他就一个人坐在家里自斟自饮，每次最少一夸脱的威士忌，不把自己喝得烂醉如泥就绝不罢休。邻居们没有哪一个人没见过他的醉态的。有时在暗夜里的大街上，他醉倒在大街上找不到家了，有时在街边的角落里，他醉得一塌糊涂倚着墙呼呼睡着了，他的每一个英镑都换成了烈性威士忌，以致他即使没醉的时候也四肢无力，眼睛红红的，连眼皮也懒得睁开，一副没精打采的枯槁样子。

亲人们劝过他无数次，甚至骂过、羞辱过他很多次，但就是无法让他同酒精诀别。他也信誓旦旦说："除非让我死掉，否则我是绝不会离开酒的！"

大家都替他惋惜，一个正值青春年华的年轻人，就要被烈性威士忌给彻底毁掉了，邻居们为他惋惜得直叹息，亲人们为他惋惜得直掉泪。

束手无策的亲朋好友们为了挽救他，不得不用上了一个最残酷的办法，那就是彻底断掉他的经济来源，让他一文不名无钱买酒，逼迫他去找工作。他向亲人要钱，亲人们冷着脸不理睬他。他向朋友们借钱，朋友们找出各种理由去搪塞和拒绝他。没办法了，走投无路的他只好硬着头皮奔波着去找工作，以图挣些钱来买酒喝。

他找了几家公司，终于有一家公司录用了他。但干了没多久，公司看他整天呵欠连天、有气无力的样子，坚决把他辞退了。

无所事事的他没办法，又强撑着自己被酒精噬空了的年轻躯体开始了第二次艰难的求职，好不容易又被一家公司录用了，但发现他上班总是醉醺醺的样子，忍无可忍的经理很快又解雇了他。

亲朋好友们以为这些挫折足可使他回头了，但谁也没料到，穷困潦倒的他却又交上了一些臭名远扬的无聊政客，这些可恶的政客们十分欣赏他的思维敏捷和能言善辩，他们带着他架鹰走犬，出入大大小小的酒吧和形形色色的夜总会，他醉得更厉害了，甚至有一夜醉倒在酒吧的盥洗间里昏昏沉沉地睡了整整一夜。

“完了，他算彻底毁了！”亲朋好友不禁深深为他感到痛惜，就连他的母亲也对他不寄任何希望了。因为他在读大学时偷偷吸鸦片，三十多岁了还一事无成，不是每天睡懒觉睡到中年，就是沉湎于威士忌中不能自拔，人生的路，他走错得太多了，向深渊里滑得太远了。

连他自己的母亲对他都如此绝望，还有谁能对他有那么一点点的期望呢？对他的后半辈子或一生我们似乎也可以像他的亲朋好友，以及街坊邻居那样毫不犹豫地给予盖棺论定：他完了，他的一生完了，他只不过是个醉鬼和终生一事无成的废人罢了。

但且慢，你知道他是谁吗？

他就是年轻的温斯顿·丘吉尔，“二战”时期的英国首相，一位历史和全世界都不会忽略和遗忘的世界伟人！

我们可能想不明白，一个在人生路上走错了如此远的人，一个连自己母亲都替他人生绝望的人，一个大学时偷吸鸦片，懒得日上三竿还迟迟不起床的懒汉和醉鬼，一个曾被名不见经传的两家小公司解雇的人，为什么竟能成为英国彪炳千秋、功勋卓绝的首相和举世瞩目的杰出伟人呢？

虽然我们想不周全，但我们却可以知道，一个人一生的路，不是走错一步就从此万劫不复的。人生不止一步，只要不因自己的一步失误而让心灵绝望，那么一切都可以再重新开始。

人生的路是遥远的，它不止一步，迈错了一步没关系，只要你能校正梦想的方向，你生命的最后也能有瑰丽的彩虹。

第四辑

开花的心

只要拥有一颗开花的心，那么就一定能结出属于自己的果实。因为，成功什么时候都不会辜负一颗决心开花的心灵。不管岁月是如何的短暂，不管尘世是多么的薄情，只要拥有一颗开花的心，只要它开花，那么，大地就一定会赋予它以自己的芳香和果实的！

花儿努力地开

有一天我很高兴，一个人到山野去漫步，在寺山的一个山洼里，我发现一种很漂亮的花朵，那是一种不大的花朵，每一朵只有米粒一样大小，花蕊呈粉红色，花瓣从红色到藕荷色，然后到花瓣边缘时，竟成了清纯的湖蓝色。

这是一种我从未见过的花朵，我至今说不出它的名字，它那么地小，又开在那么偏僻的山野，如果不是今天我高兴，不是我乘兴来这山野里漫步，我想我不会和这朵花相遇，但相遇和不相遇，和这朵花有什么关系呢？我来，它要绽放；我不来，它也会绽放，我来与不来，它都要绽放得这样的努力，把花瓣伞一样最大限度地撑开，把色彩最淋漓地溢出来。我想它的绽放，可能是为了一抹春光，也可能是为了一缕清风，也可能什么都不为，只为自己的心灵而绽放，但肯定不是为了和我的相遇，才这么努力地绽开的。

有一天我很郁闷，又一个人撑着伞到山野里去漫步，还是在寺山的那个山洼里，我又看见了那一种花朵，一朵还只是米粒般大小，花蕊呈粉红色，花瓣藕荷色，然后近边缘时，却成了醉人的湖蓝色。那天下着细雨，吹着微微的斜风，雨早把花朵打湿了，只是半支烟的工夫，那小小的花朵里竟积起了和花朵差不多大小的雨珠，眼看就要把它细细的青茎给压折了，忽然它在微风里一抖，把雨珠给抖落了，它挺在那里，伞一样淋漓地撑开它那微小的花瓣，全不顾雨滴和斜风，开得是那样地努力。我今天来这里郁闷地漫步，它绽开了，假若我今天不来，它也一样要绽开，我来与不来，和这朵花有什么关系呢？

忽然想起一首诗来：

你高兴，

花儿开，

你哭泣，

花儿开。

花儿总是努力地开。

"花儿总是努力地开"，多好啊，不管是雨，不管是风，不管是愁，不管是乐，只是努力自己的心，只是努力自己的生活，只是努力自己的梦想。

一个人，又何尝不是一朵花朵呢？是花朵，就要总是努力地开。

沙漠之树

胡杨树苗成活后，其中一个人每隔三天，都要挑起水桶，到荒漠中来，一棵一棵地给他的那些树苗浇水。不管是烈日炎炎，还是飞沙走石，那人都会雷打不动地挑来一桶一桶的水，一一浇他的那些树苗，有时刚刚下过雨，他也会来，锦上添花地给那些树苗再浇一瓢。老人说，沙漠里的水漏得快，别看这么三天浇一次，树根其实没吮吸到多少水，都从厚厚的沙层中漏掉了。

而另一个人呢，就悠闲得多了。树苗刚栽下去的时候，他来浇过几次水，等到那些树苗成活后，他就来得很少了，即使来了，也不过是到他栽的那片幼林中去看看，发现有被风吹倒的树苗就顺手扶一把，没事儿的时候，他就在那片树苗中背着手悠闲地走走，不浇一点儿水，也不培一抔土，人们都说，这人栽下的那片树，肯定成不了林。

过了两年，两片胡杨林树苗都长得有茶杯粗了，忽然有一夜，狂风从大漠深处卷着一柱柱的沙尘飞来，飞沙走石，电闪雷鸣，狂风卷着滂沱大雨肆虐了一夜，第二天风停的时候，人们到那两片幼林里一看，不禁十分惊讶：原来辛勤浇水的那个人的树几乎全被暴风给刮倒了，有许多的树几乎被暴风连根拔了出来，折断的树枝，倒地的树干，被拔出的一蓬蓬黝黑的根须，几乎惨不忍睹。而那个悠闲的不怎么给树浇水的人的林子，除了一些被风撕掉的树叶和一些被折断的树枝外，几乎没有一棵被风吹倒或者吹歪的。

大家都疑惑不解。

那人微微一笑说："他的树这么容易就被风暴给毁了，就是因为他的树浇水浇得太勤，施肥施得太勤了。"

人们更迷惑不解了，难道辛勤为树施肥浇水是个错误吗？

那人顿了顿叹了一口气说："其实树跟人是一样的，对它太殷勤了，就培养了它的惰性，你经常给它浇水施肥，它的根就不往泥土深处扎，只在地表浅处盘来盘去。根扎得那么浅，怎么能经得起风雨呢？如果像我这样，把它们栽活后，就不再去理睬它，地表没有水和肥料供它们吮吸，逼得它们不得不拼命向下扎根，恨不得把自己的根穿过沙土层，一直扎进地底下的泉源中去，有这么深的根，我何愁这些树不枝叶繁茂？何愁这些树会轻易就被暴风刮倒呢？"

别给生命以适合的温床，生命的温床上只能诞生生命的灾难。要想使你生命之树能根深叶茂顶天立地，那就不能给它太足的水分和肥料，逼迫它奋力向下自己扎根。

不管是一棵草、一棵树，怎样的条件就会造就怎样的命运。温床上是长不出参天大树的，襁褓里藏着的绝不是伟人。

佛　兰

这是在非洲流传的一个故事。

一个城里人到乡下旅行，在一块庄稼地里看到一种肥肥的野草，青得透明的茎儿，绿得郁郁的齿叶，他欣喜若狂，立即找到农夫，要求购买。农夫给他一把锄头，说：那种野草呀，喜欢就送你得了，除草的时候我不知毁了多少。这种草，连牛都不吃，有什么可爱的呢？于是旅行者立刻去田里挖下了几十丛这样的野草，运回到城里。他就成了富翁。

因为，这种乡下的野草，是城市里名贵而不易买到的花儿——佛兰。

其实，哪一种花朵，不是一种野草呢？价值观念的不同，使同一种花朵有了两种命运，农夫要挥锄毁掉它，以利于自己庄稼的成长，而城里人却要小心翼翼地把它栽在典雅的花盆里，给它施肥、给它浇水，以期它能吐一缕温馨的幽香。

花和草其实就是一种东西，因为我们的观念注入，这世界上才有了花草之分。其实，名贵之花也是一种卑贱的野草，而每一种野草也都可能成为天使般的花朵。

在不同的地方，我们会有不同的价值。

世界上最美的荆棘

巴比伦有一个国王梦想拥有一个最美丽的大花园，于是他命令他的一个大臣说：“你去给我建造一个大花园，这个花园不要很多品种花卉，只要栽满世界上最美的一种花就够了。”

这个大臣领了命令后，边让人大兴土木建造花园，边派使者到世界的各个地方去选取花卉。花园很快建成了，大臣从上万种花卉里选来选去，他和很多人都一致认为，玫瑰才是这个世界上最美的花朵，于是，他召来成千上万的花匠，吩咐他们在花园中遍种玫瑰，并且，按照玫瑰的花色品种栽植图案，通道、亭榭都设计得巧夺天工，让参观者个个大为赞叹，大臣想，这么美的玫瑰，这么壮观的花园，国王看了一定会高兴的。于是，在玫瑰盛开时节，大臣把国王领到了花园里。

谁知国王看到那些玫瑰就勃然大怒说：“让你建最美的花园，你却给我栽了这么多的棘刺！”大臣忙分辩说：“国王陛下，这些玫瑰虽然有刺，可它是世界上最美的花啊！”国王不等这个大臣说完，便令武士把这个大臣杀了，国王叹息说：“每朵花下面都有刺，怎么能是世上最美的花朵呢？”

不久，国王又命令另一个大臣给自己的花园引种世界上最美丽的花卉。这个大臣领了命令后，不慌不忙，既没有派使者奔波着去满世界寻找花种，也没有为因为花色品种而自己去劳心费神。等到春暖花开，满园玫瑰怒放，花香四溢时，他便前去王宫请国王到花园来赏花，大家都为他担心，这不是要重蹈那个被杀大臣的覆辙，让国王来砍他的脑袋吗？

当国王走进玫瑰花园时，这个大臣微笑着对国王说："陛下，你瞧这些棘刺多么美丽啊，每丛棘刺上都开着花朵。"

国王一看高兴万分，赞赏地说："是啊，这些棘刺是如此的美丽，每丛棘刺上都盛开着这么芬芳的花朵，这可能是世界上最美的棘刺，也是世界上最纯真的花朵了。"国王不仅没有丝毫怪罪这位大臣，还给这位大臣加官晋爵，并赏给了他许多金银和丝帛。

很多人都很不解，询问这位大臣说："同是长满棘刺的玫瑰，为什么那位大臣被杀，而你却反而能领到赏银呢？"这个大臣听了微笑着说："虽同是玫瑰，他让国王看到的是每朵花下都有刺，而我让国王看到的是每丛刺上都有花啊。"

世界万事万物都有两面，有洒满阳光的一面，也有布满阴影的一面，就像玫瑰的每朵花朵下都长满了刺，而每丛棘刺上都绽开着美丽的花朵，福兮祸所伏，祸兮福所倚，一切都取决于你自己生活和心灵的视角，花朵下可以看见锐利的刺，而在刺上，你则能看到洒满阳光的花朵。

心灵的眼睛

初冬的时候，我们一行人到豫西乡间去。

那是伏牛山的深处，山岗起起伏伏的，山上的树都凋尽了叶子，看上去灰蒙蒙的。在山脚下，我们见到了许多柿树。那些柿树有的虬干虬枝，有几个人合抱粗；有的是挂果没有几年的新树，树干泛着灰绿，树不粗，也不高。

令我们感到奇怪的是，在我们看见的每一棵柿树的顶梢，都有五至七个又红又大的柿子，不管那棵树是参天高大的古柿树，还是并不高大的新树，在落光了叶子的树上，那些鲜红的柿果就像一个个高挑的红灯笼，红得鲜艳而炫目。这个时候了，该收获的应该早就收获了，为什么每棵柿树的顶梢还长着几颗又红又大的柿子呢？我们几个人禁不住七嘴八舌地猜测了起来。有人说，可能每棵柿树就结了那么五至七个柿子，这里的农人可能还没有来得及采摘。有人说，为什么低处的树枝上没有柿子，而那五至七个柿子都差不多长在每棵柿树的顶梢呢？肯定是这里的人太笨，他们不敢爬到树的顶梢去摘柿子，所以低处枝上的他们已全部摘下，而顶梢的那五至七个柿子就留了下来。

我们都赞同第二种说法，认为一定是因为这里的人太笨，他们不敢爬到柿树的顶梢去，所以就留下了那红灯笼般鲜艳而诱人的红柿子。

后来，我们在一个山脚下遇到一位打柴的老农，为了验证我们的结论，我们涌上前去搭讪那位老农说："是不是每棵树每年只能结三五个柿子呢？"老农笑着摇摇头说："怎么会只结三五个呢？一棵树要结上许多的。"

我们又问老农说："这些柿树上的果实是不是已经采摘过了？"老农笑笑说："九月的时候，已经摘过了。"

我们又吞吞吐吐问老农说："是不是因为顶梢太高、太危险，人们不敢爬到顶梢去，所以每棵柿树顶梢的几个柿子现在还留着？"老农一怔，又不屑地说："没有俺们摘不到的，就那顶梢，俺们还能够不着？"

我们不解地问老农说："那你们为什么采摘时不把那些柿子全摘了呢？"老农淡淡地说："我们故意留下的。"故意留下的？我们更不解了。老农淡淡一笑说："人们劳作了一年，收获了小麦、大豆、玉米什么的，可以安心在家有吃有喝过冬天的生活了，而那些鸟儿也忙了一年了，大雪封了山、封了地，它们吃什么呢？这是俺们留给鸟儿们的果实，也是俺们这地方的风俗，如果谁要把树上的柿子摘光了，那大家就会瞧不起你，怎么和鸟儿争东西吃呢？大家就会和你断来往。"我们一听，全愣了，老农看一眼我们说："树上留的这柿子，我们叫'老鸹柿'。"

不是摘不到，而是故意留下给鸟儿们吃的，想想我们刚才的匆忙猜测，想想我们给这里人下的"笨"字结论，我们的脸全红了。

眼睛看到的，并不一定就是真实的。有许多时候，许多东西需要我们透过心灵去察看。

·心灵的伤疤

很小的时候，我和一群淘气的小伙伴在我家庭院的一棵梧桐树干里，嵌进了一个鸡蛋大小的青石块，没有想到两个多月过去了，我们再去取那个石块时，费尽了九牛二虎之力，却怎么也取不出来了。

没办法，只好眼睁睁看着那个石块就长在那棵梧桐树的树干里。后来，石头裸露的部分越来越少了，第五年的时候，那块石头竟被完全裹在了梧桐树靛青色的树干里，站在树下，已经一点也看不到那块石头的踪影了，而且，包裹起那块石头的那一段梧桐树皮，明净、光滑、完好如初，丁点的伤痕都没有。我高兴地跟祖父说："那块石头一点也没有影响这棵梧桐树的生长。"

祖父摇着头叹息说："伤疤结在这棵树树心里了，孩子，总有一天，这个伤疤会害掉这棵树的。"我一点也不相信祖父的话，看着那棵梧桐树那么蓊蓊郁郁地生长，看着它一年一年变得粗壮、高大起来，我根本不觉得那一个石块能害掉一棵那么粗壮的树。

十多年后，我已经离开家乡到城市里工作了。有一天早晨父亲忽然挂来电话说："昨天夜里咱们这里刮起了很厉害的龙卷风。"我问父亲家里有没有受到什么损坏，父亲沉默了一会儿说："院子里的那棵梧桐树被风刮断了,断树把树旁的柴屋砸塌了。"我听了,大吃一惊,一棵那么粗的树,怎么会被一场龙卷风吹断了呢?我急急忙忙搭车赶回去一看,果然那棵梧桐树断了,而折断的地方就是我们嵌进石块的地方,在白森森的断裂处,那块石头若隐若现裸露着。父亲叹息着说:"如果这块石头一样大的伤疤只是在树干的表皮上,那倒没有什么,但可惜的是它伤在树的心灵,所以这棵大树就被风给刮倒了。"

是的,有什么伤疤能比心灵里的伤疤更能毁灭命运呢?皮肤表层的伤疤,只不过会给我们的外貌带来一丝丑意,而心灵上的伤疤,却可以不露声色地毁灭我们的命运。

抚慰命运,必须及时抚慰我们心灵上的伤痕,只有没有伤疤的心灵,才有幸福而完美的人生。

开花的心

那时我们还在山里读中学。那是一所破烂不堪的学校，老师也都是镇上的人，许多人没有学历，只是可以读懂教科书而已，教学教得十分吃力。县里每次统考，我们学校的排名都在最后。

我们很沮丧，我们知道像这样学下去，谁都会同以前镇上中学毕业的人一样，在学校长足了身体，然后一毕业就回到家里，侍弄山坳间的那一点点田地，打柴、放牛、牧羊，最出色的，也不过是学一个手艺，做木工、编竹器，或者走村串户地去给别人砌墙、盖房修屋。因此，老师虽然十分吃力地教，我们也还是十分懒散地学。每到割麦或收秋时，只要家里人忙碌起来，即使学校不放假，我们也不来上学了，跟着家里人在山间地头忙碌。学校对我们这些三天打鱼两天晒网的学生很头疼，管得太松不行，逼得太紧，许多学生就主动退学。那年秋天，又到忙碌的时候了。我们像往常一样，开始旷课不到学校去上学了，学校的老师很焦急，但却一点办法也没有。

头发斑白的老校长想了两天，让同学们互相传信，让全校的同学晚上到学校去开会。在煤油灯飘飘忽忽的大教室里，老校长平静地望着我们说：“你们整天在田间地头跑，在涧谷林子里忙，你们谁知道哪一种花开得最晚吗？”

我们都歪着小脑袋想，想了一会儿，有人站起来回答说：“是石榴。它到5月才开花呢。”有人说：“不对，是山上的野鸡翎，它到初秋时才开花。”很快就又有人反驳说：“不对，是野菊花，霜浓时它还开着呢。”

老校长听了，都否定地摇了摇头说：“不对，应该是山里红，它的花落雪时才开呢。”我们想了又想，觉得老校长说得很正确，确实是山里红，那是一种很笨很笨的植物，春天时，当漫山遍野的树木和藤蔓早已绿意盎然时。山里红还像一个没睡醒的孩子，它矮矮的乱蓬蓬的枝蓬上连一个芽苞都没有，就像一堆乱七八糟的枯枝，仿佛永远都不会醒来了，一直等到暮夏时，它才懒洋洋吐出了一簇一簇细细的碎碎的又稀稀疏疏的嫩叶。别的花早谢了，甚至果实已经成熟时，山里红的枝条上才能萌出一串串米粒似的淡淡花芽。当初雪飞舞时，它浅浅的、米粒大小的一朵朵黄花才和雪花一起开放了，它姗姗来迟，开得那么晚，以致许多人都以为它不会开花呢。

老校长轻轻笑了笑说：“山里红的芽吐得那么晚，花开得那么迟，你们知道它能结果吗？”我们马上七嘴八舌地回答说：“山里红怎么会没有果实呢？它的果粒豆般大小，红红的、密密的，像一把一把的红玛瑙，晶莹剔透，漂亮极了。”我们说，那是咱山里唯一一种冬天也不落果的植物呢，它红红的一串串果实直到第二年春天才会落，你知道吗？一些城里人来咱们山里选盆景，他们选的都是山里红，他们说山里红的果实红红的，过春节时都没落，摆在家里好看极了，很受那些城里人欢迎和偏爱呢。

老校长颔首笑了，他缓缓站起来，大声说：“孩子们，山里红春天没开花，夏天没开花，秋天没开花，直到冬天风那么冷、雪那么大它却开花了，冬天不是开花的季节呀，可它却开了，在寒风里开了，在冷雪中开了,那是它始终有一颗开花的心啊!”

老校长顿了顿又说,虽然它的花开得那么晚,但开了,它就能有自己的果实,不管寒风是如何的冷,不管雪是多么的大,只要有一颗开花的心,只要它开花,那么,大地就一定会赋予它以自己的果实的!

回味着老校长的话,我们全都沉默了。是呀,只要有一颗开花的心,那么,不论多久、多难,大地和自然都一定会赐予它自己的果实的,自然从不会辜负任何一种抱定自己一定要开花的植物的。

第二天,所有的同学都回到了自己的教室里,一个也不少。现在,我们中的许多人都在远离深山故乡的城市里,我们有了自己的天地和别人欣赏的掌声,但我们始终记着老校长的话,记着那和雪花一起姗姗绽放的山里红;我们始终知道,不论你的位置多么低,也无论自己现在是如何卑微,但只要我们有梦想,有一颗坚定要开花的心,那么,我们就一定会拥有自己人生的果实。

只要拥有一颗开花的心,那么就一定能结出属于自己的果实。因为,成功什么时候都不会辜负一颗决心开花的心灵的,不管岁月是如何的短暂,不管尘世是多么的薄情,只要有一颗开花的心,只要它开花,那么,大地就一定会赋予它以自己的芬芳和果实的!

为他人开一朵花

一个小山村，风景十分优美，它的后山的幽涧里有喷珠溅玉、飞金泻银的壮美瀑布群，它庄前的河流里有荷花和芦苇，还有成群成群的野鸭和珍奇的各种水鸟。

村庄里的人想搞旅游开发，但因为到电视台和报纸上做广告要用很多的钱，而村里的人又没有钱，所以好多年了，到村庄来游览的游人一直都很少。一天，村里的一个女孩出主意说：“想引游人来，不如我们在通到我们村的路旁都种上花朵，有了花朵，外边的人即使走马观花也会走进来的。”许多人都摇头嘲笑女孩的主意，女孩说：“咱们村每家每年都种油菜花呀，油菜花也是花，如果咱们每家都把自家的油菜种到山路两旁的地里，既不耽误每家春天时收获油菜籽，又有了招引游人的山间花廊，这是多么美的事情啊！”村里的人们想想，觉得女孩说的或许不错，于是，每家都把自己的油菜地留在了通往公路的山道两旁。

阳春三月时，山道两旁的油菜花开了，那蜡黄蜡黄的油菜花像两条锦毯，蜿蜿蜒蜒从公路相接的地方一直盛开到了大山深处去，窄窄的山道上花香扑鼻，引得蜂飞蝶舞、鸟鸣虫唱，外边的游人还没来，村庄的人自己就被这景色深深沉醉了。后来，几个偶尔经过这里的人沿着油菜花廊走进来了，他们在村庄后边的山涧里流连忘返，他们在村庄前边的田田荷叶间陶醉和沉迷，他们忘情地拿着自己的相机，快门在村庄里咔咔响个不停。没几天，城市的报刊上大幅刊登上了这个村庄的风光摄影图片，城里的电视上也纷纷播映了这个村庄的风景画面。

于是，记者来了、画家来了，络绎不绝的游人们争先恐后地一群群涌来了，这个名不经传的山村很快就成了方圆数百里的风景名胜佳地。电视台的记者采访村里的人问：“你们这大山深处的人，没登旅游广告，没搞旅游推介，为什么却能把你们这里的旅游搞得这么火呢？”村里的人憨厚地在电视画面上笑着说：“因为我们为别人开了一朵自己的油菜花。”

“为别人开了一朵自己的油菜花？”记者愣了，观看这个电视片的许多观众都愣了。

为别人开一朵自己的花，许多陌生的人就会靠近你的花朵来；为别人开一朵自己的花，许多陌生的心灵就会靠近你的心灵来；为别人开一朵自己的花，春光就会到你的花蕊中驻下来……

谁能向世界敞开自己心灵的花瓣，岁月便会赋予它最美、最甜的沉甸甸果实。

病　花

去年秋天，我踩着落满黄叶的小径，去幽静的医院的一间危重病房看望一位患病的女同学。她躺在白墙、白床、白被褥的病床上，因为化疗，原本的一头乌发早脱落了，头上戴着一顶洁白的卫生帽。

她虽然知道自己患的是肝癌，是不治之症，但她很平静，气色也出奇的好，我们谈话间，她不时嗤嗤发出轻笑声。说了半天的话，她忽然站起身说："看呀，该给花浇浇水了。"我劝她说："你还是躺着吧，我替你浇。"她忙摆摆手说："还是我来吧，这花向来是病人浇的。"她提起一只粉红色塑料桶，趿趿拉拉地去了取水房。我埋怨一旁站着的女护士说："都病成这样了，你们干吗还让她浇花？"女护士说："这是病人自愿做的唯一工作。"接着护士告诉我说："这盆花并不是医院的，是一个小女孩留下的。"女护士说："那是几年前的事了，那个13岁的小女孩，也是一位癌症患者，她去过许多大医院，但谁都对她的病束手无策，最后又回到这间病房里，当时，许多医生都对她的爸爸说："她的生命不会超过两个月了。"回到这间病房后，面对枯燥的生活环境，小女孩苦苦央求她爸爸给她搬一盆花来，伤心的爸爸承受不了花一样年龄的女儿在花朵枯萎之前就先凋零的结局，徘徊再三，就给他女儿买回了一盆病花，期望在自己的女儿离去之前，这盆花的生命也就悄悄结束了。但没有想到，这盆花搬进女儿的病房后，他的女儿又是浇水，又是一天到晚忙着给花移动位置，让它晒到充沛的阳光，结果两个月悄悄过去了，小女孩的病情并没有一点点恶化的迹象，而这盆当初病恹恹的花的叶子也变得蓬蓬勃勃又浓又绿充满了生机。第二年春天，小女孩还是无声无息地离去了，在我们护士拾掇病房时，在那盆花上，发现了小女孩留下的一张字条：请帮我照顾好这盆花，因为它不开放的时候比太阳还好看。护士说："我们把花和小姑娘留下的字条交给老院长，老院长说，让花和字条就留在那间病房里吧，一盆花让一个只有两个月生命的小姑娘又奇迹般地延长了一年多的时间，或许对许多病人有同样的帮助。"

护士说，我们把这盆花和小姑娘的字条依次转交给每一个到这间病房治疗的病人，他们都默默地照料起了这盆花，他们许多人都出现了奇迹，有的延长了生命期，甚至有两个病人，竟出人意料地康复了。"瞧，"护士指着花盆边放着的两个塑料袋说，"那是几个从这间病房出去又回到生活里的病人送来的花肥呢！"

护士说："这间病房现在是我们医院的奇迹病房呢，就因为有这一盆花。"

我走到那盆花前，蹲下去细细端详着：细细的叶子又浓又绿，似湿似干的黧黑色枝干，每个枝尖，都绽吐着一叶一叶勃勃的新绿。看不出是什么花。我问护士，护士笑笑说："我们也不知道它是什么花，不过，我们都叫它病花。"

病花？我愣了。

或许，它真的是一种能治疗有病生命的花呢，它能治疗深入骨髓的绝望，让我们在绝望里看见一种生命的责任；它能治疗忧伤，让我们在泪水里看见生命的绚烂；它能治疗冷漠，让我们在沮丧中看见心灵中爱的微笑；它能治疗忧悒和孤独，让我们在寂寥中看见世界和生命的美好……

·生命的柔韧

在白雪皑皑的阿尔卑斯山脉南坡峰巅上，有一片苍苍莽莽的原始森林。这片古老的森林里，因为高寒气候，所以只有两种树木，一种是秀颀的美洲杉；另一种是伟岸飘逸的雪松。

令人十分惊诧的是，在这片原始森林里，所有高大挺拔的美洲杉，棵棵都没有顶梢，它们的顶梢，像被一只巨大的手一一訇然折断一样，有的树梢还横陈在苍翠的枝蓬上，像一根根锈迹斑斑的铁棍，有的已了然无踪。每一根美洲杉的顶端，都残留着黑黢黢的断口，高耸在阿尔卑斯山湛蓝的天空里，当地人解释说："这些美洲杉长得太高了，几乎长进了天堂里，所以上帝就把它们的顶梢一一折断了。"

而与这些美洲杉混生在一起的雪松，却安然无事，它们甚至比这些美洲杉更挺拔更伟岸，一棵一棵像一座一座高大的绿塔。它们的顶梢像绿色的塔尖，在阿尔卑斯山南坡灿烂的阳光里，流溢着生命昂扬的青翠。面对这些比美洲杉长得更高，顶梢却棵棵完整无缺的雪松，当地人只能含糊其词地解释说："是因为上帝偏爱这些雪松吧。"

上帝为什么一一折断美洲杉的顶梢，而对这些雪松却如此宽容呢？直到19世纪中期，一支植物学家考察队经过考察才发现，所谓折断美洲杉顶梢的上帝，不过是阿尔卑斯山脉南坡的巨大风暴，这些巨大的风暴折断了那些高大挺拔的美洲杉树梢，使这些美洲杉棵棵都成了“没有头颅的树”。那么，风暴为什么仅仅摧折了美洲杉的顶梢，而和美洲杉混生在一起甚至比美洲杉更高的雪松却安然无事呢？

“是因为它们本身的柔韧性。”植物学家解释说，“美洲杉没有柔韧性，当风暴来临的时候，它僵硬顶梢的每一根树枝都承受着很大的重量，所以它们的顶梢十分容易就被风暴给折断了。而雪松就不同，它们的树枝具有良好的柔韧性，风暴来临的时候，它们的枝条随着风向飞舞，丝毫没有承受巨大的风力，风暴被它们的柔韧抖掉了，所以，再大的风暴，这些雪松都是安然无事的。”

柔韧，使雪松抖落了风暴，保持了生命的安然。

那么，在我们潮起潮落的命运里，当暴风般的灾难一次次袭击我们时，我们为什么不能摇动我们的命运的枝条，像阿尔卑斯山脉的雪松一样柔韧一些呢？

因为，柔韧会使我们的生命更坚贞！

· 有缺陷的种子

十五岁的那年深秋，父亲让我乘车到县城去购麦种。下了车后，按照父亲指点的地址，我很快就找到了种子交易市场。

在市场街口，我进了几家种子门市，门市里的地上和货柜上，摆满了塑料盆盛着的麦种样品，我边和店主说话，边蹲下身子观察一盆一盆的麦种样品。那些麦种看起来真的很好，一粒粒饱满、肥大，捧到手里，沉甸甸的、亮闪闪的，就像一粒一粒的珍珠，几次在店主巧舌如簧的游说下，我差不多就要掏钱购种了，但想起父亲的叮嘱，我还是最终把捧在手里的麦种依依不舍地又放进了样品盆中。

父亲说种子公司的国营门店里有上好的麦种，有省城来的农业教授亲自在那里出售麦种，他再三叮嘱我一定要到种子公司的门店去，一定要买那个农业教授培育出来的小麦一代杂交新品种。我一路打听着终于找到种子公司的门店，见到了那个戴着深度近视镜的教授和他培育出来的一代杂交新麦种，不过我失望极了。我的失望不是对教授，而是对教授培育出来的新麦种。那些麦种个头大小不一，显得十分参差，并且那些麦种也不饱满，一粒一粒瘪瘪的、瘦瘦的，像一把一把细细的、小小的麻雀舌苔，还一个一个灰头土脸的，几乎没什么光泽，远不如前面那些个体种店出售的麦种，甚至同我家里收回来的麦粒也不能同日而语。我抓了一把捧在手掌里细细看了足足有三分钟，才怀疑地问站在一旁的教授说："这真的是您培育出来的一代杂交新品种？"教授笑着点点头说："是的。"

我怀疑地问他说："怎么成色这么差呢？"

教授解释说："一代杂交的新品种都这样，种几茬成色就会越来越好了。"我一点也不相信他的解释，母种都这样，还能结出什么样的好麦子来？我断定教授一定是骗人的，只不过是打着教授的幌子想靠出售麦种捞上一笔钱而已，这样的麦粒只配喂鸡，哪里配得上做麦种呢？

于是，我果断地离开了种子公司的门店，到街上的个体种子店里买了几十斤颗粒饱满、个个通体金亮的麦种。

麦种带回家后，我向父亲讲了我的推测，父亲也没说什么，很快就把种子播进地里去了。直到第二年收麦时我和父亲才惊讶地发现，我们家那些颗粒饱满的麦种长出的麦子并不好，麦粒又细又烂不说，产量也很低，而村里几家买教授麦种的人，他们的麦子穗长、粒实，颗粒饱满、金亮，产量高出我家好几倍。

后来我请教一位搞农业育种的专家，专家一听就笑了，他说，那些一代杂交的种子确实看上去不起眼，瘪小、亮色也差，可它们毕竟是一代杂交的呀，它们种一年就变得饱满些，再种一年，就更加饱满了，它们在一年年克服着缺陷，在拼命趋向饱满和完美。而那些看上去饱满、金亮、完美无缺的种子，它已经完美到尽头了，没路再向上走了，所以只有一年年退化，只有一年年向缺陷发展，最后被彻底淘汰掉，永远退出土地和田园。

原来，在有些时候，完美也是一种缺陷啊，一幅画得太满没有留白的画，不能给人以想象的空间；一片蓝得没有一丝白云的天空，不能给人以云舒云卷的心灵悠然；一张洁白得没有一个墨迹的纸笺，不能给人以诗情画意的美蕴；一尊完美无缺的菩萨，不能给人以生活五味的率真……

完美是一种无法弥补的缺陷，过于完美的人生，恰恰是有缺陷的人生。

第五辑

我只有一个

贝多芬只有一个，你也只有一个，只有把自己看得重要，看得独一无二，你才能为自己的人生负责，才能让自己的人生精彩得与众不同，才能让自己从芸芸众生中脱颖而出。记住，你自己只有一个，要想使你的一生不平庸，你就要去努力奋斗。

·人生的信念

在英国伦敦,有个年轻人名叫斯尔曼,他是一对著名登山家夫妇的儿子,在斯尔曼 11 岁时,他的父母在乞力马扎罗山上遭遇雪崩不幸双双遇难。父母临行前,留给了年幼的斯尔曼一份遗嘱,希望他们的儿子斯尔曼能接着像他们一样,一座接一座攀登上世界著名的高山。在遗嘱中,他们赫然罗列了一些高山的名字:……乞力马扎罗山、阿尔卑斯山、喜马拉雅山。

这样的遗嘱,对于斯尔曼来说,简直就是一场灵魂的地震,因为从年幼的时候,他就是一个残疾的孩子。他的一条腿患上了慢性肌肉萎缩症,走起路来都有些跛,甚至有资深医生预测说:“用不了多少年,斯尔曼必须锯掉他的那条残腿!”但捧着父母遗嘱的那一刻,残疾的斯尔曼并没有害怕和退缩,他的眼睛里流露着一缕火焰般的坚毅:“爸爸、妈妈,请你们在那几座高山之巅等待着我,我一定会征服那一座座高山,并在世界之巅和你们的灵魂相会!”

以后的六七年里,斯尔曼抱着征服世界巅峰的坚定信念,坚持不懈地锻炼着自己年轻却又残疾的躯体:他跛着腿参加越野长跑,跟随南极科考队在白雪皑皑的南极适应冰天雪地的艰苦生活,甚至远行非洲,到一望无际的撒哈拉沙漠上考验自己在弹尽粮绝时的野外生存能力。

终于在19岁那年，凭着自己的坚强和年轻，斯尔曼不远万里来到了尼泊尔，来到了世界第一高峰珠穆朗玛峰的脚下——他要首先登上这座世界最高的雪山，在珠峰之巅和他父母的灵魂相会。一个身有残疾的人要征服珠穆朗玛峰，斯尔曼的壮举引起世界各国新闻媒体的瞩目。

经过半个月艰苦卓绝的攀登，在暴风雨、雪崩、零下几十摄氏度的严寒威胁等一次次死里逃生后，斯尔曼以残疾之躯终于登上了世界最高峰——珠穆朗玛峰，站到了地球之巅。他的壮举，赢得了举世的崇敬。当众多媒体在他载誉归来争抢着采访他时，他只说了一句话："因为这是我父母遗嘱中提到的一座山，还有阿尔卑斯、乞力马扎罗……许多高山还在等着我呢！"

21岁时，斯尔曼登上了阿尔卑斯山。

22岁时，斯尔曼登上了乞力马扎罗山……

28岁前，斯尔曼一座一座全部登上了父母遗嘱中所开列给他的高山。在登完最后一座高山后，人们为了表达对这位身残志坚勇士的崇敬与钦佩之意，欧洲多家慈善机构联合捐助，请来世界上最优秀的外科医生，为斯尔曼实施了截肢手术，给他装上了世界上最先进的脉感反应假肢。

假肢装上并适应了一段时间后，他可以一口气轻而易举爬上20层高的大楼，也可以动作自如地骑马、游泳、打高尔夫球，正常人可做的事情斯尔曼都做到了。当人们为他祝福并满怀期待地希望他能再创下其他什么纪录时，却传来令人惊骇不已的消息：28岁那年的秋天，斯尔曼在他的寓所里触电自杀了！

在自杀现场，人们看到了斯尔曼留下的痛苦遗言。在遗言中，斯尔曼不无颓废地写道："这些年来，作为一个残疾人我创造了那么多征服世界著名高山的壮举，那都是父母的遗嘱给了我生命的一种信念。如今，当我攀登完那些高山之后，功成名就的我感觉无事可做了，我没有了新的目标，我厌倦爬山、上楼甚至走路，对生活和生命有了一种乏味的感觉。假若再有几座比珠穆朗玛峰更高的山峰，或许我会攀登到50岁或60岁，可现在没有了。我感到了无奈和绝望……”

斯尔曼的观点固然是极端的、片面的。但或许真的如斯尔曼所言，不是过早地征服完乞力马扎罗山、阿尔卑斯山、喜马拉雅山，那么他肯定还会顽强地生活着、不懈地努力着，因为他心中有目标、有信念。斯尔曼的悲剧在于他没有及时为自己找到新的生活目标，没有将已有的信念及时更新并贯穿始终。

人生就像一根蜡烛，能燃烧多久，并不取决于蜡的长短，而是取决于烛芯的长短。足够长的烛芯，可以让所有的蜡汁全都绽开成绚烂的火焰；而烛芯太短，当其燃烧到尽头时，即使蜡汁尚余，也会芯尽光竭的。

生命如蜡汁，而信念如烛芯，只有让信念贯穿我们的整个生命，我们的一生才会发出永恒的烛光。

· 激励人生

1944年,美国洛杉矶郊区一个没见过世面的15岁少年约翰·戈达德在“一生的志愿”表格上认认真真填上了这些项目:

到尼罗河、亚马孙河和刚果河探险;登上珠穆朗玛峰、乞力马扎罗山和麦特荷思山;骑大象、骆驼、鸵鸟和野马;探访马可·波罗和亚历山大一世走过的道路;主演一部《人猿泰山》那样的电影;驾驭飞行器起飞降落;读完莎士比亚、柏拉图和亚里士多德的著作;谱一首乐曲;写一本书……

约翰·戈达德在“一生的志愿”表格上共填上了127个目标。写完后,他将每一项都编上号说:“这就是我的生命志愿,我要用自己的生命去一一完成它!”当时,不仅是约翰·戈达德的同学和朋友都认为这不过是约翰·戈达德的痴人说梦,就连他的祖父和父亲都笑他说:“孩子,你知道一个人的一生能做多少事呢?别说你有这么多愿望,只要你一生能做完其中的三五项就十分了不起了。”

但约翰·戈达德说:“相信我,这些愿望对一个人的一生来说并不算多,我会一一完成给你们看的。”

18岁那年的秋天,约翰·戈达德就踏着落叶离开了自己的家乡,开始去追逐和实践自己那一大堆的人生梦想了，在亚马孙河探险时，他几次船毁落水，差一点就葬身水底；在刚果河探险时，他几次遭遇鳄鱼的袭击，差点葬身鱼腹；在乞力马扎罗山上，他遭遇过惊心动魄的雪崩，被凶猛残忍的雪豹追逐……

但约翰·戈达德并没有因此而停止追逐自己人生志愿的脚步。他自信地说："上帝给了我这么些人生的志愿，我就相信自己一定能够完成它！"现在，经过20多次死里逃生后，约翰·戈达德填在"一生的志愿"表格上的127个愿望，他已经完成了106个。见多识广的约翰·戈达德深有感触地说："人生就是目标，目标越多越艰巨，你的人生就会越具动力越辉煌，就像一个人，你只让他耕一英亩地，同让他耕十英亩地所激发出来的生命能量是绝对不一样的！"

人生就是目标，目标是一种心灵的激励，目标太小，生命可能就只是一节电池的能量，而目标远大，生命就会具有无法想象的核能。

激励我们自己的心灵，以自己最远大的目标，激活我们生命最大的能量，才能创造出我们自己人生的奇迹。

做好一件事

在一次国际作家笔会上，一位奥地利男作家身旁坐着一位衣着简朴、态度谦逊的女士。这是一位沉默寡言又十分小心谨慎的女士，笔会上，许多人慷慨激昂、口若悬河、言辞激烈，但只有这一位女士例外，她什么也不说，只是入神地静静旁听，听到精彩之处，有时会会心地微微一笑，有时会专注地飞快做笔记。

坐在她身边的这位奥地利男作家想，瞧她那模样就知道，要么她只是前来旁听的文学爱好者，要么就是一位没什么名气和出色作品的女作家。

讨论休息时，这位奥地利作家有些傲慢地问身旁的那位女士说："请问小姐，您希望当专业作家吗？"那位女士轻轻地笑笑点了点头。看来她真的只是一名普通文学爱好者，奥地利的这位作家想。于是他更加傲慢了，以居高临下的口吻说："当一名作家可不是一件特别容易的事情，尤其是当一名专业作家，这绝不是谁想干就能干得了的。"接着，他滔滔不绝地卖弄说做一名专业作家应该读过多少书、应该多么勤奋、应该需要多少非人的毅力，等等，把作家说得神圣无比、高不可攀。任他怎么说，那位女士不插一句话，只是微笑着听他高谈阔论。

看她那么谦逊而又十分虔诚的模样，这位奥地利作家更加傲气十足、不可一世了，他骄傲地说："我已经出版了500部小说了，可以说是著作等身功成名就了，所以被再三邀请来参加这次全球作家笔会。请问小姐，您发表过小说吗？"

那位女士羞涩地淡淡一笑说："发表过，但很少。"奥地利男作家一听更加得意了，又问那位女士："那么，您出版过一部自己的小说了吗？"

那位女士更加不好意思起来，羞涩地一笑说："出版过一部。"

"哦，仅仅出版了一部吗？"那位奥地利男作家有些不屑地问，稍稍顿了顿又问，"那么您能告诉我您那部小说的名字吗？"

"是的，仅仅就一部。我的那部小说叫《飘》。"女士很平静地说。"《飘》？"那位奥地利作家不禁大吃一惊，立刻变得目瞪口呆起来。

这位女作家的名字叫玛格丽特·契尔，她的一生只做了一件事情，就是创作了自己唯一的一部作品，叫《飘》。如今，这世界上没有多少读者不知道《飘》和玛格丽特·契尔的，但那位自诩为著作等身的奥地利男作家，虽然他写了500多部小说，但我们至今也不知道他叫什么名字。

生命对于谁都是短暂的，谁都没有办法把世界上的事情去一一做完，对于上帝来说，一个人的一生或许只是上帝千千万万件事情中普普通通的一件，与其只是把我们自己的一生堆成沙砾一堆，还不如把自己打磨成钻石一颗。

一生只做一件事情，只要我们能把一件事情做得尽善尽美，也远比把许多事情都做成一堆废坯更能让心灵敬仰。一颗钻石，也永远都比一堆沙砾更加珍贵。

炮轰羽毛

恺撒大帝帐下有位年轻的将军,他不读兵书,不研究战法,但总是牢骚满腹地埋怨恺撒大帝不提拔和重用他。

一天,年轻的将军又在营帐中大发牢骚,恰巧恺撒大帝走到了这位将军的帐外。恺撒大帝旁若无人地静静听完了他的牢骚,什么也不说,只是进帐吩咐这位将军说:"你随我到炮营去,我们搞一次炮击训练。"将军跟着恺撒大帝来到炮营,恺撒大帝吩咐士兵说:"去,给我送来几枚炮弹和几堆羽毛。"

羽毛?炮营要羽毛干什么?士兵们很不解,但恺撒大帝已经吩咐了,他们尽管心里有疑团,但他们还是去拉来了两车的羽毛,恺撒大帝指着羽毛对那位年轻的将军说:"把这些羽毛装进炮膛里。"将军不明白恺撒大帝要把这些乱七八糟的羽毛装进炮膛里干什么,但他还是按照吩咐装上了。羽毛装满后,恺撒大帝命令说:"现在,我命令你点火开炮!"

将军点上火一拉,炮响了,轰出了一团纷飞的羽毛。那些羽毛有的飘落在炮筒上,有的落在草地上,甚至有许多飘落在那位将军的头发上和肩膀上,围观的士兵们都哄地笑了起来。恺撒大帝让这位将军连开了几炮,但那些羽毛没有一根能被轰到十米以外的。

恺撒大帝命令士兵把几枚炮弹推进炮膛里，又命令那位年轻将军说："现在，我命令你开炮！"

将军按照命令，点上火一拉，只听轰的一声，炮弹带着火焰射出炮膛，然后一眨眼的工夫，就在几百米远的地方轰隆爆炸了，卷起了一团火光和烟尘。

恺撒大帝转身问那位年轻的将军说："你回答我，为什么炮弹可以射到几百米之外，而羽毛却射不出十米远呢？"

这位年轻的将军立刻回答说："是因为羽毛太轻没有重量，但炮弹却有自身的重量！"恺撒大帝听了，点点头说："一样的炮膛，一样的推力，炮弹可以射出几百米远，但羽毛却射不出十米，一切都因为自身的重量啊，如果你是羽毛，即使我的炮膛再用力，也不能把你射到百米之外，但如果你把自己变成炮弹，有了自己的重量，我的炮膛轻轻一推，你就可以飞出几百米远。年轻人，你明白了吗？"

那位年轻将军马上就脸红了。

是啊，谁能把一根羽毛甩出去很远？而谁又不能把一块石片或一个铁块甩飞得很远呢？一个物体能飞多远，决定它的，不仅仅是别人的用力，而最关键的是自己自身的重量。

要让自己飞得远，必须要让自己有重量，假若你是一根羽毛，即使有力的炮膛也是无能为力的。要想让梦想飞得高、飞得远，必须让我们的每一个日子都有重量。

重量，才是我们梦想飞翔的翅膀。

只要你是对的

1950年9月20日,名不见经传的青年作曲家王莘,将他创作的《歌唱祖国》歌曲原稿寄给一家报纸的文艺副刊。

不久,王莘收到了那家报纸副刊编辑的一封退稿信。读罢退稿信,王莘又再三读了读自己的作品,越读越觉得那位编辑的意见仅是一己私见,自己的作品还是十分令自己满意的。于是,王莘又满怀希望,把《歌唱祖国》又寄给了另外一家报纸的文艺副刊。

但没多久,那家报纸也十分客气地把《歌唱祖国》退回来了。

是不是自己的作品真的没有达到发表的水平?拿着退稿信,王莘又把自己的作品认真看了又看,但越看,王莘就越认定《歌唱祖国》是一首十分难得的得意之作,没有报刊愿给自己发表就算了,但好作品绝不应当被埋没,王莘自己将《歌唱祖国》刻蜡版印了十几份,寄送给自己的一些朋友,征求朋友们对自己作品的意见。没多久,时任天津音乐工作团合唱队队长的王巍打电话告诉王莘说,他认为《歌唱祖国》是一首十分难得的佳作,他已经组织了十几名青年演员,开始《歌唱祖国》的试唱。这群年轻人演唱两遍后,立刻激动万分地说:“这真是一首难得的好歌,曲调优美、流畅,真是太棒了!”

1950年底，中国唱片厂到天津来选歌，他们一听完《歌唱祖国》就激动万分地说："这首歌太美妙了，我们一定要选这首歌！"就这样，《歌唱祖国》被灌进了新中国第一批唱片，从此不胫而走，唱响在祖国的大江南北。

2003年国庆前夕，《歌唱祖国》的镀金光盘被国家博物馆正式收藏。

如果当初王莘先生在接连两次退稿后自己的心灵也给自己退稿，如果王莘先生遭到别人否定后也轻易地把自己否定，那么，会有《歌唱祖国》的至今袅袅绕梁不绝吗？会有《歌唱祖国》这首经典歌曲的经久不衰吗？

只要你是对的，就不要轻易去否定你自己。只要你是对的，你就要执着地去坚持。人生成功的支点，常常就在于面对别人的纷纷否定，而自己的心灵却从不迷失。

·假如时光可以倒流

纳德·兰塞姆牧师是法国最著名的牧师，无论是在里昂的富人区还是穷人区里，他都深受人们的尊重和敬仰。许多人在生命垂危或临终前，对亲朋好友提出的唯一要求就是：请纳德·兰塞姆牧师来到自己的病榻前，要把自己的临终遗言告诉那位可敬的牧师。

纳德·兰塞姆已经90岁高龄了，他一生中曾一万多次来到那些临终者的病榻前，亲耳聆听并记录了那些临终者生命最后的话。

许多人都好奇地向纳德·兰塞姆牧师探询那些临终者最后的遗言是什么，但纳德·兰塞姆都微笑不语，他将临终者的遗言一一记录下来，想用自己生命的最后时光，为这个世界上的后人们编著一本最有教益的书。纳德·兰塞姆曾经对人们说，大家所关注的千万富翁、王公贵族的遗言没有几个如大家所臆猜的那样是同他们的万贯家产有关的，那些社会显达名流的遗言也没有几个是和他们的权势与社会地位有关的。是悔恨，是对自己一生的忏悔，忏悔差不多是所有临终者遗言的最后共同话题。

纳德·兰塞姆只透露过几个普通人最后的生命遗言，他说在里昂市，曾经有一个布店的老板，他一生勤勤恳恳，从一文不名起家，逐渐发展到有了自己的门店、豪华住宅，以及一份不菲的家产，回首一生，他感慨万千。纳德·兰塞姆想，这个商人的临终遗言可能是和他一生辛苦创下的财产有关吧？但恰恰不，病榻上的布店老板话锋一转，用气若游丝的声音说："亲爱的牧师，我今生最遗憾的是自己未能成为一个音乐家啊！"

纳德·兰塞姆不解地盯着病榻上双目深陷的临终者，那位临终者长叹了一声解释说："我年轻的时候十分喜欢音乐，曾经和著名的音乐家卡拉扬一起拜师进修音乐，我们一起弹钢琴、吹小号，那时我的音乐造诣远比卡拉扬出色，老师和同学们都十分看重我的音乐前程。"临终者气喘吁吁停下来歇了歇，又长长叹了口气说："十分可惜的是，20多岁时我却迷上了赛马，从此整天泡在赛马场里，把自己的音乐天赋给荒废了，后来为了生活我又经营起了布店生意，生意一做就是几十年，再也没有涉及音乐，要不，我一定不会比卡拉扬逊色，一定也能成为一个举世瞩目的音乐家，而不是这样一个碌碌无为的布店老板。唉，如果时光可以倒流，生命可以重来，我就绝不会做这种让人悔恨的傻事了！"老人说罢悔泪长流。

纳德·兰塞姆牧师说，像这样的临终遗言他曾经亲自聆听过上万次。

80岁时，纳德·兰塞姆牧师知道自己生命的时间已经不多了，于是他就开始深居简出，在教堂里，整理自己记录了一生的那些临终者的最后遗言，并把这本书命名为《最后的话》。《基督教箴言报》曾预言说："《最后的话》一旦出版，将是世界上最伟大的一部书，因为它将对每一个人的生命都有教益和启发，一点也不会亚于《圣经》！"但令世人惋惜的是，在《最后的话》即将编完的时候，纳德·兰塞姆所在的教堂意外发生火灾，纳德·兰塞姆一生的心血被付之一炬。火灾平息后，人们纷纷劝纳德·兰塞姆牧师重新开始，凭记忆再写《最后的话》，但老人拒绝了,老人说:"生命遗言最后最重要的话,我会将它刻在我的墓碑上。"

纳德·兰塞姆去世后,安葬在圣保罗大教堂,墓碑上刻着他自己手写的碑文:假若时光可以倒流,世界上将有一半的人可以成为伟人!

但时光是永远不可能倒流,生命是永远不会重新到来的,每个人的人生都不可能拥有第二次机会,那么,与其让我们在生命的最终时刻痛悔,为什么不从现在就开始做一些我们认定可以无悔的事业呢?

只要马上投身不会让生命痛悔的事业,那么你就可能成为伟人!

· 失败的成功

爱迪生在研究用什么做灯丝的时候，先后做了一千二百多次的实验，但每一次实验，他都失败了。他厚厚的实验记录本上，记录着他的每一次失败。

但爱迪生没有气馁，他平静地继续坐在自己的实验室里一次又一次地做实验。

爱迪生的一位朋友找到爱迪生，劝他说：“别再做什么灯泡了，黑夜就是黑夜，我绝不相信夜晚能有另一种太阳。”

爱迪生微笑着说：“但我相信。”

“你还相信？”朋友很惊讶地说：“你做了这么多实验，可你找到黑夜里的那个太阳了吗？你还不是每一次都失败了。”

“失败？”爱迪生笑了，他摇着头微笑说，“我什么时候失败过了呢？”

朋友抱起爱迪生厚厚的实验记录簿说：“这上面不是明明白白都记录着你的每一次失败吗？”朋友又问爱迪生说：“你失败过多少次了？”

爱迪生说：“不，是实验多少次了。”

那个朋友说：“对对，你到目前为止，实验多少次了？”爱迪生说：“已经实验了一千二百次了。”

“一千二百次了，”朋友得意地哈哈大笑说，“可您用来照亮夜晚的那个太阳呢？没有那个夜晚的太阳，难道说你不是已经失败过一千二百次吗？怎么还能说自己没有失败过呢？”

爱迪生说：“实验了一千二百次，虽说我还没有找到那个夜晚的太阳，但通过这些实验，我已经成功地知道了这一千二百种材料不适宜做灯丝，你说我是失败了，还是成功了？”

爱迪生是失败了，还是成功了？

其实，失败和成功都没有什么绝对的区别，只在于你怎么去对待它。在一个平凡者的眼里，没有达到预期的目的，便是失败，但在一个巨人的眼里，没有达到预期目的也是一种成功，它至少是一种证明了一种方法或方式不能通达的成功。

巨人的眼里没有失败。失败，是巨人们的另一种成功。正是这种失败的成功，才使那些执着追求者成了彪炳史册的巨人；也正是这种成功的失败，使许多本该成为巨人的人沦落成了一个个的平凡者。

以己为镜

爱因斯坦小时候是个十分贪玩的孩子。每天，他不是在大街上闲逛，就是和周围的一群孩子到庄园或河边玩耍，像个十足的少年嬉皮士。

爱因斯坦的母亲常常为此忧心忡忡，她再三告诫爱因斯坦说：“不能再这样下去了。你现在不学一些东西，长大了如何能出人头地呢？”爱因斯坦总是不以为然地回答说：“你瞧瞧我的伙伴们，他们不都和我一样吗？”

直到16岁的那年秋天，一天上午，父亲将正要去河边钓鱼的爱因斯坦拦住说：“昨天我碰到了一件有趣的事情。我给你讲完了，你再去钓鱼，怎么样？”

爱因斯坦很不乐意地站住了。

父亲说：“昨天，我和咱们的邻居杰克大叔去清扫南边工厂的一个大烟囱。那烟囱只有踩着烟囱内的钢筋踏梯才能上去。你杰克大叔在前面，我在后面。我们抓着扶手，一阶一阶地终于爬上去了。下来时，你杰克大叔依旧走在前面，我还是跟在他的后面。后来，钻出烟囱，我们发现了一个奇怪的事情：你杰克大叔的身上、脸上全部被烟囱里的烟灰蹭黑了，而我身上竟连一点烟灰也没有。”

爱因斯坦的父亲继续微笑着说:“我看见你杰克大叔的模样,心想我肯定和他一样,脸脏得像个小丑,于是我就到附近的小河里去洗了又洗。而你杰克大叔呢,他看见我钻出烟囱时干干净净的,就以为他也和我一样干净呢,于是就只草草洗了洗手就大模大样上街了。结果,街上的人都笑痛了肚子,还以为你杰克大叔是个疯子呢。”

爱因斯坦听罢,忍不住和父亲一起大笑起来。父亲笑罢,郑重地对爱因斯坦说:“其实,别人谁也不能做你的镜子,只有自己才是自己的镜子。拿别人做镜子,白痴或许会把自己照成天才的。”

爱因斯坦听了,顿时满脸愧色。

爱因斯坦从此离开了那群顽皮的孩子们。他时时用自己做镜子来审视和映照自己,终于映照出了生命的熠熠光辉。

一滴海水里的世界

拉曼是20世纪世界上声学、光学领域中最杰出的科学家之一。1921年秋天，拉曼在欧洲参加完一次学术研究，乘客轮取道地中海返回他的祖国印度。

傍晚的地中海上一片静谧，除了几只翱翔的海鸟，蓝蓝的天空和蓝蓝的大海水天相接，整个世界仿佛都是一片晶莹的蔚蓝，年轻的拉曼兴致勃勃地站在甲板上，深深沉醉在这无边无际的浩渺蓝色世界里。在他身旁的船栏上，依偎着一个年轻的母亲和她刚刚八九岁的漂亮女儿。小姑娘看来是第一次乘船，她很兴奋，不停地向她的妈妈提出各种各样的问题，她的妈妈微笑着给她一一解答，后来，小姑娘又向妈妈提出一个疑问说："妈妈，你能告诉我海水为什么那么蓝吗？"小姑娘的妈妈想了好久，但还是不好意思地摇摇头说："这个连妈妈也说不清楚。"

看着小姑娘有些失望的眼神，拉曼禁不住走上前去，微笑着对小姑娘说："来，叔叔可以告诉你海水为什么是蓝色的。"

"为什么呢？"小姑娘兴奋地问。

拉曼说："那是海水反射了蓝色天空的颜色。"

小姑娘高兴地点了点头，但又很快摇了摇头说："不对，如果天空里充满了白色的云朵，那么海水不也就成了白色的了吗？”

拉曼一听，愣了。是啊，如果天空里布满了白色的云朵，那么海水不就成了白色的吗？但海水却仍然是一种蓝色。看来，海水并不是科学家所说的，是因为反射了天空的颜色才变蓝的。拉曼认定这个科学的解释一定存在着许多的谬误。

回到印度后，拉曼立刻着手研究为什么海水是蓝色的这一看似幼稚又有些无足轻重的课题。他用种种方式，很快推翻了“海水呈蓝色，是因为它反射了天空的颜色”这唯一盖棺定论的科学解释，但“海水为什么是蓝色的”的科学研究，却耗尽了拉曼一生的宝贵时光。

直到1990年，当拉曼已经是垂垂老人时，他才真正找到了这个谜底，提出了新的科学解释，他的发现被科学界称为“拉曼效应”，拉曼因此而荣获了当年年度“诺贝尔物理学奖”，他是印度也是亚洲历史上第一位获得此项殊荣的科学家。

在瑞典皇家学院的颁奖典礼上，拉曼发表授奖演讲说：“不要忽视一个普遍的小疑问，不要忽视一滴海水，那都是我们未知的一个大世界。”

一个小姑娘的小疑问，牵出了物理科学上的一个大发现，这是一则人间的奇迹，或许，没有小姑娘那个显得十分幼稚的疑问，就不会有“拉曼效应”，更不会有拉曼的诺贝尔物理学奖。

奇迹，也是从小事情上破土萌芽的，如果你忽视了小事情，也许也就和创造奇迹的机遇擦肩而过了。

一滴海水里，往往藏着一个让你无法预料的大世界。

·多想一点点

魏格纳是20世纪世界上最伟大的科学家之一,他创造和发现的大陆板块漂移学说,是20世纪世界地理史上最伟大的学说。这样崭新又伟大的学说,是不是魏格纳皓首穷经、付出了巨大的努力才取得的来之不易的成果呢?不知道魏格纳的许多人都是这样认为的。但恰恰相反,大陆板块漂移学说对魏格纳来说不过是一个十分偶然的发现,在发现过程中,并没有什么惊天动地的事情发生过。

1910年,魏格纳生病了,他被迫躺在医院的病床上接受百无聊赖的治疗。他病房的墙壁上挂着一幅世界地图,醒着的时候,魏格纳就盯着那幅地图来消遣时光,依靠观察那幅地图来打发医疗期那些枯燥而宁静的日子。经过天长日久的观察,魏格纳发现了一件十分有趣的事情:通过地图来看,大西洋两岸好像是互补的,南美大陆巴西东部凸出的部分,和大西洋彼岸的非洲大陆西海岸的赤道几内亚、加蓬、安哥拉凹缺部分十分对应,一方是凹陷的另一方必定是凸出的。魏格纳进一步细细观察,他发现如果不是大西洋,那么南美大陆和非洲大陆完全可以吻合成一个天衣无缝的完整大陆。是不是这两块大陆过去就是一个整体,而由于地壳运动被意外地分开了呢?魏格纳陷入了深思。

不久,魏格纳就开始着手对南美大陆和非洲大陆上的地质学、古生物进行研究,终于证实了一个令世界地理学耳目一新的理论:大陆板块漂移学说。原本寂寂无名的魏格纳也因此一跃成为世界上大名鼎鼎的地理学家。

同样的幸运之光也照射在斐塞司博士身上。斐塞司博士非常喜爱宠物,他家里经常养着他喜欢的狗和猫。一天上午,和往常一样,吃过午饭后斐塞司博士坐在门前晒着太阳打盹儿,这是他的老习惯了。在他晒太阳打盹儿时,他的猫和狗就卧在他的脚边,和他一起晒太阳打盹儿。晒了一会儿,太阳一点一点西移了,房子和树荫遮挡住了照在猫狗身上的阳光。猫和狗及时醒了,它们马上爬起来,伸一个长长的懒腰,又挪到阳光能晒到的地方,躺在阳光下又惬意地睡着了。

猫狗追着阳光睡觉打盹儿,这对于任何人来说都不过是司空见惯的事情,但却引起了斐塞司博士的强烈好奇。它们为什么喜欢待在阳光下呢?是因为喜欢光和热,还是阳光能给予它们什么?如果光和热能给予它们什么有益的东西,那么对于人体是不是同样有益呢?

不久,日光疗法就在斐塞司博士的研究下诞生了,斐塞司博士也因为睡懒觉的猫狗而荣获了诺贝尔医学奖。在授奖致辞中,斐塞司博士说:“这个奖项对于我来说是个意外,我并没有做多少工作,如果说我比别人多做了一点什么的话,我只承认,自己只不过是比别人多想了那么一点点。”

正如斐塞司博士所说的那样,成功和伟大并非如我们所想的那样高不可攀,有许多时候,它并不需要我们付出太多的东西,只需要我们对平常的事物有一颗不平常的心,只需要我们去多想那么一点点。

如果一个苹果落在你的头上,你也能像牛顿那样多想一点点,如果对着一幅世界地图和躺在你脚前晒太阳的猫狗,你也能像魏格纳和斐塞司一样多想一点点……其实，伟大离我们每个人都并不十分遥远，它只需要当你面对大家司空见惯的事物时，你只要能比别人多想一点点。

虚掩的门

听说英国皇家学院公开张榜为大名鼎鼎的教授戴维选拔科研助手,年轻的装订工人法拉第激动不已,赶忙到选拔委员会报了名。但临近选拔考试的前一天,法拉第被意外通知,取消他的考试资格,因为他是一个普通工人。

法拉第愣了,他气愤地赶到选拔委员会。但委员们傲慢地嘲笑说:“没有办法,一个普通的装订工人想到皇家学院来,除非你能得到戴维教授的同意!”

法拉第犹豫了。如果不能见到戴维教授,自己就没有机会参加选拔考试。但一个普通的书籍装订工人要想拜见大名鼎鼎的皇家学院教授,他会理睬吗?

法拉第顾虑重重,但为了自己的人生梦想,他还是鼓足了勇气站到了戴维教授家的大门口。教授家的门扉紧闭着,法拉第在教授门前徘徊了很久。终于“笃笃笃笃”,教授家的大门被一颗胆怯的心叩响了。

院里没有声响,当法拉第准备第二次叩门的时候,门却吱呀一声开了。一位面色红润、须发皆白、精神矍铄的老者正注视着法拉第,“门没有闩,请你进来。”老者微笑着对法拉第说。

“教授家的大门整天都不闩吗？”法拉第疑惑地问。

“干吗要闩上呢？”老者笑着说，“当你把别人闩在门外的时候，也就把自己闩在了屋里。我才不当这样的傻瓜呢。”他就是戴维教授。他将法拉第带到屋里坐下，聆听了这个年轻人的叙说和要求后，写了一张纸条递给法拉第说：“年轻人，你带着这张纸条去，告诉委员会的那帮人说戴维老头同意了。”

经过严格而激烈的选拔考试，书籍装订工法拉第出人意料地成了戴维教授的科研助手，走进了英国皇家学院那高贵而华美的大门。

其实这世界上没有一扇门是紧闭的，只要你有勇气，没有一扇门会不被叩开的。

赠予自己

“二战”的硝烟刚刚散尽时，以美、英、法为首的战胜国们几经磋商，决定在美国纽约成立一个协调处理世界事务的联合国。一切准备就绪之后大家才蓦然发现，这个全球至高无上、最权威的世界性组织，竟没有自己的立足之地。

买一处地皮吧，刚刚成立的联合国机构还身无分文。让世界各国筹资吧，牌子刚刚挂起，就要向世界各国搞经济摊派，负面影响太大。况且刚刚经历了第二次世界大战的浩劫，各国政府都是财政赤字居高不下，在寸土寸金的纽约筹资买一块地皮，并不是一件容易的事情。联合国对此一筹莫展。

听到这一消息后，美国著名的家族财团洛克菲勒家族几经商议，便马上果断出资870万美元，在纽约买下一块地皮，将这块地皮无条件地赠予了这个刚刚挂牌的国际性组织——联合国。同时，洛克菲勒家族亦将毗连这块地皮的大面积地皮全部买下。

对洛克菲勒家族的这一出人意料之举，当时许多美国大财团都吃惊不已，870万美元，对于第二次世界大战后经济萎靡的美国和全世界，都是一笔不小的数目呀，而洛克菲勒家族却将它拱手赠出了，并且什么条件也没有。这条消息传出后，美国许多财团主和地产商都纷纷嘲笑说："这简直是蠢人之举！"并纷纷断言："这样经营不要十年，著名的洛克菲勒家族财团，便会沦落为著名的洛克菲勒家族贫民集团！"

但出人意料的是，联合国大楼刚刚建成完工，毗邻它四周的地价便立刻飙升起来，相当于捐赠款数十倍、近百倍的巨额财富源源不尽地涌进了洛克菲勒家族财团。这种结局，令那些曾经讥讽和嘲笑过洛克菲勒家族捐赠之举的财团和商人们目瞪口呆。

其实有许多时候，赠予也是一种经营之道。有舍有得，只有舍去，才能得到。在我们汉文化里，"赠予"二字听起来是把自己珍贵的东西拱手送给别人，而如果我们仔细推敲，将"予"字按古文中的"我"来看，"赠予"却恰恰是"赠我"，"赠予别人"又何尝不是"赠给我自己"呢？

赠予别人，其实就是赠给我们自己。

我，只有一个

贝多芬年轻的时候，十分向往音乐圣地维也纳。是啊，哪一个对音乐充满梦想的人会不向往维也纳呢？在维也纳，云集着来自世界各地的出色音乐家，云集着来自世界各地拥来的音乐艺术崇拜者。可以说，维也纳就是一个音乐天才们的舞台，是世界音乐艺术的新星冉冉升起的地方，不到维也纳，就很难在音乐艺术的天地里脱颖而出，就很难在群星灿烂的音乐星河里赢得自己的一席之地。

对维也纳向往不已的贝多芬终于只身来到了维也纳。当时，名不见经传的贝多芬在维也纳这个城市里举目无亲，他不认识一个人，也没有人认识他。到维也纳后，不到一个月的时间，贝多芬就囊空如洗了，他寄宿的小旅馆老板是个锱铢必较的老头，他告诉一文不名的贝多芬说："你的寄宿费已经所剩无几了，如果再不缴费，再过几天，我只好把你撵到大街上去了。"走投无路的贝多芬没办法，只好向老板恳求说："尊敬的房东先生，我在维也纳一个人都不认识，如果您愿意的话，我可以帮你干点活，但不取分文的佣金，只要您能让我在这里生活下去。"房东一听，冷笑着说："对不起，我这里不是教堂，也不是慈善救助的专门地方，我只认识钱，有钱，您在这里住一百年都没问题，如果没钱，那就请你离开！”站在一旁的旅馆老板娘也讥讽地说：“你不是自认为自己是个音乐天才吗？如果你确实有一手的话，你可以去求李希诺夫斯基亲王，那可是个慧眼识珠的富佬，你只要能赢得他的赏识，别说是用餐、住宿，你一切都会有的。如果你不能被他赏识，你就乖乖滚回你的老家待着去，维也纳也不是谁想留下就可以随便留下的！”

走投无路的贝多芬无奈，只好硬起头皮去拜见那个据说对音乐天才爱才如命的李希诺夫斯基亲王。十分幸运的是，听罢贝多芬弹奏的几支钢琴曲，又和贝多芬谈了些音乐艺术见解后，亲王夫妇十分赏识贝多芬，他们热情地邀请这个具有非凡音乐天赋的年轻人搬到他们的家来住，亲王还信誓旦旦地许诺说：“年轻人，只要你照我说的去做，要不了多久，你就会成为维也纳这个音乐圣地的新星的，你将拥有你梦想的一切！”

李希诺夫斯基亲王一家的确对贝多芬十分热情，他们免费为贝多芬提供食宿，为了使贝多芬在交际中显得体面一些，他们花了大把的钱为贝多芬购置了许多价值不菲的衣服，并且利用他家在上流社会中的显赫地位和身份，热忱地介绍贝多芬结识那些社会名流和在维也纳呼风唤雨的著名音乐家们，不辞劳苦地向社会和音乐界推荐贝多芬，贝多芬在亲王一家的呵护和帮助下衣食无忧，的确生活得十分惬意。但令贝多芬稍稍感到不快的是，李希诺夫斯基亲王是个自以为是和骄傲蛮横的人，他对音乐略识皮毛，但却自认为是个行家高手，常常对贝多芬指手画脚，逼迫贝多芬一切都要按他吩咐的来，否则就大发雷霆。在李希诺夫斯基亲王家生活了一段时间，贝多芬越来越感到痛苦不已。因为，如果不按照亲王说的去做，自己将失去在维也纳的一切庇护和生活来源；但如果就这样逆来顺受，自己将会成为一个音乐的庸才。

思忖了好久，贝多芬在一个下午忍不住对正在对自己指手画脚的亲王说出了自己的看法。亲王一听，顿时勃然大怒。指着贝多怒吼说："没有我的庇护，你仍将一文不名，不过是个流浪街头的穷小子而已！没有我的帮助，你别说想成为一个音乐界新星，连成为一个普通艺术家也不可能！你是想在我的亲王头衔护佑下成为音乐家，还是想重新流浪街头去，你自己选择吧！"

面对不可一世的亲王，贝多芬也毫不示弱，他怒不可遏地回答亲王说："您之所以能成为一个亲王，是由于偶然的出身；而我之所以成为贝多芬，却是由于我自己。亲王现在有的是，将来也有的是，而贝多芬却永远只有一个！"说罢转身离开了亲王的宅邸。

后来，经过自己的勤奋进取，贝多芬终于在维也纳稳稳站住了脚跟，成了举世瞩目的世界音乐大师。如果他当时不选择离开亲王，不是为"贝多芬只有一个"去奋斗，也许，他只能是个平平庸庸的小艺人而已。

贝多芬只有一个，你也只有一个，只有把自己看得重要、看得独一无二，你才能为自己的人生负责，才能让自己的人生精彩得与众不同，才能让自己从芸芸众生中脱颖而出。

记住，你自己只有一个，要想使你的一生不平庸，你就要去努力奋斗。

成功需要多长时间

两个年轻人酷爱画画，一个很有绘画的天赋，一个资质则明显差一些。20岁的时候，那个很有天赋的年轻人开始沉醉于灯红酒绿之中，整天美酒笙歌醉眼迷离，丢掉了自己的画笔。

而那个资质较差的年轻人则没有。他的生活虽然极为贫困，每天需要打柴、下田劳作，但他始终没有丢掉自己钟爱的画笔。每天回来得再晚、再累，他都要点亮油灯，在破桌上全神贯注地画上一个钟头。即使在他做木匠走村串户为别人打制桌椅床柜的时候，他的工具箱里也时刻装着笔墨纸砚，休歇的短暂间隙，行路时的路边稍坐，他都会铺上白纸，甚至以草棍代笔，在泥地上画上一通。

40年后，他成功了，从湖南湘潭一个名不见经传小镇上的一介凡凡木匠，成了声蜚世界的画坛大师，这个人就是齐白石。

齐白石成功后，曾和他一起酷爱过绘画的那个年轻人到北京来拜访过齐白石，不过，他同已自称“白石老人”的齐白石一样，已经是个年过六旬的老头了，两个人促膝交谈，齐白石听他慨叹美术创作的艰辛和不易，听他诉说对自己从事绘画半途而废的深深惋惜，齐白石听完莞尔一笑说：“其实成功远不如你想的那么艰辛和遥远，从木艺雕刻匠到绘画大师，仅仅只需要4年多的时间。”

“只需要4年多一点的时间？”那个人一听就愣了。

齐白石拿来一支笔一张纸伏在桌上给他计算说，我从20岁开始真正练习绘画，35岁前一天只能有一个小时绘画的时间，一天一小时，一年365天，只有365小时，365小时除以24，每年绘画的时间是15天。20岁到35岁是15年，15年乘以每年的15天，这15年间绘画的全部时间是225天；35岁到55岁的时候，我每天练习绘画的时间是2小时，一年共用730小时，除以每天24小时，总折合是31天，每年31天乘以20年合计是620天；从55岁至60岁，我每天用于绘画的时间是10小时，每天10小时，一年是3650小时，折合152天，5年共用760天。20岁到35岁时的225天，加上35岁到55岁时的620天，再加上55岁到60岁时的760天，我绘画共用1605天，折合4年零4个月。

4年零4个月，这是齐白石从一个乡村懵懂青年成为一代画坛巨匠的成功时间，很多人对齐白石仅用了4年零4个月的成功时间很惊愕，但何须惊愕呢？其实成功离我们每个人并不远，成功也不需要太长的时间，只要你坚持、只要你勤奋，成功的阳光便很快会照射到你忙碌的身上。

不要畏惧成功的遥遥无期，成功其实不需要太长的时间，用上你发呆或喝咖啡的时间已经足够了。

成功的推动器

乔治·巴顿中校是美国陆军最出色的坦克防护装甲专家，海湾战争的硝烟刚刚散去，乔治·巴顿立刻被召进五角大楼，美国国防部要求他必须在最短的时间内研究设计出世界上最坚固的坦克防护装甲。

接受任务后，乔治·巴顿请求国防部说："为圆满完成研制任务，我请迈克·马茨工程师能和我共同进行研制工作。"国防部的官员一听十分不解，因为他们知道，乔治·巴顿和迈克·马茨工程师是一对非常有名的冤家。乔治·巴顿是美国陆军最优秀的坦克防护装甲专家，而毕业于麻省理工学院的迈克·马茨工程师是全美甚至是全世界最著名的破坏力专家。前些年，乔治·巴顿和迈克·马茨有过一次十分激烈的论战，乔治·巴顿声称他将研制了什么也不能击毁的坦克防护装甲，而迈克·马茨却十分傲慢地挑战说："乔治·巴顿研制的所有防护装甲，我不费吹灰之力，就能一一把它们彻底摧毁！"两个人你来我往刀光剑影斗了整整半年，谁也不买对方的账。国防部的官员十分疑惑地询问乔治·巴顿中校说："你怎么能要求迈克·马茨同你一起从事研制工作呢？你知道的，你俩是水火难容的一对对手。"

乔治·巴顿说："因为这个世界上没有比迈克·马茨更出色的对手

了，所以我只能选择他。”

国防部谨慎地同意了乔治·巴顿的请求。研制工作开始后乔治·巴顿和迈克·马茨两人各带了一个工作小组，不同的是，乔治·巴顿带的是防护装甲研制小组，而迈克·马茨带的则是破坏小组，专门负责摧毁乔治·巴顿研制出来的防护装甲。

刚开始的时候，乔治·巴顿苦心孤诣研制出来的防护装甲总是被迈克·马茨轻而易举地炸得稀巴烂，随着乔治·巴顿一次次更换材料、修改设计方案，迈克·马茨的摧毁显得越来越吃力了，俩人就这样毫不松懈地在“破坏”与“反破坏”之间挖空心思地苦苦较量。

终于有一天，乔治·巴顿研制的坦克防护装甲安全经受住了迈克·马茨种种的狂轰滥炸，任凭迈克·马茨使出浑身解数，也未能击穿乔治·巴顿新型防护装甲的一丝一毫，于是，世界上最坚固的M1A2型坦克防护装甲问世了，它可以承受时速超过4500千米，单位破坏力超过1.35万千克的打击力量，而这种力量足可以把一只球轻而易举地捧上月球，但就是这种力量，也未能撕开乔治·巴顿研制的“艾布拉姆”式坦克防护装甲的一角。

在乔治·巴顿和迈克·马茨因此而双双荣获紫心勋章的颁奖仪式上，有记者问乔治·巴顿：“为什么在这么短的时间内你就能研制出如此坚固的坦克防护装甲呢？”乔治·巴顿毫不犹豫地回答说：“是因为我给自己找到了一位最出色的对手迈克·马茨，对手才是我成功的推动器！”

说得多么好啊，没有迈克·马茨一次次殚精竭虑的破坏，就没有乔治·马顿一次次的快速改进和最后的成功。

对于许多失败者来说，我们并非输于我们本身的智慧，而恰恰失败于我们没有一个出色的对手。

因为，对手往往是我们成功的推动器。

逃离掌声

邓泰山是来自越南河内的钢琴家。越战时期，为了躲避战火和轰炸，河内音乐院迁至深山密林的防空洞里。在潮湿、阴暗的防空洞里，当许多同学因无法坚持这样艰辛的求学生活而纷纷离去时，刚刚十几岁的邓泰山却咬牙坚持了下来，而这样暗无天日的生活他一坚持就是七年。

绝世的天赋，对音乐的疯狂热爱，终于使邓泰山在16岁那年遇到了伯乐。苏联著名钢琴家卡兹教授到越南听到邓泰山的钢琴演奏后，立刻要求邓泰山直接学习拉赫曼尼诺夫的《第二号钢琴协奏曲》。刚开始拿到乐谱，面对密密麻麻的音符邓泰山如对天书。但即便是如此，对音乐如痴如醉的邓泰山还是在两个月之内就把这首艰深的曲子行云流水般弹奏了出来，令卡兹教授吃惊不已。经过卡兹教授的极力推荐，邓泰山成了莫斯科音乐学院的一名学生。但学院里的音乐教授们都坚持认为，以邓泰山这样的年龄学习钢琴演奏为时已晚，谁都不愿意接收他。迫不得已，只有行将退休的纳坦森教授受邓泰山为门徒。谁都没有料到，只经过短短一年的时间，邓泰山就在大一的毕业考试中令人刮目相看。大二期末，邓泰山在毕业考试时演奏了极其艰深的拉赫曼尼诺夫《第三号钢琴协奏曲》,听得教授们个个呆若木鸡,简直无法相信自己的眼睛和耳朵。大学三年级的那年秋天,没有丝毫比赛经验,没有举行过自己的一场独奏会,也从未和乐团合作过的邓泰山独自乘上了从莫斯科驶往华沙的火车,赶去参加肖邦大赛,并且一鸣惊人,摘取了当届肖邦大赛冠军及马卡祖奖等在内的当届大赛全部特别奖。这是自1980年至今,亚洲钢琴家在主要国际大赛中夺冠的第一人。虽然日本的钢琴家内田光子在1970年的维也纳贝多芬大赛得到过冠军,但论及亚洲音乐家的成就,日本人仍然认为非邓泰山莫属。因此,日本人非常敬仰邓泰山,并力邀邓泰山到日本旅居。

邓泰山旅居日本后,也经常举办自己的钢琴演奏会,每场演奏会都赢得了观众的热烈赞赏和震耳欲聋的掌声,日本人对他十分敬仰和崇拜。但短短四年后,邓泰山不顾日本人的苦苦挽留,还是决定要执意离开东瀛。许多朋友不解,问邓泰山,邓泰山回答说:“我在日本根本不可能成长。因为就算我弹差了,听众还是疯狂地鼓掌,如果我不逃离这样的掌声,终有一天,掌声将会被别人对我的惋叹所替代。”

邓泰山毅然决然地从日本离开了,从狂热的掌声旋涡中凫了出来。

但有多少人能像邓泰山这样不贪恋和迷醉于对自己崇拜的狂热掌声呢?他们怡然在掌声的海洋中,他们沉浸在掌声的颂扬下,他们酣迷在掌声的喧嚣里,渐渐地,掌声把他们给彻底淹没了,两只鼓掌的手,让他们有了十个手指般迷乱不清的方向,最后,他们成了一声令人十分扼腕的惋叹。

是的,我们谁不是在为赢得别人的喝彩和掌声而生活和苦苦奋斗着呢?但当一些人拥有了掌声后,他们就迅速逃离了,安贫乐道、矢志不渝地奋斗着自己神圣的事业,于是他们成了扬名青史的大师。而很多人,却被掌声沉迷而从此裹足不前了,于是他们从美玉蜕变成了石头，成了平凡而普通的庸者。

追求掌声，但不为掌声所沉醉，并能迅速逃离眼前的掌声，而去追寻新的喝彩，这才是成功的真正智慧，才是一个人能永恒拥有喝彩和经久不衰的掌声的真正秘诀。

第六辑

负重，才不会跌倒

那些胸藏大志满怀抱负的人，沉重的责任感时时刻刻压在他们的心头，砥砺着他们人生的坚稳脚步，他们从岁月和历史的风雨中脚步坚定地走了出来，成了岁月和历史中磐石般的丰碑。而那些得过且过空耗时光的人，他们像没有盛水的空空木桶，往往一场人生的风雨就把他们彻底打翻了。

等长的路

那年我 14 岁，第一次代表我们中学到县城参加 1500 米中跑竞赛。

竞赛在县城中心体育场进行，跑道是环形的柏油跑道，赛前抽签时我抽到的是最里边的第一跑道。我是深山里的孩子，在我们山野的中学竞赛时，我们的跑道都是笔直的，所以对于城里的跑道抽签我根本不懂得是怎么一回事儿，直到穿好运动鞋站在自己的跑道上时，看到自己远远站在其他选手后边的我才大吃一惊。我想这实在是太不公平了，怎么能够这样竞赛呢？是不是那些裁判因为我是山里的孩子就对我另眼相看呢？看着一个一个次第远远站在我前面的选手，我的心愤怒极了，我想走上前去对那些头戴遮阳帽的裁判们提出质疑和抗议，但想到自己只不过是个山里的穷孩子，说不定惹恼了那些裁判麻烦会更大，所以我有些犹豫不决。

就在我还在迟疑的时候，一声清脆的发令枪响了，站在我前面的十几个选手立刻如一群脱缰的野马一样飞奔起来。见我还在发愣，我那坐在观众席上的教练一下子吼起来："快跑！"

我立刻甩开脚丫子，追着已经遥遥领先的那些选手飞奔着跑起来。

很快，我超过了最后一个跑在我前面的选手，没两分钟，我又超过了一个。我的感觉好极了，没想到城里的选手这么不顶用啊，我稍稍增大步幅加快奔跑频率就超过了一个又一个，我顾不得分辨观众席上那一浪高过一浪的阵阵喝彩和加油声，也顾不得抬头看我前面的选手，只是低着小脑袋，咬着牙，甩着骤雨一样的脚步拼命地向前冲刺。

最后我得了第二名。

当我的体育教练从观众席上欣喜万分地跑上来紧紧拥抱还在气喘吁吁的我时，我喘了一口气对他说："这次赛跑不公平，本来我是可以拿第一的。"

"不公平？怎么不公平？"我的体育教练愣了。

我又喘了一口气，愤愤不平跟他解释说："你没看到吗？起跑时他们都站在我的前面，我距他们都相差了那么远，这怎么算公平呢？"

体育教练说："那是因为你在最里边的第一跑道啊。"

我依旧愤愤不平地说："不管第几跑道，反正都是1500米，凭什么起跑时让我比他们都落后那么远呢？"教练一听，哈哈笑起来，他指着跑道跟我解释说："跑道是环形的，最里面的距离最短，最外边的距离最长，所以起跑的时候不同跑道的选手位置就不同。"教练笑眯眯地对我说："你在最里边的第一跑道，如果你的起跑位置同别人一样，那才是对其他选手的不公平呢。"

我这才恍然大悟，不好意思地红着脸说："老师，我明白了。"

其实人生也是一种赛跑，不管你出生在城市或乡村，不管你的父亲是富翁还是穷人，也不管你的先天条件是优越还是落后，生与死的人生跑道是相同和等长的。不管你处在生活的哪一个位置，只要你勤奋、努力，只要你不甘人后，不停歇地拼搏和进取，你都能摘取到同样甘甜的成功果实。

上帝绝不会偏爱谁，每一个人的人生跑道都是等长的，幸运和成功只青睐那些奋起直追的勤奋者。不要在意我们自己在人生跑道上起跑前的位置。记住，我们每个人的生命跑道都是等长的，决定我们人生成败的，只是我们每个人自己跋涉的脚步和勤奋。

·你只要有一手

一群人站在北京某外国使馆前等待申请签证,他们有要去留学的,有要去经商的,也有要求移民和旅游的。

他们中有一位挥金如土的百万富翁,也有一位从陕北赶来的农村老大娘,那位富翁是准备移民海外的,他做生意赚了不少的钱,现在他年过六旬了,感到身心十分疲惫,他想移民到另一个国度去,买一幢幽静的别墅,寻一片有林有水的地方,然后悠闲地安度自己的晚年。这不是他第一次来申请签证了,在此之前,他已经先后来过了十几次,但都被负责签证的大使冷冷地拒绝了。上次申请签证时,那位外国大使曾问他有什么专业,他想了好久,还是摇了摇头,他实在想不明白自己有什么可称为专业或特长的,很年轻的时候自己曾痴迷过美术,但不久他就把画笔抛弃了。几十年来,除了赚钱,自己真的是什么特长也没有。他站在等待签证的长长队列里,心里忐忑不安,他希望当自己又一次站在那位签证大使面前的时候,那位面无表情的大使能够轻易认出他来,为他的锲而不舍而感动,从而意外地给他办理签证。

他问站在自己前边的那位农村老大娘说:“你会英语吗?”老大娘不好意思地摇了摇头。他又问:“那你有什么专业吗?”老大娘不好意思地摇摇头说:“我一辈子只是种地和照料孩子,不知道啥叫专业。”他十分同情地对老大娘说:“那你申请签证肯定会十分困难。”老大娘想了想说:“但我也有一手绝活,就是剪纸,我们老家方圆几十里的人都知道我,年轻人结婚贴窗花、小孩子过周岁生日绣肚兜扎虎头鞋,很多人要绣巾什么的,全都找我给他们剪样纸。”他一听,心里就禁不住好笑起来,剪纸?剪纸怎么能算专业呢?

听了他的提醒,那位老大娘很兴奋,她从自己的口袋里摸出一张红纸来,高兴地说:“刚好口袋里带着一张红纸呢,一会儿我就可以当场剪给他们看。”

终于到老大娘了,当签证大使面无表情地询问这位老大娘会什么专业时,老大娘立刻从口袋里掏出那张红纸,先把那张纸朝签证大使亮一亮,然后便熟练地折叠了又折叠,伸开五指轻轻撕起来,只用了眨眼的工夫,当那张红纸又展开时,已是栩栩如生的一张剪纸画了,画上有一朵莲花、几片荷叶,荷叶下面是一尾尾妙趣横生的小鱼。签证大使惊奇得目瞪口呆,兴奋地说:“你是一位了不起的美术大师,了不起,你真的了不起!”边说边为这位大娘办理了签证。

目瞪口呆的不仅仅是那位十分傲慢的大使,还有老大娘身后的那位富翁,当然,他又被那位大使拒签了,回到家里,他十分感慨,他没有想到,乡下人的剪纸居然也能被签证大使视为一种专业。

是的,不管你的工作是什么,也不管你生活在哪一个阶层,但要改变自己的命运,你就要有自己与众不同的一招,你就必须有一手。

自己有与众不同的一手,你就有了改变自己命运的契机。

归　零

曾去采访过一位长跑运动员，问他能在比赛中取得骄人成绩的秘诀是什么，他闭上眼略略思忖了说：“是归零。”

归零？见我们不解，长跑运动员取出一台袖珍计算器说，不论你能用按键按出多大的数字，但要重新开始，你必须得首先归零。就像我们在环形体育场上，不论你过去得过多少次奖牌，也不管你的长跑纪录多么令人望尘莫及，但要重新角逐奖牌，你就必须站在零点线上，归零，然后从零再次开始。也曾去采访过一位成功企业家，再三向他追问他几十年稳保不败的法宝是什么，这个年过花甲的老人静静思忖了好久，才叹口气说：“我给你讲一则故事吧！”

他说，那是他第一次坐上董事长兼总经理的宝座时，那时他二十来岁，十分年轻，可以说是风华正茂的时候。那时，他踌躇满志，有一连串缤纷多彩的瑰丽梦想，加上父辈留下的亿万资产，他壮志满怀，认为这世界上没有他干不成功的事情。他父亲知道他的心思后，什么也不说，只在一张纸上给他画下一个大大的零说：“这是我要送你的。”他盯着那幅画想了几天，但怎么思索，也悟不透父亲那个零的意思。他向父亲讨教，父亲说：“把我留给你的一切看成零，把你自己刚刚要开始的人生看作零，你发觉你现在有什么？”

他沉思了片刻，恍然大悟说：“我什么也没有，我只有一个零。”认识到自己是零后，他顿然十分谨慎了，他知道自己的公司拥有万贯资产，但那是父亲留下的，对他自己则是不折不扣的零。他知道他家的这个公司声名远播，在两岸三地都颇有声誉，但他更知道，那一切辉煌都是属于父亲的，而对于他自己，也只是个零。

几十年来，不管自己多么成功过，也不管自己多么失败过，他都时时记得一切先归零。把成功归零，所以他不曾为成功骄奢过；把失败归零，所以他不曾因失败而气馁过。不骄奢、不气馁，他就这么一步一步地坚实做着自己的人生，终于用一块一块成功的砖，给自己筑起了一座成功的巨塔。

他现在很老了，但他仍然坚持自己的“归零”哲学，时时都觉得自己是在重新开始，所以他生活得很从容也很稳健。他笑着说：“对于明天，我们的一切都是零，所以天天、事事都要从零开始！”

后来，偶尔在电视上听到一个美国航天科学家的谈话节目，面对发射塔上让全世界都瞩目的航天飞机，当记者问这位科学家对于自己呕心沥血，现在即将要飞向宇宙并且前途未卜的航天飞机，自己最想说的最后一句话是什么时，这位科学家沉思了半天，才泪光盈盈地抬起头说：“归零！”归零？不仅许多电视观众，就连那位正在采访的女记者也愣了，直到那位科学家缓缓解释说：“所谓归零，就是祈祷它从我们地球出发，遨游太空，完成在木星上的所有工作，然后平安地回到我们这个星球上来。”原来他的归零是祈祷一次伟大的圆满啊！在目标远不止一个、旅程远不止一段儿的缤纷而漫长人生中，我们曾经让自己的失败和成功、欢笑与泪水一次次及时归过零吗？让失败及时归零，那么你就不会有人生的雨雪阴影，让成功及时归零，那么你就不会有人生的自大和傲慢……

让人生中的所有事情及时归零，那么你便会拥有一个个圆满的结果和一个个充满憧憬与希望的崭新开始！

败于自己

一位棋道高手退下来后被聘请为教练，他培训年轻选手的方式十分特别。

他不教年轻棋手们怎样去进攻别人，也不教年轻选手们如何运用谋略，他和徒弟们天天对弈，决出输赢后，让他们记住他们自己对弈时的每一步，然后，让棋手们仔细推敲他们自己的每一步落子，找出自己的失误，这就是他布置给那些年轻棋手们的作业。找出自己失误多的，他就表扬；找出自己失误少的，他就十分严厉地予以批评。

这样教的时间长了，那些年轻棋手们纷纷就有了意见，大家都说他的教棋方式太单调，既不能旁征博引讲出令人信服的理论，也没有实战的经验和技巧，虽说他过去是个棋道高手，但他不适宜当教练，同行的几位教练也对他十分不解，怎么能如此教棋呢？不传谋略，不传技巧，只让棋手自察失误，如此怎么能培训出一流的棋手呢？

面对年轻棋手们的不满和同行教练们的不解，他依旧我行我素，还是认真地让棋手们个个体察自己对弈时的失误，有时，他只是给他们一个简单的提醒，更大的失误，都让年轻棋手们自己去自我发现和体察，刚开始时，每局对弈下来，每个棋手都能找出自己的诸多失误，甚至许多人都觉得自己简直是个臭棋篓子。但天长日久,那些棋手们的失误越来越少了,有的甚至一局对决下来竟没有一次的失误。这个时候,选手们开始向他要求说:“给我们传点理论和技巧吧,对弈,毕竟是要取胜于别人,不是自己和自己决胜负,没有谋略和技巧怎么行呢?”

他冷冷一笑说:“棋道,没有什么技巧,也没有什么谋略,一个对弈高手,最大的技巧就是轻而易举能够发现自己的破绽,最高的谋略就是能够避免自己的失误!”后来,他培训的选手参加对弈大赛,和许多顶尖的棋手对决,很多高手都纷纷被他们一一击败,那些高手们惊讶不已,个个摇着头叹息说:“这些年轻选手们太厉害了,虽说他们没有什么技巧和谋略,但我们却丝毫找不到他们的破绽和失误,他们赢就赢在他们没有失误上。”

获胜之后,那些年轻选手们欣喜若狂地回来向他报喜,他说:“一个棋手能否赢得别人,技巧和谋略都无关紧要,最重要的是他要赢得自己,杜绝自己的失误,没有失误,就没有破绽,任何人都对你束手无策了。”

是啊,人生难道不是一场对弈吗?那些善于发现自己不足的人,他们及时克服自己的失误,不给自己的对手留下丝毫破绽,稳扎稳打,步步为营,于是他们获胜了,而那些不能发现自己不足的人,他们的失误造成了一个又一个的破绽,给了对手一次次进攻他们的机会,于是,在一次次的不慎失误里,他们被对手抓住机会彻底击败了。

自己的失误,往往就是对手击败自己的机调,许多时候,我们并不是失败于自己的弱小,而仅仅是失败于自己的失误。

失败,常常是因为自己首先败给自己。

亮起自己的尾灯

他是一名十分有名的汽车教练，经他训练驾车的数千名司机，发生交通事故的概率十分的低，所以常常有许多学员初到驾校来，都争先恐后指名一定要做他的学生。

驾校里有许多驾驶技术纯熟的驾驶教练，他们中有在青藏线上驾车几十年的司机，也有许多技术精熟经验丰富的老驾驶员，他们的驾驶能力和技术都不比他差，在培训驾驶员时大家也言传身教十分尽心，但不知道为什么，他们培训出的驾驶员，在驾车时发生的意外交通事故，远比他训练出的学员发生事故率高，驾校的领导感到有些莫名其妙，他的许多同事也常常觉得有些莫名其妙，连他自己也说不清楚到底是为什么。

后来，驾校领导决定对他的训练方法进行一次教学观摩，几十个同事都被集中到他的教练车上，看他如何启动、驾驶、刹车等一系列教学动作。

他坐进驾驶室，在启动汽车的同时，说了声："亮尾灯！"尾灯在汽车还没有开始行走时就亮了。

"一启动汽车就亮尾灯？"所有的教练们都愣了。他笑笑说："是的，我一直是这样做，也是这样要求和培训学员的。”

“为什么呢？”有人不解地问他。

他笑笑说：“所谓车辆交通事故，基本上可以分两种，第一种是一不小心你驾的车撞了别人的车；第二种就是别人的车一不小心撞了你的车。我驾的车撞别人的车这种事故，自己留神些，严格按照交通规章就可避免，而别人撞我虽然我没办法阻止，但我亮起尾灯，却可以提醒自己身后的司机留神，那么别人撞我的事故也就会少多了。”

大家一听，顿时全明白了。大家七嘴八舌叹息说：“驾车时，我们只注意看自己前边汽车的尾灯，只留神自己不要撞了别人，而从来没有想过让尾灯永远亮着，提醒后边的司机留神不要撞了自己啊！”

是的，亮起自己的尾灯，可以让后边的人时时刻刻看清你，让后边的人时时刻刻留神你，这样，就增加了你自己的安全系数，也减少了别人发生意外交通事故的系数。

亮起自己的尾灯给别人看，就是亮起对幸福的提醒给世界看。

人生不打稿

一个年轻人去拜一个丹青名家为师，立志要当一个画家。

年轻人是个十分节俭的人，学画时舍不得用上乘的宣纸，他用的全是一些废纸，有的是别人已用过的纸的背面，有的是已经染上了黄渍别人丢弃不要的，甚至还有许多是几年前的废旧报纸。朋友劝他说：“练习画画，要用好纸才行。”他笑笑说：“我这只不过是练习，是打草稿，用好纸太浪费了。”

练习了几年，他的画一直没有多大的进步，他十分苦恼，对他的老师说：“老师，我觉得我跟您学画挺勤奋的，别人一天画一两幅，我却画了七八幅，别人很早就睡觉了，但我每天都坚持练到了深夜，我画的草稿，现在一车都运不完，为什么我这么勤奋、这么刻苦，却总是没有多大的进步呢？”老师翻看翻看他在废纸上画的一沓沓草稿，沉吟了半天说：“从明天起，你不要再用这些废纸打稿了，你买些最贵也最好的宣纸试一试吧。”

他想不明白，自己画技没有进步，跟打稿的稿纸有什么关系呢？难道给一个没练习过绘画的人一沓好纸，他就能创作出一幅上乘的作品，给一个美术大师一张废纸，大师就画不出一幅好作品来了吗？想不明白归想不明白，他还是按照老师的吩咐，从第二天起，就买来了一沓又贵又好的上乘宣纸，开始在好纸上一笔一画地练习了起来。

练了半年，他的画技奇迹般地明显进步了，朋友们都很惊奇，问他为什么以前练了多年却进步很小，如今，不过是短短半年的工夫，他的画技却为什么提高得如此之快呢？他想了想说，过去练习绘画时，我用的全是别人丢弃不要的废纸。每当我拿起画笔面对稿纸的时候，我都这样想：这都是些别人丢弃不要的废纸，我只不过是在一张张废纸上打稿而已，一张画不好，就扔掉在另一张上画，反正是打稿，这些废纸多的是，所以每次没有构思好，我就匆忙下笔了。但现在不同了，当我面对一张张洁白无瑕又价格昂贵的上乘宣纸时，我的心总在提醒自己，这都是些上乘的好纸，价格十分昂贵，一张都价值不菲来之不易啊！所以当我提笔要在上面画画时，我都是慎之又慎，生怕画出一笔败笔来，一笔一画我都是运筹了好久，思索了好久才敢动笔画上去的。用心去练，怎么会没有进步呢？

朋友们一听，顿时都陷入了沉思。

难道不是吗？平常的日子，我们都很不经意，只把它们视为我们人生的一页页废纸和旧纸，涂废一张就涂废一张吧，一点儿也不心疼，总以为来日方长，这样的旧纸废纸还多得是，不能以认真、务实的心灵去对待每一天，使许多珍贵的岁月都不声不响地白白溜走了。

生命没有实习期，生命也从来不会有草稿，你今天生活的草稿，就是你永远无法能够重新更改的一张生命的答卷。

珍惜我们生活的每一天，因为生命从来就不能给予我们一次打稿的机会。

为自己的停留埋单

有一天下着小雨，因为有急事，我必须赶到两位朋友家去。

出了门，躲在街旁的法国梧桐树下等了好久，才拦下了一辆出租车。我对司机说："到兰花街六号。"司机很不情愿，因为兰花街六号不太远，不到两千米，他只能收取五元的出租车启动费，而启动费里已包括了三千米内的计程费，就是说，付给他五元钱，我就不用再支付其他什么费用了。见司机不情愿，我告诉他说："到兰花街六号办点事儿，我还要到兰花街尽头的郊区去。"司机这才懒洋洋地启动了车子。

到了兰花街六号，我付给司机五元钱，并告诉他："如果愿意，你可以在这里稍稍等候，一会儿我还要到郊区去。"司机像没睡醒的样子，懒洋洋地点了点头。

到了第一位朋友家，匆匆忙忙把事情办完，茶也没顾得上品一口，就匆匆忙忙下楼，可到街边一看，那辆出租车还是早走了，街上，只有打着雨伞来来往往的行人，只有一街的沙沙细雨。

只好重新再叫一辆出租车了。

又等候了好久，才重新拦到了一辆出租车。这辆出租车的司机是位明眸皓齿的女孩，十分开朗也十分健谈的样子，坐进车子，她问我到哪里去，我说："就沿着兰花街，到尽头的郊区去办点事儿。"

"就这么一点点远呀？"女孩边笑着问边轻轻启动了车子。

"不足两千米。"见女孩很健谈，我就告诉她说，"不足六千米的路，我付了两次五元的启动费。"女孩不解，我向她解释说，由于中途稍作停留，我打了两次出租车，你这辆车，是我在这条街上打的第二辆。

听了我的解释，女孩乐了，调皮地眨了一眨眼睛说："你中途停留了，所以你肯定得为你自己的中途停留埋单。"

为自己的中途停留埋单？我一怔。又细细想想，是啊，谁不为自己的中途停留埋单呢？车辆在中途停留一次，重新启动时，要比正常行驶多耗一些油；长跑的运动员中途稍作停留，要恢复正常的运动状态，就必须多用一些力；假若飞行的飞机要在飞行途中的天空稍作停留，那代价可能要比它的本身更要昂贵……

成功的途中不能停留，假若停留，你就要付出比别人更多的努力。

追求成功的旅程上，我们不能在中途停留，如果停留，你就肯定要为自己的停留埋单。

负重，才不会跌倒

一艘货轮卸货后返航，在浩渺的茫茫大海上，它突然遭遇到前所未有的巨大风暴。狰狞的排浪和疯狂的暴风一次次席卷着这艘货轮，把货轮一会儿抛到浪尖上，一会儿又甩到浪谷下，时刻都有船翻人亡的危险。

惊慌失措的船员和水手们，他们个个脸色苍白地团团围住老船长，求老船长马上想出一个脱险的办法来。船被飓风吹打得歪过来又歪过去，咆哮的海水哗哗地溅到甲板和货轮上。老船长思忖了片刻，果断地下达命令说：“打开所有的货仓，立刻往货仓灌水！”

几位年轻的船员和水手们担忧地说：“风暴这样厉害，浪又这么高，货仓里什么也没装我们已够危险了，如果再把货仓里灌满了水，增加了货轮的载重，我们不就更危险吗？”老船长看了他们一眼说：“大家谁看见过根深体重的树被暴风刮倒过吗？”船员和水手们想了想都摇摇头。老船长说：“这样的树是不会被风刮倒的。而被飓风刮倒的往往是那些根浅体轻的树。就像人，背负重物的常常不会跌倒，跌倒的，常常是那些身无一物两手空空的。因为他没有负重，所以也就没有了站稳的强大力量。”

船员们半信半疑地打开了所有卸空的货仓，立刻拼命地往货仓里灌水。随着货仓里的水越来越满，暴风虽然依旧那么疯狂，排天的巨浪虽然依旧那么猛烈，但货轮却渐渐平稳了，像在海水中扎下了坚实而沉稳的根。老船长告诉那些松了一口气的水手们说："一只空木桶，是很容易被风打翻的。如果把它盛满水，增加了它的载重，那么再大的狂风，也打不翻它了。"老船长顿了顿说，"有经验的水手都知道，在船上装满沉重货物的时候，是最不用担心风大浪高，是出海最安全的时候，恰恰在你空船的时候，才是风浪最容易把船打翻的时候，才是最危险的时候。负重才会沉稳，才会安全。"

何尝不是呢？

那些胸藏大志满怀抱负的人，沉重的责任感时时刻刻压在他们的心头，砥砺着他们人生的坚稳脚步，他们从岁月和历史的风雨中脚步坚定地走了出来，成了岁月和历史中磐石般的丰碑。而那些得过且过空耗时光的人，他们像没有盛水的空空木桶，往往一场人生的风雨就把他们彻底打翻了。

给我们自己加满"水"，使我们负重，这样我们才能够站得更稳，才不容易被人生的风雨打翻！

只能陪你一程

一个年轻人整天游手好闲，他交了一大帮和他一样的朋友，他们在一块儿打牌，在一块儿喝酒，在一块儿整天地东游西逛。

年轻人的父母十分焦急，他们苦口婆心地劝这个年轻人说：“你这样浑浑噩噩怎么行呢？你这样会把你毁了的。”年轻人一点也不在乎地说：“我这样怎么不行呢？吃喝生活由你们管，有小困难了有那么多朋友，我用得着那么劳心费神吗？”

父母和左邻右舍都对这个年轻人直摇头。

一天，年轻人的伯父从远方回来了，父母对年轻人的伯父说了年轻人的事情，伯父是个教授，他听了笑笑说：“好吧，让我来试一试劝劝他。”在年轻人家里吃饭时，伯父千方百计地劝年轻人喝酒。年轻人也仗着自己的酒量，伯父劝，他就喝，喝到半夜时，他已经有些露出醉态了。伯父见火候到了，就示意撤下酒去，然后向年轻人一家告辞，要回他下榻的旅馆去。

年轻人陪着父母把伯父送到了楼下，说罢客套话后，年轻人就要转身上楼去。这时伯父喊住年轻人说：“孩子，你不送我一程吗？”年轻人想，伯父多年不回来，是该送伯父一程的，于是就陪着伯父走了出去，但走了很久，走了很远的路，伯父并没有请年轻人转身回去的意思，眼看快要走到伯父下榻的旅馆了，伯父也没有请他止步。年轻人没办法，只好陪着伯父一直走到了那家旅馆前。伯父在就要跨进旅馆的时候像是突然想起了什么，不好意思地笑笑对年轻人说："让你送了我这么远，你回吧，我送送你。"年轻人推辞，伯父不容分说地送年轻人往回走。走了一程，年轻人说："伯父，您已经送我一程了，请您止步吧！"伯父说："你送了我那么远，我再陪你走一程吧！"年轻人无奈，只好让伯父陪自己走。

走了一程，年轻人又请伯父止步，可伯父固执地说："你从家里送我走到了旅馆，就让我从旅馆送你回到家里吧！"看着伯父固执的样子，年轻人没办法，只得让伯父陪他又走到他家的楼前。

到了楼前，伯父告辞又往旅馆走，年轻人想想，又回过头来送了伯父一程，眼看已经走得很远了，伯父还没有让他回去的意思，年轻人终于耐不住了，抱歉地对伯父说："伯父，我就送您到这里了，请您慢点走！"不料伯父却火了，冲年轻人吼道："你怎么不懂礼貌呢？我这老胳膊老腿的能从旅馆把你送回来，你年纪轻轻的难道就不能把我送回去？不行，你把我送到旅馆去，一会儿我再把你送回来！"

年轻人说："伯父，这样送来送去，难道咱俩今夜不休息了？送人嘛，只送一程就够了，哪有这样无休无止送来送去的？"

"只能送一程？"伯父说，"原来你懂得这个道理啊，那么我问你，你的父母还能陪你的生活走多远？你的亲朋好友能在生活里陪你走多久？孩子，没人能陪你走过人生的全部路程的，有许多路，都需要你一个人自己走啊！"年轻人明白了伯父的苦心，十分惭愧地对伯父说："伯父，我明白了！"

是的，没有人会陪你走过你人生的全程的。你的父母只能陪你走过人生的一段，你的朋友也只能对你说："走好，我就送你这么远了！"

你的兄弟姐妹也会在成家后对你说："没办法，我只能陪你这么一程了。"

人生的全程有许多是注定要一个人走完的，所以要记住，没有人是能让你一生一世去依靠的，一个人能永远依靠的只会是他自己。

谁都只能送你一程，许多的路是注定要让你一个人去走的。

把自己的牌打完

一个年轻的英国赌徒，打牌总是输，他十分生气，叹自己的命运不济，叹自己的手气不好，叹自己的技不如人。输得家徒四壁时，他决定再也不赌了。但在金盆洗手前，他决定带重礼去拜见城南那个大名鼎鼎的赌王，请赌王告诉自己为什么总是输。他去了，带了十分贵重的礼物，那个赌王也十分慷慨地会见了他。他痛哭流涕地请教那位赌王说：“我原本有万贯家资的，可仅仅几年，就全部输光了。每次打牌，我都是输，没赢过一次。说我智力差吧，我发觉我比许多和我赌牌的人都要聪明。说我命运不济吧，但只要不赌牌，我也还算是幸运的。说是自己手气不好吧，但一次两次手气不好有可能，但不能总是没有手气呀！您能告诉我自己是输在了什么地方吗？”

赌王听了，思忖良久无语，最后赌王说：“这样吧，我带你去赌场看我赌一把，或许你就能够从中找出自己总是输的原因。”赌王驾上车，带着他到了附近一个十分豪华的赌场，开始赌牌时，赌王让他坐在自己的身边，让他看自己是如何打牌的。看了两局，他觉得赌王的手气也并非是自己想象得那么好。他抽到的牌也不怎么样，甚至比自己抽到的牌还要差。那么是赌王的牌技好吗？他又继续看。但两局过后他发现赌王的牌技也不好，有两次甚至出错了牌。他越看越想不明白了，赌王的手气如此差，牌技也不是多么出色，那么他为什么能赢？为什么能成赌王呢？

他坐不住了，几次都想站起来，但他看到赌王那种无论输赢都不急不躁的样子，他又安安静静地继续坐下来看了下去。有一局，他看到赌王手里只剩下两张很小的牌了，这几乎是两张不可能赢的牌，按他自己过去的赌法，早就放牌俯首认输了，他俯在赌王耳边说："放牌吧，这一局我们已经输定了。"赌王不理睬他，依旧泰然自若地握着手中的牌，等到别人把牌刚亮出来，赌王就微笑着打出了自己的牌。

赌王赢了，因为别人的牌比赌王的更小。他傻了一般地看着赌王，连连称奇说："奇迹，真是奇迹啊，这样小的牌您竟也能打赢！"赌王微微一笑说："不把手里的牌打完，你怎么能知道自己到底是输了，还是赢了？"

他屏声静气地看了几局，其中有好几局都是赌王几乎在山穷水尽时反胜的。他惊讶极了，对赌王说："我终于知道自己输在哪里了。"

赌王问："你说自己输在哪里了？"

他不好意思地说："每当我手中只剩一把小牌时，牌还没打完，我往往就俯首认输了。"赌王点点头说："是啊，牌没打完，你怎么就知道你自己输了呢？输赢都要打完自己手中的最后一张牌，意想不到的奇迹往往都是在最后发生的啊！"

赌王说："在牌局上，当你打出大牌的时候，别人打出的也往往是大牌，你手中的大牌打完时，别人手中的大牌也都差不多已经打完了，那么你有什么理由认定别人手中的牌就比自己手中的牌大呢？没打完手中的最后一张牌，输赢都是未知数，所以任何时候都不要提前认输，都必须打完自己的最后一张牌！"是呀，没打完自己手中的最后一张牌，我们怎么就能轻易断定自己输了呢？赌局上的牌是这样，我们人生中的牌也是如此。有许多时候，我们并非是输在自己手中的牌有多少，而是输在没有勇气去坚持打完自己手中的最后一张牌。不要提前服输，不要在成败没有最终定论的时候提前放下自己的牌，坚持打完你自己手中的最后一张牌，因为人生的许多奇迹都是在一切似乎都尘埃落定的时候才出人意料地发生的。

生命的光芒

去年，到东南沿海的一个海滨城市参加笔会。我们下榻不远的地方是一个绿树掩映的海蚌养殖场。

那天吃过晚饭，我一个人散着步去了那个养殖场。养殖场里很寂静，数不清的一口一口的池塘里静静地开着几朵白莲，或者荡漾着一池微微的碧波。在池边，我遇到一位老人，他正弯着腰吃力地往池塘中放什么东西，近前一看，是在倒沙砾，那沙砾十分纯净，个个有米粒般大小。我问老人朝池子里放沙砾做什么，老人笑笑说：“种珍珠。”

种珍珠？怎么用沙砾种珍珠呢？老人见我不解，说：“你是北方人吧？难怪没见过呢。”老人说，海蚌一般是生长在静静的浅海区的，它们喜欢海底的沼泥，在细腻的沼泥地生活的海蚌是很难长出珍珠的，要想让海蚌长珍珠，就必须让海蚌们吃“苦头”。见我不知道“苦头”是什么意思，老人笑笑解释说：“苦头就是细沙砾。海蚌本身是不会生珍珠的，只有把这些沙砾吃进它们的蚌壳里去，当这些沙砾黏附在蚌壳内壁上时，海蚌会不舒服，沙砾会迫使海蚌吐出黏液，甚至会把蚌壁磨出血来，这些黏液和蚌血把沙砾裹了一层又一层，天长日久，就长成珍珠了。”

老人说，他将沙砾放进池塘里后，就要用振动器拼命搅动池里的沙砾，让那些海蚌们一不小心吃几粒沙砾。老人笑笑说："这就叫种珍珠。"

热心的老人边说边带我走到了另一个池塘边，弯下腰去，用一个网兜兜上来一个褐黄色的海蚌。那海蚌碗般大小。扇形的蚌壳上布满了细密的浅浅线纹，老人将蚌壳用大手轻轻地掰开让我看说："瞧，这是刚种上半年的。"我低下头看去，只见那紫玉色的蚌壳内壁上黏附了十几粒颜色不一的小沙砾，有的已呈薄薄的玉色了，有的沙砾还没有被彻底卷裹。它们在紫色的蚌壁上像一粒粒的星星，闪烁着微微的银色光芒。老人说，这个海蚌里的珍珠很一般。他又带我走到另一口池塘旁，然后又捞出一个海蚌掰开给我看。这是一个珍珠就要成熟的海蚌，紫玉色的蚌壳内壁上星星点点长满了珍珠，那珍珠一粒粒晶莹、剔透、圆润、玲珑，像一粒粒玉豆。尤其有五至七颗，颜色绯红的、紫红的，甚至是通体血红的。老人说，这种珍珠是十分珍贵的，因为它们是蚌血凝成的，老人感慨地说："这些红颜色的都是蚌的心血啊，这世上，没有哪一种心凝成的东西不珍贵啊！"

我问老人怎样才能让海蚌多长珍珠，老人说："没别的办法，要想让它多长珍珠，只有让它多吃苦头。"

多吃苦头，多承受磨难，多经历坎坷，海蚌才能多生长珍珠，那么我们人呢？那些栉风沐雨的人，他们历尽沧桑，屡遇沉浮，被苦难和风雨一次次打磨着、历练着，苦难深裹在他们的心灵里，命运和岁月渐渐把他们淬铸成了生命的珍珠，于是他们有了自己熠熠的光芒，他们成了我们生命天空中的星辰。

不要拒绝我们命运中的那些"沙砾"，因为，生命的光芒来自苦难，就像璀璨的珍珠，就是苦难的沙砾长成的。

·记住目标

一个人要到远方去旅行，在车上，他翻开随身所带的交通图册，细数列车要经过的小站，那些小站名字密密麻麻，竟有六百多个。六百多个小站，要走到什么时候啊？旅人再也不能平平静静坐下去了，车行一会儿，他便焦急地扒着车窗向外探视，看某个小站到了没有，或者焦急地问列车员说："这么长时间了，××小站过去了没有？"列车上的宁静时常就这样被他频频打破，那些刚刚想闭上眼睛稍稍歇息一下的同车厢旅客，那些正静静相偎而坐的情侣，那些正轻轻交谈谈兴正浓的朋友们，都被这个焦急的旅客弄得十分不满。大家纷纷低声地要求这个车厢的列车员："能不能把那个人另找一节车厢去待着呢？瞧他老是那么焦急，那么大声嚷嚷，把俺们都烦透了。"

列车员是个头发已经发白的慈祥老头儿，听到满车厢人对那位旅客的抱怨后，列车员笑眯眯地轻轻走到那位焦躁的旅客前，轻轻地拍了拍他的肩膀说："小伙子，能到我的工作间里聊一聊吗？"

到了列车员仅仅能容下两个人的狭小工作间里，那位年轻旅客便禁不住叫了起来："怎么就这么一点点的地方啊？"列车员平静地笑笑说："就这么一点点地方，可是您知道吗？在这一点点的地方，我已经坐了三十年了。”

“三十年了？”年轻旅客更惊讶了。

列车员不置可否地笑笑又说：“我守在这里三十年，并且三十年都泡在这条铁路线上。”

“天哪，三十年，一条线！”年轻旅客更吃惊了，“这么多的一个一个小站，你每天就这么经过，你不着急吗？”

“着急？”列车员笑了笑说，“没什么可急的，我从来不在乎这些数不清的中途小站，我只记住始发站和终点站，然后忙碌我的工作就行，有什么可急的呢？”列车员顿了顿又说：“就像一个人，只要他出生长大成人，他只需记住自己生命的目标，只需知道自己在不停地忙碌着就行，不必去担心自己的每一天要怎么过，每一件事要怎么做，就像一棵大树不必担心一片微小的树叶，一条大河不必担心一滴微小的水，这样生命和人生才会变得坦然而从容。”

是的，人生的路途虽然漫长而遥远，虽然有着许多或苦或甜的人生小站，但我们不必去一一留意那些岁月的小站，只要记住我们人生的最终目标，而且知道自己时刻都在为这个人生目标工作着就行了。

每一个成功都值得尊重

邻居家的一个孩子，快3岁了还不会说话。他的父母十分焦急，带着孩子四处求医问药，但都没有明显的效果。每天早晨或夜晚，都能听见那对夫妇在不厌其烦地教孩子发声，一遍又一遍地教孩子说："爸爸，妈妈……"这样一直教了半年多，终于有一天，孩子张开了金口，能含混地说"爸""妈"了，那对夫妇激动得泪流满面，抱着孩子向左邻右舍说："我家的孩子会说'爸''妈'了！"似乎像获得了一个天大的成功。

我给朋友们讲这个故事，许多朋友都不以为然，他们说："这不是一个多么了不起的事情，不过是一个小孩学会说话而已。"但他们谁会体味到邻家那对夫妇为此而付出的艰辛呢？半年多的时间里，每天天刚亮，他们就开始教孩子发声，就是"爸""妈"这两个普通的字眼，一遍又一遍地教，听得邻居们都为他们夫妇发急。每天一下班，回到家里又是一遍又一遍地教，直到夜阑，直到小孩发困睡觉，他们才会停下来。对于他们来说，孩子能开口说话，简直就是一个最重要、最伟大的事情。现在孩子终于能含混地说出话来了，这种成功对他们夫妇来说不亚于世界上任何一个伟大的事情。

还有一个故事，是道听途说来的，说是有一个孩子因为有生理缺陷，四五岁了还不会走路，他的父母和亲朋好友们十分忧愁，他们千方百计地扶着小孩让他学习迈步，经过了几年的努力，这个小孩终于能趔趔趄趄地一个人走出一步了，他的父母欣喜若狂，尽管他们的孩子被医生诊断为天然生理不能平衡，但他毕竟能迈出一步了。后来，在这对夫妇和许多人的帮助下，这个孩子参加了一个残疾人体育训练队，22岁的时候参加残奥会，并站到了高高的颁奖台上，让世界和许多人为他喝彩和惊叹。这个故事对我们许多人来说也很普通，但这个孩子学会迈步对于他的父母和家人来说普通吗？那或许也是一件十分重要、十分伟大的事情。

没有一个成功是渺小的。别人的许多成功不被我们许多人所重视，那是我们没有真正设身处地体味到那些人为这种成功而付出的困苦与艰辛，那是我们不能真正体味到这种成功对于他们人生之旅的迫切和重要。

成功没有标尺，人生的颁奖台的高度只有他自己的心灵才能真正知道。不要对别人的一个成功而漠然，在这个芸芸众生的大千世界里，每个人的每次成功都值得我们喝彩与尊重。

什么时候都是最好的时光

一群记者分成几组进行社会采访，他们共同的采访主题是：什么时候是一个人一生最美丽的时光？

第一组记者采访了一群正在兴高采烈做游戏的儿童。那些儿童们听了记者的提问立刻七嘴八舌地回答说：“我们的现在是人生的最好时光，我们没有任何忧愁，除了吃饭、睡觉，就是聚在一起玩乐和做游戏，有小伙伴们和我们做伴，有父母宠爱我们，还有许许多多的叔叔阿姨关心着我们，难道这时候不是人生最美好的时光吗？”

第二组记者采访了那些正在中小学校园读书的少年们，那些少年们不容置疑地回答说：“青少年才是人生最美好的时光，我们在校园里快乐地学习，我们有花儿一样的年龄，我们在校园里幸福地生活，我们歌唱，我们用彩虹的色彩编织我们的未来和梦想，我们知道明天的世界就是我们的，我们对生活充满了期冀和希望，难道青少年时期不是人生最美好的一段时光吗？”

第三组记者采访了那些刚刚走出校园初步踏上社会生活舞台的青年们，那些青年们立刻掷地有声地回答说，青春是多么美好的字眼，青春是多么令人羡慕和留恋，多少青少年在梦想着长大迈步走进青春，又有多少青春已逝的人在频频回味和深深眷恋着青春，青春有花前月下的浪漫，青春有涉世之初的欣喜，青春的阳光是春天的明媚，青春的色彩是春天万紫千红的缤纷，青春的生活是愉快的旋律，青春的岁月是充满诗意蓬勃的浪漫，有古今中外，有数不清的诗词文章在歌颂青春，芸芸众生，有多少人在回味和眷恋着青春的韶华，青春才是一个人一生最美妙的一段时光。

第四组记者采访了那些刚刚解甲归田从工作岗位上退休下来的老人们，老人们有的遛鸟，有的打牌下棋，有的三五成群兴致盎然地坐在街边的树荫或公园里天南海北地闲聊。老人们听了记者的采访沉思片刻笑笑说，人生什么时候最美好？我们看就是我们现在这时候。想想吧，年少时，少不谙事，等到懵懵懂懂开始上学，十几年的沉重学业累得孩子们喘不过气来。毕业了，开始参加工作了，开始恋爱了，开始成家了，开始生小孩了，开始要置房购房了，工作忙碌得家里和单位两点一线，生活忙碌得像一团乱麻，谁不朝思暮想着有一天能什么也不用忙碌着做，但却每月都有薪金拿？谁不朝思暮想着每天都能悠闲地坐下来品几杯茶、打打牌、下几局棋、和朋友们快乐地聊聊天？谁不梦想着有一天不再为工作的事情烦恼，没有领导管，没有同事三番五次地找碴儿，自由自在地过上闲云野鹤的日子呢？老人们自得地笑笑说："人生梦想的不就是我们现在这样的日子吗？难道我们现在这时候不是人生最美好的时候吗？"

第五组记者采访了那些躺在医院病床上和正在老年公寓里晒太阳的耄耋老者们。老人们听了记者提出的问题，微笑着想了想才缓缓地回答说，把功名利禄彻底看透的时候才能真正品味到人生的美好甘甜，把生老病死品悟成常态的时候才能真正懂得岁月的美好，生活到我们这把年纪，早把世事都已看得风轻云淡了，早把人生千千结的磕磕绊绊都已视为往事笑谈了，我们每天被别人搀扶着散散步，安静地晒晒太阳享受着大自然的晨语微风，有家人照看和温暖我们的生活，有社会给我们的种种关照，人生啊，就是倒吃甘蔗，少年时是不淡不甜的甘蔗梢，青年、中年不过是一根甘蔗的中间段，而最甜的却是甘蔗近根的那一段，就是我们现在的这个时候啊，难道我们现在不是人生最美好的时候吗？

几组记者带着自己的采访结果回到报社，他们请来了哲学家、社会学家等一起参加讨论，但最终还是众说纷纭莫衷一是，没有讨论出一个大家都能一致认同的答案来。

是啊，什么时候才是人生最美好的时光呢？难道人生不就像一次华美的旅行吗？每一段旅程都有自己独特的风景；难道人生不就是一圈春夏秋冬的岁月年轮更替吗？每一个季节都有自己的温馨与芬芳；难道人生不是一场美丽的花事吗？花开有花开时的缤纷，花谢有花谢时的诗意……

人生，什么时候都是最好的时光。

有一只手就足够了

单位组织到山里去看一位残疾人,大家准备了一堆的礼品,又准备了一大堆要鼓励那个人如何身残志坚乐观向上的话,我们就驾车向山里出发了。

这样的活动于我们早就不是第一次了,那些被探望的残疾人,没有例外,个个都是面容凄苦,一遍又一遍地向人叙说自己的人生是如何的不幸,生活是怎样的困顿,以赢得人们的深切同情。的确,对于残疾人来说,身体的不幸已经给他们的工作和生活带来了很大的不便,更雪上加霜的是一些人对他们的鄙视和冷漠,更是伤害了那些残疾人的精神和心灵,致使许多残疾者失去了奋斗的勇气和信心,沉沦生活,人生黯淡得一塌糊涂。

一个多小时后,我们一行人走进了一个有几十户人家的小山村。我们心想,哪座房屋最破、最烂,一定就是那个残疾人的家了,于是径直就把车停到了房屋最矮、最旧的一户人家门前。车刚停下,几个年轻人就准备去后备箱里取礼品,我则叩了叩这家人几乎破烂的柴门,很快,有一个中年人就应声而出了。我问他说这是×××的家吗?那中年人摇摇头说,不是,他家在那边呢,院墙雪白,门前有一片翠竹那家就是。

中年人朝我们指了指。

大家重新返回到车里，有几个人疑惑地说："这应该就是那个人的家呀，他伤残得那么严重，还能拥有什么样的生活呢？"车子在大家七嘴八舌的议论中很快就到了一户院墙雪白、门前有一片葱葱郁郁翠竹的人家前。我先下车叩响了门，一个人笑容满面地很快迎了出来，我问这是×××的家吗？那人爽朗地笑着说："是的是的，我就是×××啊，快请进家里坐吧！"

他就是×××？我也有些疑惑了，面前的这个人高大、健壮，满面红光，说话爽朗，根本就不像我以前见过的那些残疾人啊。但当我的目光滑到他左边的袖管时，我才相信他真的就是我们要探望的那个残疾人，因为他的左袖空空荡荡的，他没有左臂和左手。

他住的是窗明几净的两层小楼，屋子里拾掇得十分整洁，宽大的院子，是用山里宽大的青石板铺就的，几个石砌的花坛中，开满了一丛丛五颜六色的鲜花。他一一热情地和我的同事们握手，并忙碌着给大家沏茶，我们劝他说："你不方便，还是让我们自己来吧。"他朗声笑着说："怎么不方便？有一只手就足够了。"

我们坐下来和他漫谈，他告诉我们说，虽然他少了一只胳膊，但他什么都能做，什么时候也从没有被人落下过，他笑着幽默地说："瞧，我刚才不是还和大家一一握手吗，能和大家握手，其实一只胳膊就够了。"

那天，我们准备了一肚子鼓励他的话，最终连一句都没有说出来，送给他的礼品，他再三推让才接下来，临行时，他不顾大家劝阻，给我们的车里装了许多他家的农特产。车子启动时，他高高举着自己的右手向我们致意，并朗声笑着说："瞧吧，这一只手就足够了吧？"

上帝给了人两只手，或许只是为了人的身体平衡，其实，许多时候，我们的左手都没有用过，和人握手，伸出右手就行了；拿取东西，只要不是太超重，右手就行了；喝茶吃饭，右手就行了……

只要心不残缺，一只手就足够了。

能看见彩虹的眼睛

第一次失败，是在中考的时候。

平时，我都是班里的尖子生，父母和老师都对我宠爱有加，我也十分自信，所以在中考前，别人都在拼命学习的时候，我却在偷偷摸摸地看小说，或者悄悄到游戏厅里去玩游戏。我想凭自己平时的成绩，考进市重点高中应该是探囊取物的事情。

但成绩一公布，我就傻眼了，班里几个平时名次都在我后面的同学，成绩都过了市重点高中的录取分数线，而我，却离录取线差了十几分，我名落孙山了。

我一个人离开学校，躲在郊外的河滩上痛哭了一场。第二天上午，我的班主任老师来家里看望我，坐在我家洒满阳光的庭院里，我难过的眼泪又一次大颗大颗地默默涌了出来。妈妈见了，忙给我递送纸巾，但沉默了半天的老师说："先别擦拭，先抬起你的脑袋来。"

我不知道老师要让我做什么，但我还是听话地抬起了头。老师说："对着太阳，睁开你的眼睛来！"

我听话地对着刺眼的太阳，慢慢睁开了我噙满泪水的眼睛。老师扶着我幼小的肩膀说："孩子，告诉我你看到了什么？"

我回答说:“我看到了彩虹,满天都是彩虹,每一束阳光都是一束五彩缤纷的彩虹!”真的,我看见了彩虹,整个天空都是五彩缤纷的,就像一片万紫千红的大花园。我惊奇极了。

老师微笑着用纸巾帮我轻轻拭去我的眼泪说,孩子,你听着,在这个世界上,还没有一个人的人生没有失败过,失败的眼泪,对于一些人是淹死他们梦想的洪水,而那些最后的成功者们,他们是通过眼泪发现了满天都是彩虹。一个人,如果没有过失败的眼泪,他永远都是看不到彩虹的!

我点点头坚定地告诉老师说:“老师,我懂了!”

后来,我从乡下的中学考上了城里的大学,大学毕业后,我在灯红酒绿的城市里工作和生活。在工作和生活中,我遭遇过一次又一次的打击和失败,但我从来没有在失败面前俯首和退缩过,我又有几次一个人面朝太阳,慢慢睁开我噙满泪水的眼睛,静静看那飘满天空的彩虹。

彩虹并不是每天都有的,但流过眼泪的眼睛,却时时都能在平淡的岁月中看到缤纷的彩虹。

你要有自己的温度

就要大学毕业走出校门迈步社会的前夕，学校里照例要举行各种各样的活动。校长致辞就安排在大家离校的前一天晚上。

满头银发的老校长微笑着走上演讲台，奇怪的是他左右手各提了一个暖水瓶。校长微笑着看着大家说："明天，你们就将步入社会了，你们的生活将翻开崭新的一页，可能你们许多人对未来的生活充满了热切的期待，也可能你们许多人对未来感到迷惘和徘徊，作为你们的校长，孩子们，我今天不准备做什么长篇大论，我只想带给大家一句话。"校长停顿住，招呼台前的一个工作人员说："把我准备的水送上来。"一个工作人员立刻提了一桶水送到了演讲台上。老校长拧开一个暖瓶的瓶塞说："这是一桶凉水，我要将这个暖瓶灌满。"他弯下腰去将暖瓶灌满后将瓶塞盖上说："孩子们，一会儿我将暖瓶里的水倒出来，你们说这瓶子里的水会变化吗？"

大家都没有回答，都不知道老校长要做什么。老校长看看全场不知所以的大家，然后缓缓拧开了瓶塞，将水又哗哗地倒进桶中说："这水依旧是凉水，连暖瓶都是冰冷的。"老校长又拿起另一个暖瓶，又吩咐台前的那个工作人员说："把那桶沸水提来。"不一会儿，工作人员就把一桶蒸腾着乳白色水雾的沸水提到了演讲台上。老校长又弯下腰去，小心翼翼地将暖瓶灌满，将瓶塞盖上缓缓地问："现在将瓶塞打开，孩子们，你们知道这将发生什么变化吗？"大家不知道老校长究竟准备做什么，所以谁也没有回答。

稍稍停了停，老校长缓缓将暖瓶塞拔开，一缕缕乳白色的热气立刻就从暖瓶口袅袅升腾起来。老校长将暖瓶里的沸水又徐徐倒回水桶里说："沸水还是沸水，没有发生任何变化。但是，暖瓶发生了变化。"他招呼台前的两位女同学说："请两位女同学来感受一下好吗？"

两个女同学走到老校长身边，老校长吩咐她们说："请二位把手指伸进刚才装满凉水的暖瓶里。"两个女同学分别将自己的一根食指徐徐伸入到了暖瓶中。老校长问："有什么感受？"两位女同学说："只是冰凉。"老校长微笑着点点头，又吩咐两位女同学把食指伸到刚才装满沸水的暖瓶中，然后微笑着问："这次有什么感觉？"两个女同学举着被烫得绯红的食指说："暖瓶里太热了！"

老校长笑了。

老校长抬起头来说："我从事教育几乎大半生了，我教过的毕业生可能有20多届了。这20多届的学生在走进社会和工作后，有大部分人告诉我，社会是冷酷的，他们感到十分失意，但也有一部分人告诉我说，生活和社会是美好和温暖的，他们一直充满着信心和热情。"老校长顿了顿说："告诉我社会是冷的那些人，他们至今都默默无闻，很少有人成就过自己的一番事业。而那些告诉我社会和生活是温暖的那部分人，他们基本上都是自己行业的精英，他们都是功成名就的成功者。"

老校长顿了又顿说："是的，社会和生活是冷的，就像那只暖瓶，如果你不用自己心灵的热情去温暖它，那它将永远是冷的。但如果你用自己炽热的情愫去灌注它，那么它将变得美好而温暖。"老校长环顾了一圈全神贯注的大家说："重要的是，你一定要有自己的温度！这就是我最后要送给你们的一句话。"

全场顿时响起了震耳欲聋的热烈掌声。

是的，每一个人都要拥有自己的温度，只有拥有了自己心灵的温度，你才能让自己的生活沸腾，才能让你的周围和世界温暖而明媚！

两双鞋子

一个青年人决心要干一番自己的事业了。他去请教一位智者说："我想办一个工厂,您能给我一些有益的忠告吗？"

然后年轻人就开始向智者滔滔不绝谈自己的种种计划和设想,并取出一卷图纸来,铺在智者面前的茶案上说："这是我未来厂区的平面设计图,瞧,这是公司的写字楼,18层高,有贵宾接待室,有职员休闲的咖啡吧,有能做各种风味中西餐全有的餐厅,有图书室,有舒适的职员短暂休息间,总之,是设施最完备、最豪华的写字楼。"

智者不语,只是微笑着静静地倾听。

年轻人继续眉飞色舞地说："厂区内要有封闭的泊车区,这里泊的是宝马、劳斯莱斯等高档轿车,简直就是一个耀眼的世界名车展示区……"

待口若悬河的年轻人说累了,智者才微微一笑说："年轻人,外边的天空还在落雨吗？"

年轻人不解其意,但还是回答说："是的,还在下雨,雨虽然不大,可路却是十分泥泞。"

智者说："做大事首先要有一个好体质。来吧,年轻人,让我先考验一下你的体质吧。"智者去内室取出一双鞋子来,吩咐年轻人穿上说：

“你出我家门沿着门前的这条大路走，一直走到路边有两棵大柳树的地方再走回来。”年轻人说：“不用换鞋子，我去走一遭不就行了吗？”但智者微笑着坚持要年轻人换鞋。这是一双崭新的鞋子，雪白的鞋面，纤尘未染的厚实鞋底，年轻人把鞋子捧在手上说：“路上的泥泞那么大，这鞋会被弄脏的。”智者微笑着说：“鞋子就是用来穿的，年轻人，请上路吧！”

年轻人穿上鞋子走了。他终于走到有两棵柳树的地方，按智者的吩咐，又走了回来。智者让他脱下沾满泥泞的新鞋子，又给他取来一双破烂不堪的旧鞋子说：“换上这双鞋子，你沿刚才的路程再重新走一次。”

年轻人不知道智者到底要做什么，但他还是满腹疑问地按照智者的吩咐穿上旧鞋子又走了一次。回到智者的茶房里，智者微微一笑对年轻人说：“你走这一段路程，穿新鞋子用了近一个钟头的时间，而穿旧鞋子则用了不到三十分钟，年轻人，你知道这是为什么吗？”

年轻人思忖了片刻说：“穿新鞋子走路，我总是担心那些泥泞把鞋子浸脏，所以每一步都小心翼翼，总想找干净一点或泥泞浅一点的地方落脚，从不敢迈开大步去走。而穿旧鞋子则不同了，我想反正鞋子又脏又旧，就是被泥泞裹满了又如何呢？于是就不管泥深泥浅，放开步伐大步走就行了，所以穿旧鞋就走得快多了。”

智者捻须一笑说：“是啊，同样的路程，同样的泥泞，只是鞋子的新与旧不同，只是鞋子的华美与破烂不同，而行走的时间就大相径庭了。”智者顿了一顿说：“人生就是一段风风雨雨泥泞不堪的旅程，而要立志干一番大事业，则更是风雨如晦泥泞不堪了，走这样的泥泞之路如果穿的是华贵的鞋子，谁能迈开步履阔步前行呢？”

年轻人怔了。

智者说：“你要干的事业是工厂、是产品，不是去追求生活的安乐与奢华，你设想的那些豪华写字楼、宝马香车，难道不是华贵得不敢迈步走路的鞋子吗？”

年轻人羞赧地对智者说:“走泥泞的路不需要华贵的鞋子,老人家,我懂了！”

年轻人首先建起了几座厂房,又建起了几间简陋的办公室,他的工厂就马上投入运营生产了。如今,这个年轻人已经成了拥有几个亿资产的集团公司总经理,他的座右铭是:走泥泞的路不需要华贵的鞋子。

第七辑

把自己放低

涧谷把自己放低，才能得到一脉溪水;把自己放得最低的陆地,才能成为世界上最深的海洋。人,只有把自己放低,才能吸纳别人的智慧和经验啊。地低成海,人低成王,把自己放得最低的人,他才能拥有别人无法企及的高度。

幸运的疼痛

一个中年人忽然偏瘫住院了，这让他的家人和朋友都焦虑而着急。

病人脸色很好，心脏、脉搏都正常，但就是左半边身子没有了知觉，一动也不会动不说，用拳头擂、用手指掐他都没有丁点的感觉。

病人很忧郁，有个父亲带着小孩去探望他，小孩在病房里大声喧哗，于是，小孩的父亲伸手去拧小孩的脸，顿时，小孩疼痛地尖叫起来。病人叹了口气说："我真羡慕孩子们啊！"

有人问："羡慕小孩们的天真无邪？"

病人摇了摇头。

有人问："羡慕小孩子们的无忧无虑？"

病人又摇了摇头。

又有人问："是羡慕孩子们如花的年龄？"

病人还是摇了摇头。

长叹了一声，病人两眼涌满了泪花说："我只是羡慕小孩子们那么敏感疼痛啊！"大家一听，都愣了。这个世界上，有羡慕金钱的、羡慕美酒的、羡慕鲜花的，有那么多值得羡慕的东西而不去羡慕，怎么会有人来羡慕疼痛呢？

病人见大家不解，便叹口气解释说："我这种偏瘫病，治来治去，不过就是为了能让自己重新再站起来，如今我这半边身体形如枯木，用拳擂没有知觉，用针刺没有一丝反应，如果它能感觉到疼痛，那么我就康复有望了。"

是啊，不知疼痛的漠然更让人感觉到沮丧和可怕，它就像一种不能再绿的枯木，熄灭了心灵上最后的希望烛光。而如果一棵枯树在遭遇斧锯时还能流出疼痛的汁液，一个失去知觉的人还能感觉到些微的疼痛，那么这种疼痛的感觉就是一种幸运，就是一缕希望和一丝福音。

生命惧怕麻木，但生命庆幸疼痛。

心灵也是，麻木就意味着死亡，而疼痛则象征着重生。

可能，或许仅是一种隐隐的微疼。

生命的灯

一个漆黑的夜晚，一个远行寻佛的苦行僧走到一个荒僻的村落中。漆黑的街道上，络绎的村民们在默默地你来我往。

苦行僧转过一条巷道，他看见有一团昏黄的灯光正从巷道的深处静静地亮过来，身旁的一位村民说：“孙瞎子过来了。”“瞎子？”苦行僧愣了，他问身旁的一位村民说：“那挑着灯笼的真是一位盲人吗？”

他真是一位盲人。那人肯定地告诉他。

苦行僧百思不得其解，一个双目失明的盲人，他没有白天和黑夜的一丝概念，他看不到高山流水，看不到柳绿桃红的世界万物，他甚至不知道灯光是什么样子的，他挑一盏灯笼岂不令人迷惘和可笑？

那灯笼渐渐近了，昏黄的灯光渐渐从深巷移游到了僧人的芒鞋上。百思不得其解的僧人问：“敢问施主真的是一位盲者吗？”那挑灯笼的盲人告诉他：“是的，从踏进这个世界，我就一直双眼混沌。”

僧人问：“既然你什么也看不见，那你为何挑一盏灯笼呢？”盲者说：“现在是黑夜吧？我听说在黑夜里没有灯光的映照，那么满世界的人都和我一样是盲人，所以我就点燃了一盏灯笼。”

僧人若有所悟地说：“原来您是为别人照明了？”但那盲人却说：

“不，我是为自己！”

为你自己？僧人又愣了。

盲者缓缓问僧人说：“你是否因为夜色漆黑而被其他行人碰撞过。”僧人说：“是的，就在刚才，还被两个人不留心碰撞过。”盲人听了，就得意地说：“但我就没有，虽说我是盲人，我什么也看不见，但我挑了这盏灯笼，既为别人照亮了，也更让别人看到了我自己，这样，他们就不会因为看不见而碰撞到我了。”

苦行僧听了，顿有所悟，他仰天长叹说，我天涯海角奔波着找佛，没有想到佛就在我的身边，人的佛性就像一盏灯，只要我点亮了，即使我看不见佛，但佛却会看到我自己的。

是的，点亮属于自己的那一盏生命之灯，既照亮了别人，更照亮了你自己，只有先照亮别人，才能够照亮我们自己。为别人点燃我们自己的灯吧，这样，在生活的夜色里，我们才能寻找到自己的平安和灿烂！

只有为别人点燃一盏灯，才能照亮我们自己。

胸藏阳光

一个人带着他的两个孩子到撒哈拉沙漠去旅游。

见到无边无垠的大沙漠后，一个孩子不屑地说："这么大的沙漠，这么多的沙子，真是个不毛之地啊！"而另一个孩子看到沙漠则兴奋得惊讶说："这么大的沙漠，这么多的沙子，真是一笔巨大的财富啊！"

旅人问他的那个孩子说："你为什么不喜欢这片大沙漠呢？"孩子说："大沙漠除了这些没用的沙子，没有树、没有草、没有水，没有一点点的用途，谁喜爱沙漠谁准是世界上最大的傻瓜。"

另一个孩子听了哥哥的话，立刻纠正说："不，一点都不是你说的那样，虽说这沙漠里没有树、没有草，也没有水，但它有金子。难道你没听说过沙里藏金这句话吗？这么大的沙漠，该藏着多少的金子啊！"

还有两个小女孩，她们两个一起到公园里玩耍。公园里盛开着许许多多的白玫瑰和红玫瑰，一朵朵娇艳欲滴、花香醉人。一个小女孩面对着漂亮的玫瑰惋惜说："多么漂亮的花朵，怎么长了那么多丑陋的尖刺。"而另一个小女孩则赞赏地欣喜说："刺上竟开了这么多美丽的花朵，真是不可思议啊！"

几十年后，在沙漠里只看到满眼沙子的那个孩子在贫困中潦倒地死去了，在花园里惋惜玫瑰上生着刺的女孩在忧郁中积劳成疾也早早死去了；而在沙漠里看到黄金的孩子，他从一文不名的穷小子渐渐成了一个家产上亿的大富翁，那个惊叹刺上绽开着玫瑰的小女孩虽然生活得很贫困，但她很乐观，她的一生温暖而幸福。

有怎样的心灵，就有怎样的世界；有怎样的心灵，就有怎样的人生。心布阴霾，命运将是黯淡的；胸藏阳光，生活将是明媚而幸福的。

自己的观音

一位风雨飘摇一世的苦行僧，苍老得再也没有一点力气跋涉奔波的时候，便用自己化缘的钱修了一座小庙栖身。

庙舍修好了，苦行僧便找来一个泥塑匠为庙里菩萨塑像。泥塑匠一生为几百个寺庙塑过栩栩如生的菩萨，菩萨大慈大悲的端庄模样对他来说早已烂熟于心，他调好泥，很快就依照心中的菩萨形象着手塑起来，很快就塑好了，泥塑匠对自己的这尊菩萨塑像十分满意，这是他一生雕塑得最出色的一尊塑像。完工后，他立刻请苦行僧对塑像评头论足，满以为苦行僧看了会十分满意的，但苦行僧看了，却摇摇头说："这根本不是我的菩萨。"

泥塑匠很惊讶："天下的观音菩萨难道不是一模一样的吗？寺主为什么有自己的菩萨？"苦行僧听了，只是摇头不语，对泥塑匠说："来，我怎么说你就怎么塑吧。"

没办法，泥塑匠只好重新调泥，然后苦行僧怎么说，他就怎么塑。泥像终于塑好了，苦行僧很满意，而泥塑匠一看，就禁不住哑然苦笑：这哪里还是观音菩萨呢？腰佝偻得那么弯，脸沧桑得那么老，自己走南闯北，见过成千上万尊观音菩萨像，但哪里见过这样的菩萨呢？

泥塑匠苦笑着摇摇头，当他转过身来看见苦行僧时，不禁愣了，那尊观音塑像怎么和苦行僧一模一样呢？

泥塑匠觉得苦行僧太可笑了，一个臭脚僧人怎么能随随便便把自己供为观音菩萨呢？泥塑匠讥笑说："我走南闯北，一辈子朝拜过多少古刹名寺，见识过多少得道的高僧，可还从未见过有谁敢像寺主这样自己把自己供做菩萨的！"

苦行僧听了，淡然一笑说："我托钵云游天下，一辈子见庙叩头见佛焚香，可每遇大灾大难时，没有谁来救助过我。帮我化险为夷，遇难呈祥的，"苦行僧指指自己的雕像说，"只是他了，难道他不是我的观音菩萨吗？"

"求人不如求己，自己才是自己的观音菩萨啊！"苦行僧朝自己的塑像拜了一拜说。

自己才是自己的菩萨！怎么不是呢？

上帝的宴会

一天，上帝忽然来了兴致，他决定邀请两对人间的朋友，到他的天堂里来赴宴。

一对叫自私的朋友和一对叫帮助的朋友荣幸地被上帝选中了，他们被天使请到了天堂。上帝吩咐把这两对朋友分别安排到了两个宴桌旁，那两个叫自私的朋友面对面坐一个宴桌，两个叫帮助的朋友也面对面坐在另一张宴桌上。

菜肴开始被侍者端上来了，那都是些人间绝对没有的美味。有蜂蜜拌忘忧果，有沙拉拌水晶仁，有清风煮快乐汤，有春色煎珍珠露。那菜肴一碟碟美轮美奂，芳香沁人心脾。两对客人立刻就被这些菜肴惊呆了。

上帝微笑着看了看自己这两对尊贵的客人，然后又吩咐侍者给客人送上筷子。侍者送上的筷子很长，送给每人的筷子都比这个客人的胳膊还要长。客人接过筷子，上帝微笑着招呼他们说：“这么美味的天堂佳肴还等什么呢？请客人赶快品用吧。”听到上帝的吩咐，那两个叫自私的人早就按捺不住了，他们马上拿起筷子夹了起来，菜是稳稳夹到了，可是筷子太长，他们使尽浑身解数，却都无法把一块菜肴送到自己的嘴里去。而那对叫帮助的朋友就不一样了，听到上帝的吩咐。他俩相视轻轻一笑，然后一个人夹住一块菜肴，稳稳地送到对方的嘴里，而对方则夹起一块菜肴，不慌不忙地送到了这个人的嘴里，两个人有滋有味地吃起来。

那对叫自私的客人见到了这对叫帮助的朋友的吃法。立刻就想效仿，于是一个马上对另一个说："来，你先喂我一块！"说着就张开自己的大嘴，等着对方把菜喂给他，但对方的这个客人则不满地拒绝说："不行。我为什么要先喂你？你必须得先喂我才行。"两个人为谁先喂谁面红耳赤地争论不休，谁都不愿做出任何让步。

宴会很快就结束了，那一对叫帮助的朋友吃得心满意足，桌上所有的美味他们已经吃遍了，而那对叫自私的朋友除了把桌上弄得杯盘狼藉外，他们两个人什么也没有吃到。直到走出上帝的宴会厅两个人还在相互愤愤指责个不停，还在争论两个人究竟该谁先喂谁。

我们谁不是生活在宴桌两旁手持长筷的客人呢？因为帮助，许多人轻松尝尽了人生的佳肴；也因为自私，有许多人忙忙碌碌却空手而归。

这世界上总有一些我们自己做不到的事情。但因为你把友爱的手常常伸给别人。所以就有人把果实捧给你。你的胳膊或许很短，但只要你能赋予它无私和友爱，那么你的手肯定能够远远大过这个世界。

净叶不沉

一个年轻人千里迢迢找到燃灯寺的释济大师说："我只是读书耕作，从来不传不闻流言蜚语，不招惹是非，但不知为什么，总是有人用恶言诽谤我，用蜚语诋毁我，如今，我实在有些经受不住了，想遁入空门削发为僧以避红尘，请大师您千万收留我！"

释济大师静静听他说完，微微一笑说："施主何必心急，同老衲到院中捡一片净叶你就可知自己的未来了。"释济带年轻人走到禅寺中殿旁一条穿寺而过的小溪边，顺手从菩提树上摘下一枚菩提叶，又吩咐一个小和尚说："去取一桶一瓢来。"小和尚很快就提来了一个木桶一个葫芦瓢交给了释济大师。大师手拈树叶对年轻人说："施主不惹是非，远离红尘，就像我手中的这一净叶。"说着将那一枚叶子丢进桶中，又指着那桶说："可如今施主惨遭诽谤、诋毁深陷尘世苦井，是否就如这枚净叶深陷桶底呢？"年轻人叹口气，点点头说："我就是桶底的这枚树叶呀。"

释济大师将水桶放到溪边的一块岩石上，弯腰从溪里捶起一瓢水说："这是对施主的一句诽谤，企图是打沉你。"说着就哗的一声将那瓢水兜头浇到桶中的树叶上，树叶激烈地在桶中荡了又荡，便静静漂在了水面上。释济大师又弯腰捶起一瓢水说："这是庸人对你的一句恶语诽谤，企图还是要打沉你，但施主请看这又会怎样呢？”说着又哗地倒下一瓢水兜头浇到桶中的树叶上，但树叶晃了晃，还是漂在了桶中的水面上。年轻人看了看桶里的水，又看了看水面上浮着的那枚树叶说：“树叶秋毫无损，只是桶里的水深了，而树叶随水位离桶口越来越近了。”释济大师听了，微笑着点点头，又舀起一瓢瓢的水浇到树叶上，说：“流言是无法击沉一枚净叶的，净叶抖掉浇在它身上的一句句蜚语、一句句诽谤，净叶不仅未沉入水底，却反而随着诽谤和蜚语的增多而使自己渐渐漂升，一步一步远离了渊底了。”释济大师边说边往桶中倒水，桶里的水不知不觉就满了，那枚菩提树叶也终于浮到了桶面上，翠绿的叶子，像一叶小舟，在水面上轻轻地荡漾着、晃动着。

释济大师望着树叶感叹说：“再有一些蜚语和诽谤就更妙了。”年轻人听了，不解地望着释济大师说：“大师为何如此说呢？”释济笑了笑又舀起两瓢水哗哗浇到桶中的树叶上，桶水四溢，把那片树叶也溢了出来，漂到桶下的溪流里，然后就随着溪水悠悠地漂走了。释济大师说：“太多的流言蜚语终于帮这枚树叶跳出了陷阱，并让这枚树叶漂向远方的大河、大江、大海，使它拥有更广阔的世界了。”

年轻人蓦然明白了，高兴地对释济大师说：“大师，我明白了，一枚净叶是永远不会沉入水底的，流言蜚语、诽谤和诋毁，只能把纯净的心灵淘洗得更加纯净。”释济大师欣慰地笑了。

净叶子不沉，纯净的心灵又有什么能把它击沉呢？即使把它埋入污泥深掩的塘底，它也会绽出一朵更美、更洁的莲花。

把自己放低

一个满怀失望的年轻人千里迢迢来到法门寺，对住持释圆和尚说："我一心一意要学丹青，但至今没有找到一个能令我满意的老师。"

释圆笑笑问："你走南闯北了十几年，真的没能找到一个自己的老师吗？"年轻人深深叹了口气说："许多人都是徒有虚名啊，我见过他们的画帧，有的画技甚至不如我呢。"释圆听了，淡淡一笑说："老僧虽然不懂丹青，但也颇爱收集一些名家精品，既然施主的画技不比那些名家逊色，就烦请施主为老僧留下一幅墨宝吧。"说着，便吩咐一个小和尚取来了笔、墨、砚和一沓宣纸。

释圆说："老僧的最大嗜好，就是爱品茗饮茶，尤其喜爱那些造型流畅的古朴茶具。施主可否为我画一个茶杯和一个茶壶？"年轻人听了，说："这还不容易。"于是调了一砚浓墨，铺开宣纸，寥寥数笔，就画出一个倾斜的水壶和一个造型典雅的茶杯，那水壶的壶嘴正徐徐吐出一脉茶水来，注入到了那茶杯中去。年轻人问释圆："这幅您满意吗？"

释圆微微一笑，摇了摇头。

释圆说："你画得确实不错，只是把茶壶和茶杯放错位置了，应该是茶杯在上，茶壶在下呀。"年轻人听了，笑道："大师何以如此糊涂，哪有茶壶往茶杯里注水，而茶杯在上茶壶在下的？”

释圆听了，又微微一笑说：“原来你懂得这个道理啊！你渴望自己的杯子里能注入那些丹青高手的香茗，但你总把自己的杯子放得比那些茶壶还要高，香茗怎么能注入你的杯子里呢？涧谷把自己放低，才能得到一脉溪水；把自己放得最低的陆地，才能成为世界上最深的海洋。人，只有把自己放低，才能吸纳别人的智慧和经验啊。”

年轻人思忖良久，终于恍然大悟。

生命的质量

传说老子骑青牛过函谷关，在函谷关府衙为府尹留下洋洋五千言《道德经》时，一年逾百岁、鹤发童颜的老翁招招摇摇到府衙找他。

老子在府衙前遇见了老翁。

老翁对老子略略施了个礼说："听说先生博学多才，老朽愿向您讨教个明白。"老翁得意地说："我今年已经一百零六岁了。说实在话，我从年少时直到现在，一直是游手好闲地轻松度日。与我同龄的人都纷纷作古，他们开垦百亩沃田却没有自己一席之地，修了万里长路而未享辚辚华盖，建了千舍屋宇却落身荒野郊外的孤坟。而我呢，却仍然飘飘然然地行走在大道驿路上；虽然没置过片砖只瓦，却仍然居住在避风挡雨的房舍中，先生，是不是我现在可以嘲笑他们忙忙碌碌劳作一生，只是给自己换来一个早逝呢？"

老子听了，微微一笑，吩咐府尹说："请找一块砖头和一块石头来。"

老子将砖头和石头放在自己的面前说："如果只能择其一，仙翁您是要砖头还是愿取石头？"老翁得意地将砖头取过来放在自己的面前说："我当然择取砖头。"老子抚须笑着问老翁："为什么呢？"

老翁指着石头说："这石头没棱没角，取它何用？而砖头却用得着呢。”老子又招呼围观的众人问：“大家要石头还是要砖头？”

众人都纷纷说要砖而不取石。

老子又回过头来问老翁：“是石头寿命长呢，还是砖头寿命长？”老翁说：“当然是石头了。”

老子释然而笑说：“石头寿命长人们却不择它，砖头寿命短人们却择它，不过是有用和没用罢了。天地万物莫不如此。寿虽短，于人于天有益，天人皆择之、皆念之，短亦不短；寿虽长，于人于天无用，天人皆摒弃，倏忽忘之，长亦是短啊。”

老翁顿然大惭。

轻囊行远

一个小和尚要出门远游，但日期一推再推，已经过了半年了，还迟迟不肯动身。

方丈把他叫去问："你出门云游，为什么还不动身呢？"

小和尚忧愁地说："我这次云游，一去万里，不知要走几万里路，蹚几千条河，翻几千座山，经多少场风雨，所以，我需要好好地准备准备啊。"方丈听了，沉吟了一会儿，点了点头说："是啊，这么远的路，是需要好好地准备准备。"又问小和尚说："你的芒鞋备足了吗？一去万里，路途迢迢，鞋不备足怎么行呢？"方丈吩咐寺里的僧人，每人帮小和尚准备十双芒鞋，一会儿就送到禅房里来。不一会儿，寺里的僧人就纷纷送鞋来了，每人十双，上百的僧人，很快就送来了上千双芒鞋，堆在那里，像小山似的，方丈又吩咐大家说："你们这师弟远去，一路要经不知多少场风雨，大家每人要替他备下一把伞来。"不一会儿，寺里的僧人便送来了上百把伞，堆放在方丈和那小和尚的面前。看着那堆得小山似的芒鞋，还有那堆得小山似的一大堆雨伞，小和尚不解地说："方丈，徒儿一人外出云游，这么多的东西，别说是几万里，就是寸步，徒儿我也移不动啊！"

方丈微微一笑说："别急，准备得还不算足呢。你这一去，山万重，水千条，走到那些河边，没船又如何能到彼岸呢？一会儿，老衲我就吩咐众人，每人给你打造一条船来。"

小和尚一听，慌忙跪下忙不迭地说："方丈，徒弟知道您的用心了，徒儿明白了，现在徒儿就要上路了！"

方丈会心一笑说："一个人上路远游，一鞋一钵就足矣，东西太多，就走不动了。人生一世，不也是一次云游吗？心里装的东西太多，又如何能走得远呢？轻囊方能致远，净心方能行久啊。"

小和尚一听，心里惭愧极了，第二天天刚蒙蒙亮，他便手托一钵立刻上路了。

轻囊才能让一个人走远，心净才能让一个人行久，谁见到过一只拖着蜗壳行走几万里的蜗牛？谁又见过一根飘飞不动的轻盈羽毛呢？

心灵的棉被

一个小和尚沮丧地跟住持说："我们这一寺两僧的小庙，如果想变得如您所说的庙宇千间，钟声不绝，香客如流，那几乎是不大可能的事儿。"

披着袈裟的老僧只是闭着眼睛静静听着，却一声不语。

小和尚又絮叨说："每次我们下山去化缘，说起我们菩提寺，很多人都摇头说不知道这个寺庙，施舍给我们的香烛钱也往往少得不值一提，化缘得来这么少，什么时候我们这么小的菩提寺才能变成大刹名寺呢……"

披着袈裟默默诵经的老僧沉默了一会儿，终于睁开了眼睛问小和尚说："这北风吹得真厉害，外边冰天雪地的，你冷不冷？"小和尚浑身打个哆嗦说："我早冻得双腿都有些麻木了。"老僧说："那我们不如早些睡觉好。"

老僧端着烛灯走到榻前，摸着冰冷的棉被问小和尚说："棉被也这么凉，睡一觉就暖和了。"一老一少熄掉灯钻进了冰凉的棉被里。过了一个时辰，老僧忽然问躺在被窝里睡意蒙胧的小和尚说："现在你的被窝里暖和了吗？"

小和尚说："当然暖和，就像睡在阳春暖融融的阳光下一样。"

老僧说："棉被放在床上十天半月都依旧是冰凉的，可人一躺进去，不久被窝里就变得暖洋洋的，你说是棉被把人暖了，还是人把棉被暖了？”小和尚一听，扑哧就笑了说：“你真糊涂呀，棉被怎么能把人暖热，是人把棉被暖热的。”

老僧说：“既然棉被给不了我们人温暖，反而要靠我们人用身体去暖它，那我们还要盖棉被做什么？光着身子睡不暖凉棉被，我们不就更暖和了？”

小和尚想了想说：“虽然棉被不能给我们温暖，可厚厚的棉被却可以保存我们的温暖，让我们在暖融融的被窝里舒舒服服睡觉啊。”

黑暗中，老僧会心一笑说：“我们撞钟诵经的僧人何尝不是躺在厚厚的棉被下的人？而那些芸芸众生们又何尝不是厚厚的棉被呢？只要我们一心向善向佛，冰冷的棉被会被我们暖热的。而芸芸众生的棉被保存着我们的温暖，这大千世界不就暖融融的如同我们的被窝这样舒服了吗？那我们还会有什么金殿金宇的梦不敢做的呢？”

小和尚一听，蓦然明白了。

其实，我们谁不是睡在大千社会棉被里的一个人呢？我们用心灵的火热去温暖这个世界，世界就为我们永驻了一个暖阳惠风的春天。

用心灵给世界以温暖，世界就会给我们绽开温馨的花朵。

人生的放弃

一个年轻人心情十分郁闷,他到法严寺去拜访寺里的禅师。

走到半路的时候,他正巧碰到了正要归寺的了一禅师。了一禅师身着僧衣,背着一个空空的竹篓,了一禅师说:“我到山下给一些施主们送寺里的茶叶去了。”年轻人看着须眉皆白却满脸慈祥的微笑的了一禅师问:“大师跑这么远去给别人赠茶,你自己能得到什么呢?”

了一禅师说:“我得到了这个竹篓啊。”年轻人不解,说:“这个竹篓原本就是大师的,它本来是装满了茶叶的,如今茶叶送没了,这个竹篓空空如也,大师如何说您得到了这个竹篓呢?”

了一禅师笑了说:“不错,老衲下山是背着满满一篓茶叶的,并且分量不轻,把老衲我压得腰酸背疼,走几步就要歇一歇,但是,当老衲每送出一份茶叶,我背上竹篓的分量就轻一些,茶叶送完了,我的背上就只剩下这个轻飘飘的竹篓了,你说我不是得到这个竹篓了吗?竹篓轻了,我背上的东西也不再沉重了,施主你说老衲我不该感到高兴吗?”

年轻人看着了一禅师十分自得的样子说:“原来你们僧人的高兴是把自己的东西赠送出去呀,但我们芸芸众生可不一样,我们不像你们这些出家人,我们年轻时对灯读书,是要让自己变得有智慧,把别人很难挣到的钱去轻而易举地挣到自己的家里来；把别人不能争到的功名地位，去千方百计地抢过来；把别人的田地置买过来；把最美的府宅建起来自己住。”年轻人顿了顿叹息了一声说：“可这一切太难了，每每想到人生如此艰难，我便食不知味、夜夜失眠，心情又忧闷又沉重啊！大师，您能告诉我人生如何才能轻松，心情如何才能开朗、快乐吗？”

了一禅师听了，笑呵呵地把背上的竹篓取下来又放在年轻人的背上说：“背上这个篓，我就告诉你这一切人生的秘诀！”年轻人背上竹篓，了一禅师说：“年轻人，你不是需要金钱万贯吗？那好，这块石头就是金钱，给你了！”说着，便从路边捡了个石块放进了年轻人背着的竹篓里。又走了几步，了一禅师说：“年轻人，你不是苦苦渴望功名吗？那好，这块石头就是功名，给你了！”说着，又从路边捡起一块石头放进了年轻人背着的竹篓里。又走了不远，了一禅师又搬起一个石块说：“有了金钱，有了功名，年轻人，你不是还需要让人羡慕的社会地位吗？也给你了！”边说边将石块又放进了年轻人背着的竹篓中。就这样，年轻人竹篓里的石头越来越多、越来越沉重了，压得年轻人腰酸背痛大汗淋漓，走起路来踉踉跄跄，但了一禅师仍然没有停手，又搬起一个石块说：“年轻人，你还需要一个豪华府宅啊，那好，这一块石头便是！”说着，就要往竹篓里放，年轻人急忙摆手气喘吁吁地说：“不要了不要了，我什么也不要了，这沉重的篓子简直快把我压死了。”说着，便一屁股瘫坐在地上呼呼直喘粗气。

了一禅师却依旧神色严肃地说：“怎么能不要了呢？你一生需要的还有很多，恐怕把这一座大山都搬进篓来也远远不够，现在刚有了一点点，怎么就不要了呢？”

年轻人顿时明白了，惭愧地对了一禅师说：“大师，我明白了，人心的欲望是无限的，如果不能抑制自己心灵的欲望，那么一个人一辈子都将是沉重的，他的心灵里永远都不会有阳光和徐徐清风。”

了一禅师一听，笑了笑说：“是啊，年轻人，每个人来到这个尘世时，他的心灵上都背着一个空篓子，有的人能够快快乐乐、轻轻松松度过自己的人生，那是他心灵无私，从没把生命之外的多余东西据为己有。而那些一生沉闷、人生沉重的人，不过是把金钱、功名、地位这些石块烂泥都不停地捡到了自己的篓子里罢了。”

生命是不能承受欲望之重的，要想使我们的人生洒脱，就必须让我们的心灵有所放弃，有所失才能有所得。

· 人生的炼炉

一个聪颖的年轻人到法禅寺剃度出家，和他同时到寺里剃度出家的有近百个年轻人，寺里对这群年轻的沙弥管教得很严，打柴、挑水、拂扫殿堂，苦活重活全给了他们干。尤其对这个年轻僧人，住持显得特别严厉，什么活重，就派他做什么活儿，一点儿都不给他轻松的机会。

寺里释禅讲经，住持也特别“关照”他。频频让他回答最难的问题，许多时候，一节授经课里，住持能提问他几十次，而其他小沙弥可能连一次提问也没有。别人答错问题或答不出问题，住持都十分宽容，而他一旦答错或答不出问题，住持却十分严厉，不是让他一个人离开蒲团到墙角尴尬地席地而坐，就是罚他抄经几十遍甚至上百遍。他感到十分委屈，于是去见德高望重的方丈说：“住持对我心存偏见，在这里修佛不成，我想另觅寺门，去再觅栖身庙了。”

方丈听了，微微一笑说：“大雄宝殿的门槛烂了，需要换新，另外寺里还要雕一尊佛像，你明天去后山伐一根大树扛回来，待门槛修好，佛像坐上莲台，再谈你想离寺的事情吧，记住，门槛和佛像，伐一棵树就够了，不许滥伐。”

第二天，按照方丈的吩咐，他果然到寺后的森林里伐了一棵大树扛了回来。

第三天,方丈请来了几个木匠,木匠们将树干锯成两段,一段只简单锛了几锛,就做了大雄宝殿的门槛。另一段呢,木匠们又是用水浸,又是用火烤,折腾了好久,然后在上面画出了佛像的轮廓,几个木匠围着这段木头,有的挥锯呼呼地锯,有的抡起板斧呼呼地砍,有的舞起凿刀和小锤当当地凿,有的拿着雕刀伏在木头上狠力地雕刻,反正,十八般兵器全对这段木头用上了。

几天后,那段木头变成了一尊慈眉善目的佛像,镀上金灿灿的金水后,就摆在了大殿里的莲花台上,让前来进香的香客们跪拜。

方丈把他带进大雄宝殿,指着门槛和莲花台上的佛像说:“这是一棵树截开的两段木头,简单加工了的就做了人人从头上过的门槛,又锛、又锯、又凿、又雕的,就成了人人顶礼膜拜的金佛。”方丈顿了顿对他说:“现在,你可以决定自己的去留了。”

他顿时十分羞愧,忙向方丈行礼说:“方丈大师,小僧明白了。”从此,他静心在法禅寺撞钟诵经,许多年后,成了法禅寺有名的方丈。

不要怨恨责难,责难你的人,往往是把你放在他心中的人,责难是炼金的火焰,只有在责难里淬炼,一块石头才能在出炉时成为黄金。

·弱小与强大

一位趾高气扬的将军到燃灯寺进香。焚香完毕，将军被人前呼后拥着来到禅房。寺里的方丈永济大师正在闭目静坐参禅，未能热忱远迎，将军很不高兴。将军想，我在边疆作战战功显赫，早已名震天下，到哪里不是被人高接远送？这区区燃灯寺的方丈竟敢对我如此傲慢，不行，我一定要给他一点儿颜色看看！

将军怒气冲冲地问永济大师说："和尚，知道我是谁吗？"永济大师不卑不亢地说："施主是名扬天下的大将军啊。"将军说："既然知道我是将军，为何不出门迎接我？"将军接着不屑地对永济大师说："我统率千军万马，在疆场上纵横驰骋，视人如草芥，今日到你这野林小寺，你一个区区老和尚竟敢如此怠慢，你知道不知道，凭我的威名，如今天下没有我办不到的事情，而你这一个区区和尚，只不过会诵经念佛，能干出什么丰功伟业呢？"

永济大师依旧不卑不亢，待将军说完，向将军施个礼说："将军是否愿听老衲为您讲个故事呢？"将军沉吟了一会儿，傲慢地点点头同意了。永济大师便开始不急不忙地给这位将军讲故事，永济大师说，一只老虎在古松树下休息，它看见一只正在匆匆忙忙赶路的蚂蚁。老虎问蚂蚁说:“你这蚂蚁,见到我这山林之王也不知叩拜行礼,你匆匆忙忙要去哪里呢?”蚂蚁说:“大王你不知道吧,山那边有个大森林,里边古树参天百花盛开,美丽极了,我要到那里去听百鸟唱歌、看花朵竞艳呢。”

老虎哈哈大笑说:“对于你这区区的小蚂蚁,要翻过这座高耸入云的大山,不是同登天一样难吗?但对于我这个山林之王来说,这座山却不值一提。”老虎顿了顿又说,“这样吧,你爬到我的身上来引路,我带着你一起去。”

蚂蚁不同意,老虎说:“你真蠢啊,我这山林之王名震山林,跑起来可以追上风,而你这区区蚂蚁就是奔跑一生,也不一定就能到达那片森林。”蚂蚁说,那片森林我能去,但你却不一定去得了。老虎一听哈哈大笑说:“我在山林里生活了这么多年,还不知道这个世界上有我不能到达的地方呢。”老虎站起来赌气地对蚂蚁说:“走,我要让你看看,在这个世界上,有哪个地方我这山林之王不能去。”老虎说着就一跃而起爬起山来。

但老虎爬到山顶就愣了,因为山的背面是万丈悬崖,悬崖的对面就是那片美丽的森林,老虎在山顶走来走去,但怎么也越不过那片万丈悬崖,而蚂蚁爬上山顶,很轻松地就沿着崖壁爬下去走进了那片美丽的森林里。

永济大师讲完,意味深长地对将军说:“将军,虎虽大,也有它不能走到的地方;而蚂蚁虽小,却能走到虎走不到的地方啊!”

将军听了,沉吟良久,满脸愧意地对永济大师说:“大师,谢谢您的教诲,请原谅我刚才的不敬和出言不逊!”

永济大师笑了。

是的,生活里有许多这样的悬崖,那些卑微者们凭借自己的顽强和坚韧不拔可以成功逾越，而那些大人物却会由于自身的庞大而束手无策，不要自恃自己的庞大，也不要鄙视别人的弱小，成功，有许多时候不是强大和弱小决定的。

· 生活的泥土

玄奘初到法门寺的时候，住持见他天资聪颖、悟性超群，对他格外器重。

住持让玄奘住到藏经楼上，青灯孤影，让他一个人静静地读经参禅。玄奘欣喜万分，因为他太喜欢这些经卷了，经卷里有令他沉迷的另一个大千世界。玄奘在藏经楼一读就是5年，但藏经楼里的经卷太多了，苦读5年，玄奘也不过读了十几架的书，还有浩如烟海的经卷在等待他去一一阅读呢。玄奘想，只要能再这样两耳不闻窗外事地读10年，自己或许就可以成为一个得道高僧了。

就在玄奘还深深沉迷在那些落满尘土的经卷中的时候，住持却来告诉玄奘说："寺里要选一名僧侣去云游天下，老衲和方丈大师议定，由你去托钵云游。"

玄奘听了，忙向住持说："这藏经楼里有经书万卷，小僧闻鸡起舞昼夜苦读，至今不过读了三五百卷，刚刚略识皮毛，小僧还想深读下去，只有皓首穷经，方才能够光大佛法成就正果啊！四海云游，是否可另择他人呢？"住持听了微笑不语。过了两天，又唤来玄奘说："现在已是万木萧萧的初冬时节了，再过些时日，寒霜酷雪就会次第降临了，老衲这里有两盆海棠,你挑一盆瘦弱的连同花盆一起栽入泥土中,另一盆不必掩埋,就放在墙角或屋檐下吧。”

玄奘不解住持为什么要他这样做,但还是依照住持的吩咐,去大雄宝殿后的花坛里找到了那两盆海棠。两盆海棠都长得十分粗壮,春夏时玄奘曾见过它们绽放,虽是栽在花盆里作为盆景,但因为住持侍弄殷勤,棵棵长得枝繁叶茂,花朵开得稠密芬芳,十分令人喜爱。玄奘按照住持吩咐,选了那棵略显粗壮的,把它放到墙角,这样可以让寒风吹它不着,又足可以让它晒到阳光,然后又在花坛里挖了深坑,将那盆略略瘦弱的连花盆一起栽入了泥土中。

冬天来了,冷风怒号、飞雪狂舞,住持再也没有跟玄奘说起让他托钵云游的事情。玄奘就又躲进藏经楼里,去怡然自得地看经读卷去了。

次年初春,冰雪初融,万物复苏,法门寺旁的林子里又氤氲起了一片淡淡的绿意,棵棵树的枝条上都萌出了一串串嫩嫩的绿芽。住持在一个春光明媚的上午又来找藏经楼里的玄奘说:“春回大地,万物复苏,所有的草木都又萌出了它们的新芽,我们也去看一看那两棵海棠吧。”玄奘先带住持走到墙角,那盆海棠还在,正沐浴着暖融融的一片春晖,只是它的枝条上什么也没有,连一个芽苞也寻不到。玄奘说:“它早就该发芽萌叶了,可为什么一个绿芽也没有呢?”住持不语,只是蹲下去轻轻敲了敲它的枝干听了听说:“它在冬天时早就被冻死了。”

“冻死了?”玄奘大吃一惊,说,“它放在这墙角,可是很难被寒风吹到却又可以饱沐日光的呀,为什么还会被冻死呢?”住持不语,只是浅浅一笑说:“走,去看一看栽在泥土中的那棵海棠吧。”

住持和玄奘来到花坛边,看到栽在泥土中的那盆海棠早就萌出了绿幽幽的肥壮叶子,绿叶婆娑一派生机盎然了。玄奘不解地说:“这一盆海棠在这里被风吹雪盖,能得到的阳光也不比墙角的那棵多,为什么它经历了严冬却毫发未损，而墙角的那盆却被冻死了呢？”

住持听了，微微一笑说：“只是因为这盆冬天时埋在了泥土中，而墙角那盆却没有掩埋啊。”玄奘还是不解，“虽然那盆没埋，但它放在墙角，很少被寒风吹，却又有充裕的阳光呀。”

住持说：“温暖不仅仅来自天上的阳光，在冬天时，它更多的是来自脚下的大地啊！”

玄奘一听，顿时愣了。

第二天清晨，玄奘就早早脚穿芒鞋，手托盂钵来向住持辞行了。玄奘向住持深深行了一个礼说：“大师，小僧我终于明白‘读万卷书，行万里路’这个道理了，最美的经卷，不仅仅是经楼的那些经卷，更是普天之下芸芸众生红尘生活的经卷啊。”住持大师颔首笑了，说：“是的，真正的修行，不仅是在经卷中修，更要在尘世生活中修啊。记住，高天上的太阳可以给我们温暖，但我们脚下的大地同样也可以给予我们温暖呀！佛光，在云端，也在我们的脚下！”

不要忽略我们平常的生活，不要鄙视我们身边的那些默默无闻的芸芸众生们，他们也是我们的大地。他们也是我们萌芽开花的一种必需的温暖。

梦想的星星再亮、再高，摘取它的脚步什么时候也不能离开我们脚下的大地，每一个巨人的人生不管多么伟大，它也离不开那些平凡生活的淬炼和洗礼。

泥泞留痕

鉴真和尚刚刚剃度遁入空门时，寺里的住持见他天资聪慧又勤奋好学，心里对他十分赞许，但却让他做了寺里谁都不愿做的行脚僧。每天风里来雨里去，吃苦受累不说，化缘时还常常吃白眼，遭人讥讽挖苦。鉴真对此愤愤不平。

有一天，日已三竿了，鉴真依旧大睡不起。住持很奇怪，推开鉴真的房门，见鉴真依旧不醒，床边堆了一大堆破破烂烂的芒鞋。住持叫醒鉴真问："你今天不外出化缘，堆这么一堆破芒鞋做什么？"鉴真打了一个哈欠说："别人一年一双芒鞋都穿不破，可我刚刚剃度一年多，就穿烂这么多的鞋子，我是不是该为庙里省些鞋子了？"

住持一听就明白了，微微一笑说："昨天夜里落了一场雨，你随我到寺前的路上走走看看吧。"

鉴真和住持信步走到了寺前的大路上。寺前是一个黄土坡，由于刚下过雨，路面泥泞不堪。

住持拍拍鉴真的肩膀说："你是愿意做一天和尚撞一天钟呢，还是想做一个能光大佛法的名僧？"

鉴真说："我当然希望能光大佛法，做一代名僧。但我这样一个别人瞧不起的苦行僧，怎么去光大佛法？”

住持捻须一笑：“你昨天是否在这条路上行走过？”鉴真说：“当然。”

住持问：“你能找到自己的脚印吗？”

鉴真十分不解地说：“昨天这条路又坦又硬，小僧哪能找到自己的脚印？”

住持又笑笑说：“今天我俩在这条路上走一遭，你能找到你的脚印吗？”

鉴真说：“当然能了。”

住持听了，微笑着拍拍鉴真的肩说：“泥泞的路才能留下脚印，世上芸芸众生莫不如此啊。那些一生碌碌无为的人，不经风不沐雨，没有起也没有伏，就像一双脚踩在又坦又硬的大路上，脚步抬起，什么也没有留下。而那些经风沐雨的人，他们在苦难中跋涉不停，就像一双脚行走在泥泞里，他们走远了，但脚印却印证着他们行走的价值。”

鉴真惭愧地低下了头。从那以后，他年轻有力的脚印留在了寺前的泥泞里，留在了弥漫着樱花醇香的扶桑泥土里……

在泥泞里行走，生命才会留下深刻的印痕。

·爱的声音

医院里来了一位病人，她是一位四十来岁的女人，她身材高挑，虽然年过四十，但面容依旧姣好，穿着也十分整洁和得体，但令人遗憾的是，她是一位盲人，虽然她的眼睛很大、很漂亮，但她却什么也看不见。

她的丈夫是一个又黑又瘦的男人，不怎么爱说话，看上去有些腼腆，令医生和护士们奇怪的是，这个男人走路或晃动时，身上就会响起一串串清越的铜铃声，他每走一步或动一下身子，铜铃都会叮当叮当地发出脆响。一个护士留心才发现，那个铜铃就缀在他的袖口上，铜铃不大，只有樱桃般大小，黄闪闪的，就像一颗铜纽扣，医生和护士们都很奇怪，这世界上有戴项链、手链和宝石戒指做首饰的，但却从来没有见过谁用铜铃缀在衣袖上做首饰的，私下里护士和医生们猜测说："那或许是个用黄金打制的铃铛吧，那么精致，响得又那么动听和脆亮。"

每当那男人从走廊上走过的时候，所有的人都会很惊异地望着他。这个男人身上怎么有铃铛响呢？那男人也不解释，只是腼腆地笑笑，飘一串叮当叮当的铃声就走过去了。护士们很好奇，有想向男人打听他为什么戴铃铛的，但话到口边就被医生用眼神阻止了，医生说："每个人都有自己的隐私和爱好，不允许向病人或病人家属打探什么！"

终于有一天，轮到这个女盲人做手术了，她的丈夫和一群护士将病人推到了手术室门口，护士让这个男人停下来，然后就推着盲女人进了手术室，当主刀的医生和护士们准备手术器械的时候，向来十分文静的女盲人却变得焦躁不安了起来，任医生和护士们怎么劝也不行。医生和护士们怎样苦口婆心地劝说，躺在手术台上的女盲人也安静不下来，她不是在手术台上焦躁地拼命扭动，就是歇斯底里地又哭又叫，闹得医生和护士们一点办法也没有。

正在大家束手无策时，手术室守门的护士推门进来了，她告诉主刀大夫说："门外病人的家属在拼命敲门，要求立刻见你。"主刀医生听了，马上放下手中的器械走了出来。

敲门的正是那个女盲人的丈夫，他一脸歉意地说："对不起，我忘了一件事情了。"说着，他从袖口上取下那枚铜铃说："做手术时，得用上这个，要不，她是很难配合的。"主刀大夫很不解说："我们做手术，要铜铃做什么呢？"

那个男人说："她的眼睛看不见，每天不听到铜铃声，她都会坐卧不安的，我们结婚二十多年了，她一直都是在这铜铃声里生活的，听到铃声，她就知道我就在她身边，就什么也不怕了；听不到这铃声，她就会害怕的。"男人顿了顿，又不好意思地说，"做手术对她来说是个很可怕的事情，我不在她身边她是不会配合的。"主刀医生为难地说："可是做手术时，除了医生和护士，别人是不能进入手术室的。"

那个男人说："这我知道，我想请求您的是，在给她做手术的时候，能否让一个护士站在她身边晃动这个铃铛呢？只有听到我的铃铛声，她才可能安静下来，她才不会害怕的。"

主刀医生同意了，他小心翼翼地接过那枚纽扣般大小、精巧又锃亮的铜铃，当铜铃声在手术室响起来的时候，手术台上的病人马上变得十分安静了。

这是一次十分特殊的手术，当一群医生和护士们在无影灯下紧张地忙碌时，一个护士站在手术台边不停地轻轻晃动着铃铛，那铃铛声叮当叮当、不疾不徐地在手术室里飘荡着，像是一曲美轮美奂的音乐，又像是一缕缕和煦而温暖的拂过心田的微风，像是一首亲切又温馨的歌谣，又像一句句温情而缠绵的呢喃……

这是一次难忘而成功的手术。当病人被静静推出手术室时，她安详地睡着，嘴角荡漾着一抹安详而幸福的笑意。手术车推到手术室门口时，年迈的主刀医生破例对正焦急不安等在门口的那位男人说："来，我推手术车，你晃铃铛吧！"男人高兴地接过铃铛，在主刀医生的缓缓推动中，轻轻晃动着那清越而动听的铃铛，病房楼的走廊上飘荡起一串串那不绝如缕的轻轻铃铛声，护士、病人家属，甚至许多病人都涌出来，他们静静站在走廊的两边，羡慕而幸福地谛听着那清越的铃声，像在谛听微风，像在谛听阳光，又像在谛听一种生命静静荡漾的幸福，那一串串轻轻的铃声，让每一颗心都深深地沉醉着……

这是一种爱的声音，这是一种心灵的声音，这是世界上无与伦比的一种音乐，是一首诗的诗韵，是花朵绽开的声音，是金黄的阳光轻轻飞翔的声音……

打动心灵的，才可能打动世界；打动心灵的，才可能祈祷到幸福。不管是一句话、一缕风，甚至是一串轻轻的铃铛声，只要它是爱的声音，它肯定就是世界上最美的声音，它肯定就是幸福的声音。

最佳路径

寺庙的山脚，是一片十分肥沃的田地。

耕种这片田野的农夫最烦恼的是，通往寺庙山道的小路，原本是沿着山脚的，但那些络绎不绝的香客们总是会径直穿过他刚播种过的田地中，伤口似的踏出一条亮亮的小路来。农夫也绞尽脑汁想了许多对付的办法，例如在田地边扎上一道荆棘编的篱笆，但篱笆转眼就被那些来往的香客们悄悄拆掉了。例如在田地两边竖起了两块“禁止踏行”的警示牌，但那些香客们总是佯装视而不见，依旧我行我素。

农夫实在没有办法了，就到寺庙中找到方丈说：“来你们寺庙的香客们有路不走，偏偏要从我田地的中间踏出一条路来，怎么做都不行，每年要踏坏俺的不少庄稼，要不，你们庙里派一个沙弥每天都到地边帮俺守着；要不，你们庙里每年都要赔给俺那些被踩毁庄稼的损失！”

方丈听了，沉吟了半天说：“咱们还是下山到你的农田里去看看吧。”

方丈和农夫一起走到农田边一看，果然那片刚耕过的农田又被香客们从中间笔直地踏出一条路来，而且正有几个香客踏田而过，方丈拦住那些香客们不解地问：“施主们，为什么大家有路不走，却偏偏要踏田而过呢？”几个施主回答说：“沿山脚那条路走，要曲曲折折地绕很远，而从这地里走，就要少费不少的腿脚，有谁愿意去舍近而求远呢？”

方丈一听，点点头说：“是啊，没有谁会舍近而求远的。”然后方丈又问农夫：“香客们从你的田中间踏踩的路，折合起来要踩毁你的多少田地呢？”

农夫说：“多倒不多，有三分来地吧。”

方丈又带着农夫到地边沿山脚的路上走了走说：“如果把这条路开垦作田，能有多少面积呢？”农夫说：“最少可能有两亩。”

方丈又问：“如果把这条路垦作为田，开的田地和你的田地相比如何？”农夫笑着说：“路挨着我的田地，如果把路开垦成田，想必一定同我的田地一样肥沃。”

方丈捻须一笑说：“不如这样吧，你把香客们经常踏田而过的地方就留作路，而把山脚这条路垦挖成田，一来，香客们再也不会踩毁你的青苗；二来你的田地又多了不少，你看如何？”

农夫想了半天，有些担忧地说：“如果我在田地中间留上一条笔直的路，而有些香客们又在我田地的其他地方来往呢？”

方丈呵呵一笑说：“你尽可放心，没有人会舍近而求远的！”于是农夫就照方丈说的做了，果然，没有人再踩毁过农夫的青苗，农夫的田地面积又陡增不少，每年都能多收不少的粮食，农夫十分高兴。

予人方便，就会予己方便。许多时候，我们每个人的生活中都会发生种种的不便，我们不要去抱怨世风日下，也不要去叹息什么人心不古，而要扪心自问：自己予人方便了吗？

给别人一朵花朵，你可能会得到一个春天！

第八辑

总有一滴雨会落到花上

草再多，但总有一滴雨会落到花朵上。太阳，不会因为天空有乌云就藏起自己的阳光。心灵，也不能因喧嚣红尘中的欺骗就放弃了善良。

给妈妈的音乐

那是一个阴冷的天气，街上的行人不多，他凌晨就驾驶着他的那辆洒水车，在小城的街道上忙碌地洒水。他的许多亲朋好友已经约好了十点钟都将聚到他的家中来，因为今天，是他女儿十二岁的生日，他还要到水产品市场上去买鱼买肉，到农贸市场上去买一些青菜，还要赶在十一点之前去蛋糕店，取回他昨天就给女儿定做的生日蛋糕。女儿是很喜欢大蛋糕的，喜欢插上七彩的蜡烛，在烛光摇曳中嘟起她的小嘴唇，轻轻地吹灭那些象征她自己年龄的小蜡烛，当然，客人中会有女儿的几个小同学，她们都是她最要好的朋友。女儿说："爸，别看你是驾洒水车的，可我知道你其实就是一个环卫工人，我的生日，咱就不去什么大酒店、海鲜楼了，节俭一点，做几个菜，买上一个大蛋糕在家里办就行。"他真为女儿的懂事而高兴。他想，自己把这最后的几条街道洒完，就骑上车去买菜，去蛋糕店取蛋糕。

他的洒水车有十几种音乐，平常的时候，他会一盘一盘地换磁带，让不同街段上的市民们听到不同旋律的音乐，可今天不同，今天是自己女儿十二岁的生日，他要一路上都放那曲《祝你生日快乐》，他要把女儿生日的快乐洒到这个小城的每一条街上，让整个小城都沉浸在女儿的生日快乐中。要知道，自己只是一个普通的洒水车司机，能给女儿一个意外之喜的，也许就只有这一点点便利了。

他合着节拍轻哼着《祝你生日快乐》洒到一条街道时，一个小男孩突然拦住了他的洒水车，任凭他怎样示意。那小男孩还是一点都没有让开的意思。那是一个只有六七岁的小男孩，衣衫褴褛，一只脚穿着鞋子，而另一只小脚丫赤裸着，小男孩的小脸上浮着一层灰灰的煤灰，只有小小的牙齿和瞳孔闪烁着白色。他放慢了洒水车本来就十分徐缓的车速，隔着驾驶窗的玻璃，再三微笑着让小男孩让开，但小男孩像没有看见似的，只是向他洒水车驶过的那条街道上张望着。这时，街道两旁的行人们都停下了脚步，好奇地望着他的洒水车和那个拦车的小男孩。

他停下车来，但他并没有关上车上的音乐，《祝你生日快乐》的旋律仍然在徐徐地飘荡着，他跳下驾驶舱，快步走到小男孩的身边，他想这个小家伙或许是个聋子，什么都听不见呢。他走到小男孩的身边，弯下腰去，摸着小家伙的脑顶笑眯眯地说："小家伙，到一边去，叔叔还要洒水呢。"

小男孩看了看他，又朝远处张望了一下，恳求地说："叔叔，你能再稍等一会儿吗？"这时，他才发现，这个小家伙除了脏一点点外，其实还是挺聪颖的。小家伙的头上汗津津的，蒸腾着一缕缕乳雾般的白气，从额顶蚯蚓般淌下的一丝丝汗痕，在他的小脸上冲出一条条弯弯曲曲的汗痕来。小男孩不好意思地笑着说："叔叔，我已经追着你的洒水车跑了两个街区了。"

"追洒水车干什么呢？"他问还不停喘着粗气的小男孩。小男孩说："叔叔，洒水车的音乐真好听，是《祝你生日快乐》。"他笑了笑说："就是为了追着听音乐吗？"

小男孩点了点头，又很快摇摇头说："是想让妈妈听的，叔叔你知道吗，今天是我妈妈的生日。可我又没有什么礼物送给她，我就想送给她这一个音乐，我知道的，许多人过生日都放这一首歌。”小男孩又瞪着他又黑又亮的小眼睛恳求他说：“叔叔，能请你再等一会儿吗？我想我妈妈马上就赶上来了。”

妈妈的生日，送给妈妈一首《祝你生日快乐》？他望着眼前这个汗津津的小男孩，心颤了一下，一股热热的东西在心里汹涌了上来。他想起自己还要去买鱼买肉，还要去蛋糕店取生日蛋糕，但他还是微笑着对殷切地望着自己的小男孩说：“小家伙，祝你妈妈生日快乐！”小男孩听出来他答应了，高兴地笑了。

一会儿，他果然看见了一个妇女向这边匆匆跑来，近了的时候，他看见那妇女的衣服也很褴褛，在风中跑着的时候，她身上被风扬起的布片像一面面小旗，那妇女从人行道上挤过来，步履匆匆满脸歉意地向小男孩和他跑过来。他顿时明白了什么，当妇女气喘吁吁地站在他旁边紧紧拉着那个小男孩时，他微笑着对那妇女说：“祝你生日快乐！”

妇女惊愕了，但转瞬就满脸幸福地紧紧搂住小男孩笑了。他跑向驾驶舱，把音量开得更大些，顿时，满街都是《祝你生日快乐》的幸福旋律。

他走到街边小商店的公用电话亭边，挂电话告诉妻子说，自己现在有一件十分重要的事情要耽误一下，让妻子代他去买菜买蛋糕。商店的老板问：“那小男孩拦你的洒水车干什么？”

他笑了笑说：“小男孩的妈妈过生日，小家伙没有什么礼物，他要送给妈妈这首《祝你生日快乐》。”

“哦。”店老板顿时呆了，但马上跟他热情地说，“太谢谢你了！”似乎那小男孩就是店老板的孩子一样。

他又驾上洒水车走的时候，街两边许多卖音响的商店里都飘起了和他的洒水车放的同一首歌《祝你生日快乐》。他的眼湿湿的，他听见，似乎前边的许多地方，都在播放《祝你生日快乐》，仿佛今天整个小城都在祝福生日。女儿今天肯定会接受这一个意外的生日礼物的，这是一件多么让人一生难以忘怀的礼物啊，他想。他的洒水车徐徐向前行驶着，像洒下一注注清凉的水一样，播洒下了一街幸福的《祝你生日快乐》。

他觉得，这是全世界最动听、最迷人的旋律。

母爱如盐

一个年轻人负气出门远游，其实很不值得，他不过是被自己的妈妈轻轻责备了两句而已。但年轻气盛的他，却没有告别一声自己的家人，就一个人悄悄离家出走了。

一天，年轻人来到一个偏僻的小山村，他又冷又饿，已经整整四天没有吃到东西了，在泥泞的村口，他双眼一黑扑通昏倒了。

醒来的时候，他躺在一张温暖的床上，额头上放着一张浸了温水给他降温的毛巾，一个头发花白的老太太，正坐在床边给他一勺一勺地喂姜汤。可能是担心姜汤太烫，每当喂他前，老大娘总是轻轻地对着汤匙吹几口气，然后才小心翼翼地一口口喂给他喝，看着老太太那一副慈爱的模样，他的鼻子蓦然酸了，两颗晶莹的泪珠慢慢涌上了他的眼角，他哽咽着对老大娘说："大娘，谢谢你！"老大娘笑眯眯地说："醒来就好，出门在外的，哪用这么客气呀。"

夜里，窗外飘着鹅毛大雪，他刚刚闭上眼睛想甜甜地睡去，忽然听见门吱的一声轻响，老大娘蹑手蹑脚地进来了，轻轻给他掖了掖被角。看着额上落满雪花轻手轻脚生怕惊醒了他的老大娘，他终于忍不住哇的一声哭了起来，紧紧拉着那位老大娘的手说："大娘，真的谢谢您了！"

接着，他便如实告诉了老大娘自己离家出走的缘由。老大娘静静听完他的话，怜爱地叹息一声说："你真是个傻孩子呀！"老大娘顿了顿对他说："我不过就为你做了一顿饭、掖了一次被角，你就这么地感激我。可是有人给你做了记不清多少次的饭，给你掖过了几千次被角，可你感激过她一次了吗？"给自己做过数不清多少次的饭，给自己默默掖过了几千次被角？这个人是谁呢？他怔了，不解地望着立在床边的老大娘。

老大娘笑着对他说："这个人就是你妈妈呀。"老大娘问他："你妈妈为你做了那么多，可你曾对她说过一句谢谢了吗？"

他愣了，是的，妈妈为自己做了那么多，付出了那么多，自己真的至今连一声谢谢都没说过。一颗颗愧疚的泪水渐渐涌满了他的眼眶，为眼前这位萍水相逢的老大娘，更为那一个神圣而温暖的词语：妈妈。

我们曾经感激过许多相识或不相识的人，我们曾经为一件件的事情而心存感激，但我们谁曾对自己的妈妈由衷地说过一声"谢谢你"呢？

妈妈的温暖就像阳光，沐浴其中我们却从未想到过感激。妈妈的慈爱就像最细碎而晶莹的盐粒，我们一日三餐安然品味着它的芳香，却在菜肴里从没有看到过盐粒的光芒。

母爱在我们的身边时时荡漾，就像盐粒入水。它那么默默无闻地滋养着我们，我们却永远不曾留意它那纯美的晶莹。感受世界，感受一切，我们必须从感受母亲开始。

·妈妈的电话

那是他刚刚参加工作的时候,那时他刚刚二十岁。

那次,母亲风尘仆仆从乡下赶来看他,那天早上,他一觉醒来,已经七点三十分了,他匆匆擦了一把脸,就要推门赶去上班。母亲说,吃饭吧,吃过饭再去。他看了一眼餐桌,那上面摆着母亲炒出的一盘热气腾腾的青绿菜肴,一碟小菜,两个馒头,还有两碗冒着丝丝缕缕热气的稀粥,母亲说:“吃了再去上班。”他说,没时间了,吃过饭就迟到了。说罢就匆匆出门,边扣衣服上的扣子边往公共汽车站跑。

晚上下班回来,母亲早将饭做好了,坐在餐桌旁等着他。母亲说,早上不吃早饭怎么行?他说,我嗜睡,向来都是一觉睡到天大亮,急匆匆赶去上班,没有时间吃早饭。母亲听了直叹息。

后来母亲回乡下去了,临上车前,她还再三叮嘱他说:“早饭不能少,少睡一会儿,也要挤出点时间吃早饭。”他笑笑,其实他也曾经尝试着挤出点时间吃早饭,买过两个闹钟定时后放在床头,但那闹钟铃声太小,总是吵不醒他,所以试了几次后也就作罢了。

不久,母亲从乡下老家打过来电话说,老家装电话了。那个时候,装电话还很贵,乡下私人装电话的还不多,何况,父母的收入也很低,除了他这个远在三百里之外的儿子外，父母也没有什么需要用电话联系的亲朋好友。他埋怨他们说：“你们装电话干什么，省点钱还不如您二老多吃点滋补品。”母亲说：“俺们去邮政所里问过了，打电话只要打不通是不计费的，以后每天早晨六点半，俺就给你挂电话，铃响了你不要接，你起床吃早饭就行。”母亲还再三叮嘱说，让他把电话放在床头，免得铃声惊不醒他。

他听了很好笑，笑父亲和母亲为儿子的早餐这么牵肠挂肚，也笑母亲和父亲这种乡下人朴素的狡黠。

果然第二天清晨，电话铃就清脆地响了，他翻身一看，果真是六点半，按照母亲吩咐的，他没接电话，从从容容起床、漱口、吃早餐，一切显得井井有条。从此以后，每天六点半电话铃声都会清脆地响起，响过三次铃后就停了。他知道，那是母亲的电话，在三百里外她惦记着儿子每一天那微不足道的一顿早餐，从梦中醒来，就惦念起她在远方的儿子。

他曾问父亲，家里的电话费多吗，父亲憨厚地咧嘴笑了笑说：“除了月租费，几乎没啥电话费。”父亲说，为了能给他准时打电话，母亲卖了几只老母鸡凑钱买了一个闹钟，提前一个钟头母亲就醒了，守着闹钟给他拨电话，生怕拨早了耽误他睡觉，又怕拨晚了让他没了吃早餐的时间。他听了心里挺不是滋味的，他劝父亲说：“你告诉我妈，别再大清早给我拨电话了。那么大年龄了，让她舒舒服服地睡上个天明觉。”

父亲咧嘴笑笑说：“那怎么行呢？你知道你妈那倔脾气的。”

每个月领了工资，他都照例给父母汇一点回去，想让他们买点滋补品改善生活，但直到前些天回到老家时，母亲将一个存折塞给他说：“城里过个日子不容易，喝口水都要花钱的，这是这些年你汇回来的，除了交几个电话费，其余的俺都给你攒在这本本上了。”他知道，母亲说的电话费，不过是电话的月租费。父亲告诉他说，为了电话的月租费，母亲不仅多养了些鸡鸭，而且还常常到毗邻的商店、饭店去打些杂活儿。

他听了，眼泪就掉了下来。

每天清晨六点半，当床头的电话铃声清脆响起来时，他就仿佛听到了母亲的叮咛，仿佛看到他满头银发的母亲在清冽的晨风中默默惦念她远方的儿子，仿佛看到，母爱是那么的无边无际，它穿越岁月，穿越时空，穿越地域，穿越浩荡的海洋和天空，那么博大、无私地抵达世界的每一个角落和每一颗心灵。

没有一种形式不被母爱所穷尽，母爱，无处不在，它像随时可以响起的电话铃声，让世界静静地倾听。

母爱的颜色

那是女儿不满一周岁时的事情了。

那时，女儿的体质特别的弱，可以说女儿的一周岁是伴着汤匙里的药度过的。那一次，又瘦又弱的女儿病了，在医院里住了一个多星期，那是农历腊月的时候，是北方最冷的一个月份，窗外的雪，已经纷纷扬扬一连下了几天了，院子里的积雪白皑皑的，许多人家的屋檐上，都挂着一根一根白蜡似的冰凌。

连续几天的点滴，已经让女儿的腿上、小胳膊上布满了密密匝匝褐红色的小针痕。那天半夜的时候，女儿的病突然加重了，呼吸困难不说，还伴着一阵阵可怕的抽搐，我和妻子吓坏了，忙去值班室喊值班的大夫和护士。他们很快就来了，手忙脚乱地给女儿做诊断，又手忙脚乱地给女儿取来了输液的药。个子矮矮的女护士开始给女儿扎针头，她看了女儿的一双小胳膊，能扎针头的地方，已全是密密麻麻的针眼痕了。她又看了看女儿的那一双瘦瘦的小腿，也全都是密密麻麻的针眼痕了。实在没有办法了，她又把针头扎在女儿的右胳膊上，但马上就觉得不行，又把针头拔了出来。她每扎一次，昏迷的女儿弱小的身体就哆嗦一次，我和妻子的心也就跟着哆嗦一下，就像那针头就扎在我和妻子的心尖尖上。尤其是我妻子，她是个十分胆小的女人，一见鲜红的血就心跳加速，所以那个矮矮小护士扎针的时候，她都恐惧地连忙扭过脸去。

针头扎上，不行，马上又拔了出来。

又扎了，还是不行，又拔了出来。

小护士太紧张了，鼻尖上紧张得出了一层密密麻麻的细汗，握着针头的手也开始有些颤抖了。她暗暗吸了两口气，镇定了片刻，又在女儿的胳膊上扎了一次，但马上又发觉不行，立刻又将针头拔了出来。

看连续这么多次都没有扎成功，我的妻子心疼自己的女儿心疼得终于忍不住了，她哭着吼小护士说："滚！连个针头都扎不上，你还当什么护士！滚，你滚，你不行，快换一个行的来！"小护士被妻子的一阵大骂吓坏了，她拿着针头望着我和破口大骂的妻子手足无措，很快，眼角旁就汪上了两颗泪水。听到病房里爆出的怒骂声，许多病房里正在休息的病人都忙披衣踢踢踏踏赶过来了，他们把脸贴在门扉上的玻璃透视窗上向病房里静静地张望着。

这时，门吱呀一声被轻轻地推开了，进来一个睡眼惺忪的中年女人，她个头不高，胖胖的，戴着一副宽边眼镜。一看见她，病房里的几个大夫和护士都有些惊慌地说："沈专家，把您给惊醒了？"那中年妇女笑笑，就询问我女儿的病情，然后轻声问："怎么回事？"被妻子骂得几乎要哭的那个矮个子小护士忙说了输液的针头怎么也扎不上的事儿，中年妇女哦了一声，就从矮个子护士手中接过针头。

她拭着扎了一次，不行，忙又将针头拔了出来，她又扎了一次，还是不行，又连忙拔了出来，我和妻子的心随着她每扎一次的动作紧张地哆嗦着。

她皱着眉头，对着我小女儿的胳膊思索了良久，然后将细细的针头又刺了进去，但还是不行，她马上又拔了出来。

妻子终于又忍耐不住了，她望着昏迷和抽搐的小女儿哭着又骂起医生说："滚！连个针头也扎不好，还当什么医生！"旁边的一个值班医生忙向我妻子哀求说："别骂，这位是省城来的专家，别骂人家。"妻子一听，更火了："什么狗屁专家，连一个小小的针头都扎不上，连做护士的资格都不够，还能是什么专家！"我忙一边劝妻子一边安慰那位女专家，我看见那位专家的手也有些发抖了，她和妈妈一样苍老的脸上堆满了焦虑和委屈。我将妻子轻轻拉出病房，让她在漆黑走廊的椅子上坐下说："你冷静一些好不好？你看，那专家也差不多和咱妈妈一样的年龄了。"

妻子坐在走廊里嘤嘤地哭，我理解，那是做妈妈的一种心疼和焦虑。

又扎了几次针头，终于在女儿额顶的地方将输液的针头扎上了。看着一滴滴的药液轻轻在输液管里滴答着，大家都不禁长长地嘘了一口气。那位专家抬起头来，她满是细细皱纹的额头上已是一片银亮银亮的细汗了。

第二天刚吃过早饭，她又到了我女儿的病房里，女儿的病势已经明显地减轻了，小小的鼻翼轻轻翕动着，睡得正甜呢。她给女儿又轻轻地把脉，开了一张处方说："病情已经控制住了，再输两天的液就可以出院了。"我不好意思地为昨天的事替妻子向她道歉，她笑笑说："你妻子没错，根本不用道什么歉。"

我解释说："她骂了你。"她笑着望着我说："如果我是孩子的母亲，我也一样会骂的。"她顿了顿说，"母亲的心思只有母亲们才能理解。"

后来，我才听医院的医生说，她是一个十分著名的医学专家，到我们这小城里来了三天就走了，医生们向我开玩笑说："她可能从来没被患者或患者的家属骂过，你妻子是骂她的第一个人。"

我笑笑，我知道她是不会计较我妻子骂过她的，因为她说过她也是妈妈。

母爱是一样的,母爱是最容易沟通和理解的,或许天下的母爱都是雪一样洁白的,也或许都是海水一样湛蓝的,或者是芳草一样碧绿的……

因为世界上所有的母爱都是同一种颜色的。

母亲的生日

下雪的那天，父亲和母亲突然从乡下来了。父亲身上背着一个包裹，两只手上还提着两个包裹，母亲背上也背着一个很重的包裹。他们的头上、身上和包裹上落满了厚厚一层雪，甚至母亲的额际上和橘黄的稀疏发梢上，都凝了一层晶亮晶亮的冰凌。

我和妻忙接过他们的大小包裹，招呼他们赶快坐到火炉旁，手忙脚乱地给他们拂去身上的落雪。我让妻赶快给他们做饭，让热饭暖暖身子。父亲笑呵呵地坐在火炉旁，搓着一双冻僵的老手没说什么。母亲照例又说："我现在不想吃饭，头晕，先睡一会儿。"说着就去隔壁的房间蒙头睡了。我问父亲说："我妈还是晕车？"父亲说："还是又晕又吐，走一路吐一路，吐得一塌糊涂。"母亲从来就晕车，她坐车简直就是受罪，又晕又吐的，况且晕一次车最快也需要两天才能缓过劲儿来。母亲每次坐车前也都服过几片晕车宁什么的，但那种药片对母亲不起任何作用，别人服一两片就好，而母亲一次服下四五片，却依旧晕车晕得不行，我有一次同母亲一块儿乘车，见母亲又晕又吐的，最后胃里的食物吐净了，吐的都是些又黄又绿的黏液，我的心也揪着疼，劝母亲说："以后你别再乘车了，我们抽时间回老家看你，你瞅你都吐成什么样了！"

我埋怨父亲："我妈晕车晕得这么厉害，又是下雪天，你们来城里干啥？再过一个多月就过年了，我们回老家看你们不就行了吗？"父亲说："俺也是这样对你妈说的，可你妈非要来，她说明儿个就是你的生日了，怕你们忙，把你的生日给忘记了。"

"生日？明天是我的生日？"我一愣，起身翻开桌上的台历一看，还真是呢。整天在单位里穷忙，要不是父母赶来，我还真是要把自己的生日给忙忘了呢。父亲打开包裹，取出一桶辛辣臭豆腐、一罐辣子油、一广口瓶煮黄豆腌腊菜，还有母亲给我做的千层底棉靴、给我的小女儿缝的一条花棉裤，父亲说："你爱吃的东西，你妈都给你备下了。"

夜里，母亲没吃饭，头还是晕得厉害，躺在床上直呻吟，不过，已经稍好些了，母亲说："刚下车那会儿，我头晕得都有些麻木了，现在好受多了，只是还有些晕，脑仁儿一跳一跳地疼。"母亲遭这么大的罪，冒着大雪赶到一百余公里外的县城，只是来给自己三十多岁的儿子过生日。我想想，眼泪就流出来了。

热热闹闹地过罢我的生日，父母亲在我这里小住了几天，就吵着要回家了。我劝母亲说："你坐车晕车，来一趟不容易，就多住些日子吧。"但母亲怎么也不肯再住下去了，她说家里有鸡有猪，她要回去饲养它们呢。怎么也劝不住，他们匆匆回家了。

春节时我携妻女回老家，偶尔在一个抽屉里看到了我家的户口簿，便信手翻了起来。我和妻的户口早迁到城里去了，户口簿上只有父母亲和弟弟的。细心的父亲将我和妻女的出生年月写在一张红纸上，牢牢地贴在那本户口簿里，说实在话，我以前从不知道父母的出生年月，更不知道父母的确切生日，那天翻了户口簿，看到了母亲的生日，我的心忽然就酸了。母亲的生日是农历十一月二十四，而我的生日是十一月十五，仅仅相差九天啊，母亲甘受晕车的罪，冒着鹅毛大雪去城里给我过生日，而在她过生日的前几天，却又悄无声息地回老家了。

我的泪水默默地从眼眶里涌了出来，一颗一颗吧嗒吧嗒地落在了户口簿上，妻过来问我难过什么，我让她看户口簿上我的出生日期和母亲的出生日期，妻一看就明白了，泪也流了出来，说：“妈年年给你热热闹闹过生日，可她自己的生日却是不声不吭的，妈的生日和你的只差九天啊！”

是的，每一个母亲都刻骨铭心地知道自己每一个儿女的生日，而又有多少儿女能准确知道母亲的生日呢？儿女是母亲身上掉下的一坨肉，这坨肉长大以后，就渐渐和母亲疏远了，而这坨肉却永远揣在母亲的心里，像脉跳一样被母亲惦记着。儿女们庆贺自己的生日，又有几人记起，那恰恰是母亲分娩受难的日子啊！

我尊重所有知道自己父母生日的人。

亲情数码

健的父亲老了，并且患上了严重的脑萎缩。

脑萎缩是一种很可怕并且尚不能攻克的疾病，脑萎缩最明显的症状就是失忆，健的母亲打电话告诉健，说健的父亲现在有许多东西已经再也记不起来了，许多亲朋好友他都已经形同陌路了，怎么问他都说不知道。有时甚至连回家的路也找不到，许多时候刚吃了早饭，但一转身就嚷嚷说自己没吃早饭，让健的妈妈赶快去做。健的母亲央求健说："你们兄妹抽时间赶快回来一趟吧，回来得晚了，俺怕你父亲连你们都不认识了。"

接完电话，健立刻联系自己的两个弟弟和妹妹，给他们说了父亲的情况，兄妹们商定，就回老家去，去看自己年迈而患病的父亲。第二天清早，健和兄妹们便携妻拉子一同乘车回家了，大家一路上都直替父亲难过，那么勤劳、那么善良的一个人，怎么就患上了脑萎缩呢？连亲朋好友都不认识了，风烛的残年该会多孤独、多痛苦啊！

黄昏时，健和弟弟妹妹们终于披着夕阳回到了家里，家里只有母亲，健问母亲说："我爹呢？"母亲说："可能又去村口了，他去看汽车去了。"健说："看汽车做什么？"母亲叹了一口气说："患病后他经常这样，差不多每天都去看，他说他去等你们兄妹回来。”母亲说，刚患病时还行，每天下午他一个人到村口去等你们，天黑了还能一个人走回来，但后来就不行了，天都黑透了村口早都没一个人他还是坐在那里等，不去找他把他手拉手带回来，他就不知道回家，有两次甚至连回家的路都找不着了，跑到荒郊野地里，要不是左邻右舍和亲朋好友们帮忙找，他一个人是不可能回到家里的。

健和弟妹们不等母亲把话说完，就立刻转身走向村口。果然，在村口的那棵大树下，他们找到了自己的父亲，他正专注地盯着村口来来往往的每一辆车，如果有车在村口停下来，他就立刻站起来跑过去，问那司机说：“是不是俺的儿子和女儿们回来了？”司机说没有，他才怅然若失地低着头又走回来，蹲在那棵大树下继续等。健和弟弟妹妹们看着寒风中蹲在大树下的父亲，大家的眼眶都湿了。

健和弟弟妹妹们簇拥着父亲往回走，父亲很高兴，笑眯眯地说：“你们都回来了，我等着你们了！”父亲兴奋得就像一个小孩子。看着父亲兴奋的样子，健想母亲是不是对父亲的病夸大其词了？于是，健故装不经意的样子问父亲说：“爹，你认识我是谁吗？”

父亲说：“你是健嘛，俺的大儿子！”

健又问父亲说：“爹，你知道我今年多大了吗？”父亲听了，马上回答说：“你是1963年出生的，多大了？”父亲歪着头想了又想，然后又扳着枯瘦的手指数了数，但最终没有数得上来，健的弟弟问父亲：“爹，你知道我大哥和我的家里电话号码吗？”

健的父亲听了，很快就报出了几串号码，健和弟弟妹妹们听了，互相对视了一眼说：“爹说的这些号码丝毫不错呀，我看，咱父亲的病并不是妈妈说得那么重。”

回到家里，大家围着父亲坐下，父亲像过去一样并不怎么多说话，只是笑眯眯地看着他的儿子和女儿们。邻居们听说他和弟弟妹妹回老家了，便纷纷来到健的家里，健和弟弟妹妹们不停忙碌着同大家寒暄，但健的父亲只是静静坐着，茫然地看着一拨一拨的人们，嘴里喃喃自语说："这么多人，都是谁呀？"健把一个一个乡邻们指给父亲，但父亲只是一次又一次地摇头表示不认识，连和父亲一生亲如兄弟的林伯伯，父亲也不认识了。

健和弟弟妹妹对父亲很不解。他们兄妹的生日和家里电话那一串串数字那么难记，父亲却能回答得一字不错，为什么这么多的亲朋好友和左邻右舍父亲却再也记不起一个呢？健问母亲，母亲说："你们是他的儿女，哪个都是他的心头肉，他怎么会忘得了呢？"母亲说完便扭过头问健的父亲说："你是谁？姓啥？叫啥名字？"健的父亲显然听懂了母亲问话的意思，但他搓着手勾着头想了好久，但最终还是茫然地摇摇头说："不知道。"

母亲顿了顿，又用手指指健，问健的父亲说："这个人你认识吗？"健的父亲看了看健，咧嘴一笑说："这是健。"母亲又用手指指健的妹妹，问健的父亲说："这个人呢？"

健的父亲马上又咧嘴笑着说："雯嘛，俺的闺女。"健的母亲叹口气说："你爹连他自己是谁都不知道了，可他的儿女们他却全知道。"看着父亲那总是一脸茫然的样子，健和他的弟弟妹妹们哭了。

是啊，一个连自己是谁都不知道的人，却能说出自己儿子、女儿的生日和电话号码，这是怎样一种深沉和无私的心灵记忆呀，可以忘却世界，可以忘却社会，甚至可以忘却自己但永远不会忘却自己儿女一切的，只能是父亲。父爱，多么深沉、多么醇浓、多么无私的一种爱意啊。

父爱，我们永远无法忘却的永恒之爱。

只向爱低头

她是一位聪颖又漂亮的女孩子，常常有人借故和她搭讪、给她打电话或制造机会来和她结识，甚至有些陌生的男孩给她寄情书或委托花卉公司给她赠送一束束的玫瑰花，但她都一笑了之，根本不予理睬。她很傲，是透过骨子和心灵的那种傲，不怎么和人说话，连一个微笑都不轻易示人，总是目不斜视、旁若无人、袅袅婷婷地走自己的路、想自己的事情。

有一天早晨，在街道的拐角处，她遇到了一个男孩子，那是一个十分帅气的男孩子，衣服穿得有板有眼，头发也梳理得一丝不乱，面孔棱角分明，显得自信而倜傥，他看见她，愣了有足足五秒钟，然后就成了一棵向日葵，她走，他的目光就寸步不离地随着她的身影走，直到她消失在另一个拐角处，他才惘然若失地慢慢走开了。从此，每天早晨上班时，她都能在那个拐角处遇到他，他总是远远地望着她，目光总是痴痴的，看上去有些傻，但他没有像别的男孩子那样，自作聪明地来和她搭讪，或者十分冒昧地来给她送花。但她看得出，自己每次从他跟前走过，他都有些魂不守舍，有些惘然若失的样子。

后来有一天，他终于按捺不住了，在她每天必经的那个拐角处，他抱着一束编成心形的玫瑰花向她走了过来。他腼腆地对她说："我早就想送你一束花了，但我、我一直没有勇气。"这样的男孩子和这样的表白她已经经历得多了，她冷冰冰地说："对不起，我不认识你。"然后就冷若冰霜地走开了。后来，她每天清晨经过那个拐角处，都会遇到他，他抱着一束花在静静地等她。但她一样冷冰冰地拒绝他，有时，甚至连一个眼神都不留给他。

有一天早上，天上飘着雪花，街上十分寒冷，当她又走到拐角处时，她发觉他还在等她，他像中世纪欧罗巴求爱的那些年轻人一样，一条腿半跪着，落满雪花的头低着，把那束花高高地捧给她。她觉得很好笑，又从心里有些瞧不起他：一个男人，在车水马龙的大街上弯腰屈膝，能有什么出息呢？她鄙夷地在心里冷笑一声就过去了。

但他铁了心，捧着花就跟在她身后，她走，他也走，就像一位虔诚的护花使者。这成了那天轰动本市的一条新闻。后来，她的一位朋友打电话问她说："他那么虔诚，你为什么不答应他呢？何况，他不是普通人啊。"不是普通人？敢在大庭广众下给别人单跪和低头的人能有什么出息呢？她鄙夷地说："除了固执，我看不出他有什么不普通的地方。"朋友笑了说："你知道一个叫项北的人吗？"项北？她当然知道，她相信这个市的许多居民都知道，那是一个傲气十足从不肯屈服的人，他年轻有为，曾在本市的一家港资企业做副总，后来据说他被那位拥资千万的香港富翁相中了，要招他做乘龙快婿，但他不同意，于是那位港商威胁说："要么做我的乘龙快婿，日后做我的家产继承人，要么现在就从这里离开！"最后项北果断选择了离开。

朋友说："向你送花的人就是项北啊。"

"他就是项北？"她顿时愣了。

如今，她和项北已走到了一起，她曾问项北说："为什么不做那位家财万贯富豪的乘龙快婿？”他说：“因为我不爱她的女儿。”

“那你为什么就向我低头了呢？”

项北说：“因为我爱你！”顿了顿又说，“我只向爱低头！”

只向爱低头？她愣了。

是的，这世界有许多这样的人，他们泰山崩于前而不惊，他们生死置于外而不慌，但爱情一旦来到，他们却轻易就低下了他们高傲的头颅。

不要鄙夷为爱低头的人，因为爱从来就不卑微。

善良的真谛

和一位记者朋友去采访一位老人。朋友说老人是市里慈善活动捐赠次数最多、捐赠数额每次都是最大的一个，但连续十几年了，老人每次捐赠都不留姓名，都是署名“无名”，这次能去采访老人，是很费了一番周折的，我们此次采访的目的有两个，一是推出一篇对老人长期无私捐赠却不留姓名的长篇社会报道；二是最近市里要搞一个“金秋助学”资助贫困大学生的隆重现场捐赠活动，让我们说服老人去登台参加。

老人住在一个很幽深的小巷里。坐在老人庭院里的葡萄架下，当我们徐徐向老人表明我们的来意后，老人沉默了片刻说：“我给你们讲一个并不遥远的故事吧。”

老人说，六十年前，在偏僻贫穷的乡下，有一个家境十分贫寒的孩子，虽然家境贫寒生活拮据，但这孩子的学习却十分出色。那年秋天，这孩子以全区第一的高分考入了县重点中学。但昂贵的学费却让孩子的父母彻夜辗转难眠、忧愁不已，家里生活已经举步维艰了，拿什么供孩子到县上读书啊？这孩子家的窘境被人传开后，县上的一位领导决定个人资助这孩子进县城读书，书钱、学费、生活费用等他一个人全包了。但慷慨解囊的领导并不想做一名无名捐赠者，他组织了几十个单位近万人，准备举行一场盛大的公开捐赠会。他先是驱车百余里赶到深山里找到这个贫寒却成绩出色的孩子，让孩子自己动手写一篇自己家境是如何困难窘迫的发言稿，然后又找了县里几个写材料的高手，把稿子润色得声情并茂催人泪下，他要求孩子说："你必须把这稿子滚瓜烂熟地背下来，上台后要像演员一样地该哭就哭，该流泪就唰唰地流个不停。"

孩子很不情愿，但还是答应了，因为孩子太想到县城中学读书了，进县城读中学，然后到更大的城市读大学，这是这个十几岁孩子唯一的梦想。

但在捐赠大会举行前，孩子却放弃了。孩子说，这样的捐赠不是什么真正的捐赠，他不过是用捐赠的名义购买了贫寒留给我的一点点仅剩的尊严。让自己到一个万人大会上诉说自己父母的无能和自己家境的贫寒，他心灵接受不了，也做不到。

那个孩子辍学了。他开始时跟着村里的建筑队用瘦弱的手搬砖和泥，后来自己成了建筑队的设计员、预算员。然后他自己拉起一班人马，成立了一家建筑公司。

老人顿了顿说："那个孩子，就是我。"

老人看了看惊愕不已的朋友和我说："我已经被这样的'善良'伤痛了一辈子，我会用自己的所谓善良去伤害别人吗？"

老人微微摇了摇头，淡淡地笑了。

采访结束后，朋友也没写关于老人的长篇社会报道，我们也没有向任何人吐露过老人的姓名和他多次无名巨额捐助的善举，就像从来没有见到过那位善良的老人一样。但我和朋友明白了，让被捐赠人和那些资助者见面，让那些贫寒和困难者一次又一次诉说自己的不幸和困苦，那不过是众目睽睽下让不幸者感觉自己更卑微，那不过是用钱物去伤害一个人的灵魂和尊严。真正的善良，是慷慨的资助，但又绝不损伤别人的一丝尊严。

从那次采访后，我再也没有出席过一次各种各样的现场捐助活动，也拒绝被他人安排的和那些不幸者、困苦者面对面交流，我想，自己捐赠了，而又没有让别人为自己的绵薄善良丢掉一些什么，那才是真正的善良，那才是善良的真谛。

春草绿了世界，我们却无须去为春草感激；清风吹拂我们，我们却无须去为清风卑微；阳光照耀我们，我们却无须去为太阳弯下自己的脊梁……伸出自己的手，付出自己的温暖，捧回一掬阳光在自己的心上就够了。

无私帮助，而又拒绝感激，才是这个世界上真正的善良。

因为和你平坐过

巷口前的街上，是一家一家的小餐馆。这些餐馆都是一些普普通通的大众餐馆，经营稀粥、面条、馒头一类的家常饭，那些坐着轿车的和衣冠楚楚的人很少光顾这里。蜂拥在这里的，多是一些拎着安全帽、挽着裤角、衣服上落满了斑斑点点黑灰色泥浆的民工。他们来就餐，从不要什么炒菜，总是一个人要几个馒头，盛上一碗稀饭，就低着头吸吸溜溜地吃起来。有时，餐馆里的桌椅不够用，他们许多人就一只手拿着雪白的馒头，一只手端着一碗稀饭蹲在街边的树荫下埋头吃起来。

我家就在距巷口不远的地方，因为平时太懒散，早餐和晚餐很少做，所以就常常就近到巷口的小餐馆里草草地吃一点。有的时候来得早一点儿，可能在早晨七点钟之前或在下午六点钟之前吧，那些民工们还没来，尚有桌椅可坐。但在早晨七点之后或在下午六点之后，就是那些民工们就餐的高峰期，座位早就坐满了，想找一个地方坐下来慢慢吃，那是一件很作难的事情。

有一天傍晚，因为办一件事情，错过了用餐时间，我赶到巷口的小餐馆时，正值民工们晚餐的高峰期。一家一家餐馆里都坐满了正埋头吃饭的民工们，许多人还端着碗蹲在餐馆前的街道边。我要了一个馒头，要了一碗稀粥，端着碗在店里找了两个来回，也没有找到一个闲置的座位来。已经熟识的老板娘边擦沾了面粉的手，边不好意思地跟我解释说："真不巧，没有座位了。"然后又征询地笑着给我解围说："要不，我让谁给你腾出一个座位来？"我还没有来得及阻止，她就对着店角一个餐桌上的人叫起来："王大山，你端上碗去外边吃去！"那个正埋头吃饭的人抬起头向我和老板娘这边望过来。那是一个五十来岁的汉子，虽说赤着脊梁的身板看起来还很壮实，但头发已经有些花白稀疏了。他局促地瞅了一眼端着碗的我，又瞅了正看着他的老板娘一眼，就端着碗站了起来，准备到店外去。我忙对他说："大哥，你坐吧，我到外面去！"就抢着走到了店外。

外面的确已没有了坐的地方，但站着吃饭我又不太习惯，心里试了几次，终于找到了一个空隙，我也像那些民工一样，端着碗蹲了下去。吃了几口，旁边的一个民工试着搭讪对我说："俺们这样习惯了，大兄弟这样蹲着吃真委屈了。"我笑笑说："委屈啥呀，前些年在农村老家，哪顿饭不是这样蹲着吃的？"

"啊，原来兄弟也是从农村出来的？"旁边的几个民工高兴地说。有人说："怪不得呢，要不兄弟能来这样的破地方吃饭。"有人说："咱农村出来的，就是跟城里的人不一样。"他们边吃边不停七嘴八舌打听我的工作，我也边吃边问询他们在哪家工地做活儿，工钱怎么样，能按时领到吗，一会儿工夫便熟络起来了。

后来，我也不再刻意避开那些民工们用餐的高峰期了，去了，有座位就坐下吃，没有座位，就常常和那些民工一样，一手端稀粥，一手拿着馒头，和他们蹲在店外的街边边谈边吃。

深秋的时候，家里要装修房子，从城外拉回了一车的细沙，要从门外运送到三楼去。妻子说："这是出力的活儿，需雇几个有力气的民工来。”我说我去找民工，妻子说，你这人面软，不会砍价，如今这民工们要价狠着呢。然后她就去了，不一会儿便从巷口的街上带了几个民工过来。几个民工们也不说话，立马就铲的铲、扛的扛地干了起来。妻子得意地站在一旁低声跟我说：“这一堆沙运到三楼去，别人家至少要掏五百元呢，我砍到了三百元。”

我笑笑说：“谁能狠过你啊！”

沙子很快就运完了，那几个民工边拂打身上的沙尘边往外边走。妻子掏了三百元递给一个年龄稍大的民工说：“大哥，这是你们的工钱。”几个民工回过头看看妻子手中的钱，又看了看我说：“不用那么多，只收一百元吧。”年龄稍大的民工立刻会意地笑笑说：“对，不就一会儿的工夫嘛，一百元就不少了。”

妻子和我都愣了。见我们发愣，一位民工忙笑着解释说：“大哥不是经常和我们平坐着吃饭嘛。”另一个胡须黑黑的民工也附和说：“咱们都是打农村来的，要在咱们老家，这丁点的活儿，还收什么钱呢。”

“因为和他们平坐过？”我愣了，妻子更愣了。

平坐，或许是一种尊重；平坐，或许是一种亲近；平坐，或许是一种情感。在这个越来越诡异的世界上，我们常常抱怨别人的狡黠，我们常常抱怨别人对自己的不公，我们常常感觉自己身陷生活与社会的连环旋涡，但你想没想过放下自己，让自己同那些来自社会各角落的人平起平坐过一次？

庙殿中的菩萨高高在上，但是没有人去同他们亲近，乡间的老叟们常常席地平坐，所以他们拥有五湖四海的朋友。

和你认识或陌生的人经常平坐吧，和你的生活和社会平坐吧，你会发觉，这个世界每颗心灵都有温度，这个世界每个芸芸众生都有自己独特的光芒。

心有阳光

那年我刚刚20岁，高考失利，灰头灰脑地躲在家里，哪里也不去，任谁都不见。父母和家里人怎么劝也不行，惹得父母和家里人都十分替我担心。

一个午后，我正百无聊赖地躺在自己的房间里，有人笃笃笃笃地敲我家庭院的大门，一脸愁眉的父亲开了大门，马上满脸欣喜地大步走进我的小屋对我说："快起来吧，老校长看你来了。"老校长来了，我不能不起床，他是我从刚刚懵懂起就十分崇拜的一个人，从小学到中学，他都十分关注和关心着我。我到县城读高中后，每次他到城里出差或开会，总要到学校里去看望看望我，有时给我送几本辅导书籍，有时给我带一些水果，有时和我说半天的话，了解我的学习和生活。这次高考失利，我最怕见到的就是老校长，他对我付出了那么多的心血和关爱，我却不争气地辜负了他的期望，一个人的时候，一想到老校长那满头稀疏的白发，一想到老校长每次望着我时那满脸的期许和慈祥，泪水不知不觉就涌满了我的眼眶。

我立刻从床上爬起来，走到客厅里去迎接老校长。老校长看到满心不安和满脸愧疚的我，慈祥地摆摆手示意我什么也不要说。他站起来对我说:“天气预报说今天下午有乌云,你陪我到后山上去看看风景吧。”

我不解地问:“看乌云?”老校长爽朗地一笑说:“有乌云,天空才有风景嘛!”

我和老校长一起往村庄后面的山上走去。这时,村庄四面的山峦上已经涌起了一缕缕黛黑色的云朵,而村庄的上空,那一轮太阳还像一个金轮,灼目的阳光将村庄与田野涂抹得一片金黄。

我们走到半山腰的时候,山林里起风了,风把满山的树叶吹得哗哗地响,头顶和脚下的苍绿丛林,开始涌荡起了此起彼伏的一波波绿浪。老校长呵呵笑着说:“这大风一起,一会儿咱们就能看到云飞扬了。”

果然,还没有走到山顶,一片一片的乌云就聚集到了头顶的天空。那是我迄今为止看到的最瑰丽的一幅风景,一片片墨黑的乌云,都被镶上了一道金黄的裙边,那金黄的裙边随着乌云的流动不停地变幻着自己的形状,有时像围着乌云的一道道锦丝飘带,有时像绣在乌云边缘的一道金黄蕾丝,有时乌云将聚未聚到一起时,那些金黄就成了一道细细的又亮灿灿的缕缕丝线,有时,金黄的太阳光芒像一束束笔直的金针,从乌云的缝隙中直直地穿过来,在大地或山岗上留下一坨金黄的色彩……

我看呆了。

老校长望着惊讶不已的我说:“孩子,知道乌云遍布的天空为什么有这么壮丽的风景吗?”我想了又想说:“是因为天空还有太阳!”

老校长笑了说:“是的孩子,是因为天空还有太阳。”老校长顿了顿说:“孩子,不管天空里有多少的乌云,只要天空里还有太阳,乌云都会被阳光镶上金边的。人生一辈子,就是一片辽远的天空,谁没有失意?谁没有挫折?谁没有过眼泪?这些都是乌云,但如果心中始终有太阳,那么,这些乌云都将被镶上金边,都会成为最好、最美的风景!”

第二天,我就重新摊开了那些已经被束之高阁的课本。

如今，我从遥远的乡村走进了喧嚣的城市，我拥有着自己梦想的工作与生活。在风风雨雨的人生之旅中，我有过徘徊、有过失意、有过眼泪，也有过他人难以承受的失败与挫折，但我没有过沉沦，也没有过沮丧与绝望，我始终没有忘记那个下午的天空的朵朵乌云，也始终牢记着那些被太阳绣给乌云的瑰丽裙边。

只要心中高悬着明媚的阳光，即便生活里飘浮来一片片漆黑的乌云，每一朵乌云也会被镶嵌上瑰丽的金边！

赤脚行走的母亲

那一年冬天，我患失眠症患得十分严重，常常是连续几天都睡不好，哪怕半小时的觉。偶尔好不容易睡着了，但扑面而来的一缕微风，或者窗外的一声鸟鸣、几声虫鸣，就会将我惊醒。连续的失眠，使我的身体明显地垮了下来。神色憔悴，身材消瘦，头发每天都大把大把地脱落，刚刚二十来岁的我，就像一个年逾六旬的小老头。

母亲和家人十分焦急，他们先是带我去一个接一个地看医生，然后又去民间搜寻各种治疗失眠的传统秘方，药治、食补，能想到的手段全用过了，但收效依旧不是很大。为给我制造清静，母亲把她养的一群公鸡、母鸡送给了亲戚，让父亲把庭院里的那棵椿树也砍倒了，让鸟儿们不再赶来喧闹。甚至左邻右舍的邻居们母亲也一家一家地去求过情，请大家说话、走动轻声些。偶尔我有了一点睡意刚躺到床上，母亲就欣喜万分地拎上一把小木椅，轻轻掩上门坐到庭院外，守住不让那些淘气顽皮的孩子们到我家附近疯闹，把村庄里游荡的狗和那些会打鸣的鸡鹅赶到远处去。

母亲是个爽朗的乡下女人，她喜欢大声地说笑，喜欢风风火火地走来走去，但我患病后，母亲一下子就变了，她用很低的声音在家里说话，走动也很轻，淘米、洗菜、打扫庭院等她都轻手轻脚的，如果不是每天母亲要吩咐我吃饭、服药，家里静得几乎没有一丝的声音。

有一天我感觉到困乏得再也坚持不住了，刚刚躺到床上去，眼睛刚刚困难地闭上，一阵沙沙沙沙的细微声音又将我的梦惊飞得无影无踪，我起来走到庭院里，正在院子里轻手轻脚忙碌的母亲说："不是刚睡吗，怎么又起来了？"我埋怨母亲说："刚要睡着，你在院子里走动的声音又把我惊醒了。"

母亲顿了顿说："你回房间去，试试还能不能听见什么声音吧。"我回到我的卧室，紧紧地掩上门，竖着耳朵静静谛听了好一会儿，但除了听见自己的嗵嗵心跳外，我没有听见其他任何哪怕一丝的声音。我问母亲说："你刚才在屋子里或院子里走动了吗？"

母亲说："走动了，你没有听到声音吗？"我摇摇头说："什么也没有听见。"母亲如释重负地嘘了一口气笑着说："那就好、那就好了。"果然以后的数十天里，我躲在自己的卧室中，而母亲在家里和庭院里忙碌，我却没有听到哪怕一丝丝的走动声。我不知道母亲是不是学会了无声无息地默默飞翔，闲不下手的母亲啊，忙碌不完的磕磕碰碰的家务，不知道她是如何静静做好的。

直到有一天飘了一场鹅毛大雪，夜晚父亲帮母亲烫脚，我听见父亲在低声埋怨母亲说："怎么把脚冻成了这个样子，这么冷的天怎么能不穿鞋？"

我跑过去抱住母亲的脚一看，果然冻得又红又肿，脚掌几乎肿得滚圆，一点也看不到脚腰了。那十个脚趾也肿得发亮，就像十颗又圆又亮的樱桃。我心疼地埋怨母亲说："怎么冻成这样了，你不是有棉靴吗？"

母亲轻轻笑着说："有靴啊。"

"那你怎么不穿呢？"我不解又不满地问母亲。母亲笑笑没有回答。站在一旁的父亲沉默了一会儿说:“还不是怕穿鞋走动有声音惊醒了你,这大半个冬天了,你妈妈在家里都是赤着脚忙来忙去的。”

“赤着脚?”我愣了。然后我紧紧抱着母亲的那双冻得又红又肿的脚哭了。许多时候我们可能不清楚母亲都为我们做过些什么,但只要是我们需要的,母亲都会替我们去做。有时,因为我们一个微笑的幸福和满足,母亲们不知付出了多少的苦难和艰辛,但她们从来没向我们述说过,母爱许多时候都是赤脚行走的,就像天使在我们身边飞翔却没有一丝声音,就像阳光温暖我们却总是默默的,就像花朵为我们热烈绽放却总是悄悄的。

真心无语,真爱无声,深深的母爱,需要我们时时用心灵去倾听。

离我们最近

那天晚上,要命的疼痛来得没有一丝的先兆。

七点多钟和朋友们在外边吃过晚饭回到家里,歪在客厅的沙发上看了一会儿的电视,然后照例地提了一壶开水自己一个人走到了书房里,一卷散发着浓浓油墨清香的书卷刚刚摊开,忽然感到腹部有些隐隐的疼痛。我轻轻地左右扭几扭想活动腰身,但没想到疼痛立刻就加剧了。那种疼痛就像是蹲在铁轨上无能为力地感受飞驰而来的黑色列车,先是疼得浑身不停地战栗,但只是两三分钟的工夫,疼痛就一下子全部淹没了我。脸色瞬间变得蜡黄,五官被疼痛折腾得错位扭曲,豆粒大的汗珠一下子渗满了额头和脸颊,双腿哆嗦得站不起来了,我忙惊慌失措地向楼下的家人呼叫求救,妻子和孩子一阵风似的从一楼冲了上来。妻子一边手脚忙成一团地照料我,一边吩咐同样惊慌得不知所以的小女儿拨打急救电话。但就在女儿刚走到座机旁边伸手去拨号时,刺耳的电话铃声就响了起来。女儿拿起电话,刚听到对方说话,就立刻说:“我爸突然生了急病,我现在急着拨急救电话叫救护车,你先挂了吧!”妻子问女儿谁挂来的电话,女儿边手忙脚乱地拨急救电话,边回答说:“我爷爷从老家挂来的。”

急救车很快风驰电掣地赶来了，把我和家人送到了离家不到两千米的医院急诊科，医生很快就诊断出我患的是急性阑尾炎，病不大，但要立即手术。医生和护士去做术前准备的间隙，我想起了父亲刚刚拨来的电话，就吩咐妻子和女儿说："给老家打电话，就说我没事儿，别让父母们瞎着急。"妻子转身走到病房外去拨电话，一会儿就回来跟我说："电话拨了，父母慌得要连夜往县城赶，我不让，让他们等明天再搭车来。"

是啊，深更半夜的，父母怎么能赶得来呢？老家距县城一百二十余里，山高路险的，每天只通一趟班车，夜晚基本上没车通行，怎么能来呢？

手术进行得十分顺利，不到夜晚十一点的时候，我就被送回到安安静静的病房里，打了点滴进行静养。女儿因为明天早晨还要上早自习，被我和妻子劝回家了。妻子因为刚才一阵又怕又急的慌乱，早已身困体乏了，见我没事了，伏在病床边很快就睡熟了。

凌晨五点多的时候，病房的门突然被轻轻地推开了，我吃了一惊，撞进门来的竟然是我年逾六旬的父亲和母亲。他们半白的头发已经被汗水彻底濡湿了，头上蒸腾着丝丝缕缕乳白的热气，父亲的黑棉袄拎在手上，贴身的秋衣被汗水浸透了几大片儿。

"怎么来的？这时候咱们那里还没发班车呢？" 一脸惊讶的妻子问。父母来不及搭话，只是惊慌失措地偎在我的床头询问病情，当他们确定我彻底没事的时候，他们才彻底地松下了一口气，父亲如释重负地扑通一声瘫坐在病床边的那把木椅上，母亲边粗声喘气边揉自已的膝盖说："累死俺了，累死俺了！"

待他们稍稍安定下来，我才问父亲说："你和我妈怎么来的？咱们那里夜晚有顺风车搭吗？"缓过些劲儿的父亲咧嘴笑笑说："哪有车搭呀，俺俩是跑着来的。"

跑来的？我和妻子大吃一惊，这么冷的天，一百二十多里的山路，伸手不见五指的漆黑的深夜，又这么年迈的一对老人。我有些心疼地埋怨父母说："不是说过了让你们明天搭车来吗？你们怎么能这么急？"

父亲又咧咧嘴笑笑说："谁的孩子生病了，他父母不是这么急？"母亲边揉腿边说："你爹说，孩子病得这么紧，别说是在县城，就是在北京咱也要连夜赶着去，早一分钟见到咱就早一分钟安心。一百来里的路，能算远吗？这不，俺们不是赶过来了嘛。"

我的鼻子一下子就酸了。

是的，不论我们离父母多么远，但父母的心都紧紧地系在我们的身上，我们幸福而风光的时候，父母们总是在沉默地欣慰着，我们成功而得意的时候，父母们总是在不声不响地替我们高兴和骄傲着，但如果我们有了忧伤和困难，他们总是第一个就出现在我们的身边，他们距离我们总是那么那么的近。

不管世界是多么的大，不管天涯是多么的远，但是只要我们困苦和需要，父爱和母爱总是离我们这么的近，那是最小的计量单位也无法计量的近，那是给予我们温暖和力量的近，那是我们永远都不能忘却的近。

有一种温暖是恒定

我们的学校是一所封闭式管理的中学，每周只有周五的午时家长才可以和学生短暂地在校门口相见。周五的午时，学校大门口总是人山人海，被那些家长们围得密不透风。

那年冬天，我在学校门口值班，每到周五时我都会遇到一个穿着黑色大袄的中年汉子，他不像其他的家长，总是给孩子手提肩扛带来许多好吃的和用的，他总是汗涔涔地匆匆赶来，就袖着手，隔着栅栏焦急地朝校园里张望。那个中年人的衣服十分破旧，脚上穿的是现在已经十分少见的黑布棉靴，但那靴已经被泥渍浸染得几乎看不出了颜色。他穿的棉袄也很破旧，腋下和袖口几个地方都绽了线，裸露出了缝在里面的灰白色棉絮。但他棉袄的扣子却钉得很密实，没有一个掉落的。能从人山人海的家长中注意到他，一是我奇怪他每次都是急匆匆地空手而来，没有给自己孩子带些吃的和用的；二是他每次都把自己棉袄的扣子一直扣到脖颈处，并且胸部鸡胸似的凸得很高。我也多次看到他的孩子，那是个几乎和他一般高的孩子了，很腼腆，每次看到栅栏外的父亲，只是咧开嘴轻轻地笑一笑。他们的相见也很特殊，不像别的许多家长们，隔着栅栏一遍遍大声叮嘱孩子，一边从栅栏缝隙里给孩子塞吃的、用的。他们的相见，只是那中年人袖着手隔着栅栏朝校园里不停地张望，孩子来了，咧开嘴笑一笑，然后两个人有默契似的隔着栅栏一里一外地朝远离学校大门的院墙东南角走。半个钟头后，那孩子回到教室或宿舍了，那中年人也步履匆匆地离开了，只是他袄子的扣子也不那么好笑地一直扣到脖颈处，胸部也明显地低了下去。

又一个周五，漫天纷纷扬扬地飘着鹅毛大雪，家长们又人山人海地拥到学校门前探望孩子们，那个中年汉子也来了，他的头上和背上落了很厚的雪，甚至连眉毛和粗糙的胡须也被雪给染白了。奇怪的是他并不打理头上和脸上的雪，只是不停地拍拂自己胸口上的那些落雪，仿佛连一粒雪花都不让飘落或融化在自己的胸口上。他在栅栏外张望了没一会儿，他的孩子就来了。孩子咧嘴朝他笑笑，两个人便顺着栅栏向院墙的东南角走去。

我不知道这对父子每次相见都要到东南角去做什么，也不知道那个中年人为什么来时胸部像鸡胸一样，而走时却一如常人呢。我很好奇，便佯装无意地跟了过去。

在院墙拐角的地方，那对父子终于停了下来，父亲小声地问询了几句什么，便开始一颗一颗解他棉袄胸口的扣子，棉袄解开后，他又解贴身的内衣，解了好几层，终于解开了，父亲从贴身的胸口掏出一团塑料袋紧紧包裹着的东西来，他手指僵硬地把塑料袋打开，笑眯眯地说："猪肉粉条包子，香着呢！"边说边要从栅栏缝隙里递给他的儿子，但马上又缩回手来，从袋里掏出一个雪白的包子说："一个一个地吃，俺先给你暖着，要不一会儿全凉了。"说着便把塑料袋裹了裹又翻开棉袄和一层层的衣服，把那些包子藏了进去。孩子边狼吞虎咽地吃，那中年汉子边絮絮叨叨地和孩子说着什么，一个包子吃完了，他就小心翼翼地从胸口处再掏出一个给孩子。

我踱了过去说:“怎么站在这儿呢?这里风大。”那个中年汉子忙惊恐地笑笑说:“不碍事的,俺穿得厚实着呢。”见我看见他从胸口处往外取包子,汉子有些不好意思地笑笑说:“俺家是乡下的,孩子在这里读书,俺在城里建筑工地上打工,人家来探望孩子买这拿那的,俺经济不宽裕,只能给孩子带点家常饭,怕凉了,就揣在怀里,每次都是热乎乎的呢。”

我的心顿时有些热起来,夸那个汉子说:“大哥这办法挺好的,”又转身对孩子说,“我就在门口的值班室里,如果你有饭菜放凉了,以后尽可来找我,叔叔会帮你想办法的!”

我不知道一个人的体温能把食物暖得热,但我知道,如果把一个人或一件物紧紧揣在胸口上,那么它们永远也不会凉。爱是一种不会冷却的恒温,它会给我们储下穿透一生的温暖。

· 珠露之恩

和几位拥资千万的富豪茶聊，座间偶尔说起一个话题：你最感激的人是谁？

几个人略作思忖，很快就做了回答。一个说："我最感激的是我小学时的一位班主任。那时我家里家徒四壁，读到三年级时我父母坚决不让我再读下去了，是那位班主任减免了我的学费，我才能够继续读书，上了中学，继而大学，才有我今天这样的成就。"

一个说："我最感激的是我初中时的一位女同学，她文静而漂亮，是当时我们学校的'校花'，她父亲是乡镇卫生院的一名医生。而我的父母就是日出而作日落而息的贫穷农民，我不过是个穷小子而已。我喜欢她，但我知道我们之间有天壤之别，我只有努力学习，考上大学，我才有可能和她坐在一起。于是我就拼命地苦学，最终考到了北京的一所大学，才有了自己的今天。如果不是有幸和她成为同学，我当时肯定还是一个小混混而已，没有她的激励，或许我现在不过是一介面朝黄土背朝天的乡下农人。"

一个说："我是做小生意起家的，我最感激的是我老家的一个邻居。那时，第一次做生意我急需五百元的本钱，我向许多亲朋好友求助，但他们都没有帮我，担心我会偿还不上，我偶尔和那个邻居说了我的想法，并没有期望能从他那里借到钱。但他听了，沉默了片刻，便从家里拿出五百块钱借给了我。我用这五百元钱起步，终于把生意做到现在这么大，我最感激的就是他，没有他那五百元，就不会有我今天的公司，没有他的信任和支持，也就不会有今天的我！”

另一个沉默了很久的富翁说：“我最感激的人，是一个至今我还没有找到的人。”他说：“那时我21岁，在一个几千人的水库工地上出苦力。那年中国第一次恢复高考，我白天在工地上干活儿，夜晚就蜷缩在工地的昏黄路灯下看书学习。那时候很难找到旧课本和学习资料，能找到一本课本或学习资料，就像找到黄金一样难。有一天，我正在路灯下看书，一个浑身泥渍的老头走了过来，他把一本薄薄的政治学习资料递给我说：‘孩子，想考大学吧？给你一本书看看，兴许对你还有用。’我接过书一看，欣喜若狂，是当年的政治文件汇编，考时政时一定用得上，我如获至宝。果然，就因为学了那本书，那年的政治科目考试，我几乎考了满分，是全省的单科状元，并顺利地考上了改变我命运的大学。十几年来，我一直在找那个帮我改变命运的老人，但一直没有找到他。没有他，就没有我的今天，虽然现在我还不知道他老人家的姓名，但我深深地感激他！”

……

几个人都谈了，但他们最感激的都是一些名不见经传的普通人，记忆的都是一些几乎微不足道的珠露之恩。或许，在他们风风雨雨的人生旅程中，他们曾受过别人很多的帮助和恩惠，但在他们人生最关键的起步，那些珠露之恩却令他们永铭心坎终生不忘。

人生中总有这样的事情，你给一个亿万富翁帮助过一千万元，但他很容易就把你的帮助忘却了。而如果你给一个濒临绝境的人资助一元钱，那么他会终生铭记你。

不要因为自己能给予他人的帮助是微小的，就缩回了我们助人的手。不要因为自己力量的纤弱就不敢伸出我们温暖的胳膊。也不要因为我们自己身份的卑微，就不让我们的心灵闪烁出帮助他人的光芒。世界需要耀眼的阳光，也更需要那些微微的星光。

对于那些枯草一般需要帮助的心灵，一滴露珠般大小的恩惠同样也有璀璨的光芒。

母爱的时间

母亲从乡下来了。

母亲平常是很少到城里来的，如果不是我们一次次打电话催促她，或者是驾着车去老家接她，母亲是很难来城里小住几天的，她养的鸡鸭，她侍弄的菜畦，还有那些总也做不完的一堆堆家务，母亲说她放不开手。母亲这次能主动到城里来，是她的牙痛把她逼迫来的。母亲牙痛了，让小镇的牙医给她治牙，没想到竟越治越痛，甚至半边脸都红肿起来，痛得茶饭不思，痛得彻夜辗转，实在没办法了，才自己搭了车来城里看医生。

我带着母亲到医院里去看医生。母亲说你工作忙，我自己去就行了。我说那不行，你不识得字儿，再说医院里又要排队又要挂号的，你一个人去根本就忙不过来。估摸着自己真不行，母亲才勉强答应下来。

到了医院里，找到了牙科，我先安排母亲在候诊的长条椅上坐下来，然后去和忙碌不停的医生预约，去挂号处给母亲挂号，来来去去几项事情办好，用了近一个钟头的时间，跑得脑门上汗涔涔的。母亲见到了，似乎很不安似的，一遍又一遍地对我说："号挂上了，你就先回家歇歇吧，俺自己就行了。"我笑母亲说，城里的医院不比咱老家小镇的医疗所，三五个医生，五七个护士，人也差不多都认识，一应事情都好办。城里的医院，要去付费处付费，要去取药处取药，如果要化验，这个科室进，那个科室出，事情多着呢。一听这么多事情，母亲才不再催促我先走了。我站在母亲的旁边，向母亲询问老家的事情，亲朋好友的、左邻右舍的，一提起老家，母亲就有了谈兴，边用一只手捂着红肿的腮帮，边东家西家地和我说了起来。

聊了一会儿，我的手机忽然就响了，是几个朋友打来的，说是几个哥们儿聚一聚，就差我了，我说在医院呢，一会儿再联系。母亲一下子又不安了起来，她说你还是先走吧，那么多人在等你呢。我宽慰母亲说："没事儿，是几个要好的自家弟兄，也没什么大事儿。"母亲不安地搓着她筋脉毕露的瘦瘦老手说："这大医院真是，连看个牙痛都需要这么长时间！"

又和母亲聊了一会儿，母亲不停地问现在几点了。边问边叹息说："怎么要费这么多工夫呢？唉，真误了你的事儿了。"我安慰母亲说："哪有那么多的事情呢，你儿子又不是国家总理，打上一个瞌睡，社会就乱套了。"正说着，我腰间的电话又响了，是北京的一个朋友挂来的，为让对方能明白我的每一句话，我没有说老家的浓重方言，压低了声音，用蹩脚的普通话应答。说了十几分钟的电话，我发觉母亲的面额上渗出了一层细密密的汗珠来，我问母亲说："是不是牙痛得厉害？瞅，您脸上都有汗了。"母亲催促我说："你还是先走吧，人家都十万火急着找你呢。"

我说没什么事情啊，没有人要立刻就见我啊。母亲说："你急的刚才打电话都变声了，还以为俺不知道？你先去忙吧，俺一个人能行！"我笑母亲说："那是我说北京话，说咱们这里的话那边的朋友听不懂。"但母亲还是固执了起来，她一边自顾埋怨城里医院的效率慢，一边坚决地再三催促我先走，母亲说："早知道城里的医院做事这么慢，我就不来城里治牙了。瞅瞅，耽误你了半晌午时间了。”母亲很不安，不停地低声一遍又一遍自责着，她一会儿站起来，一会儿又坐下去，嘴里不停地抱怨说：“怎么这么慢？怎么这么慢？”

终于轮到母亲了，母亲如释重负地松了一口气，断然地又一次催促我说：“这下子没事了，你先走吧，那么多人都在等你呢。俺一个人能行。”我执拗地说：“还要付费、取药呢，你一个人怎么能行？不就是需要我陪你一上午吗？看把你慌得坐立都不宁了！”母亲不安地嘟囔说：“都一大上午了，不知都耽误你多少事情了。”然后就蹒跚着走进了牙科室。

看着母亲不安的样子，我的心忽然就有些酸楚，我不就陪了母亲一个上午吗？而母亲呢？当我幼小的时候，夜里哭闹，母亲抱着我一夜不睡地在屋里不停地踱步；当我生病的时候，母亲总是寸步不离地紧紧偎着我，有时是一两天，有时甚至是十天半月；当夜深时我坐在寒夜的灯光下默默写作业的时候，母亲就一个人在客厅的黑暗里静静地独坐着，我床头的灯没有熄，母亲就睡不着。甚至很多的夏夜，我已早就甜甜地睡熟了，母亲还静静守在我的床边，为我轻轻地摇着蒲扇……

谁能计算出母爱给了我们每个人多少的光阴，而我们谁又能陪母亲多少的时间呢？如果母爱是春天，我们回报给母亲的，不过是一个短暂的花期。如果母爱是永恒的阳光，我们回报给母亲的，不过是清晨那颗闪光的露珠……

· 总有一滴雨会落到花上

和一位年逾八旬的老妪去一座古刹朝拜。古刹外，云集了一个又一个的乞讨者，有四肢伤残的，有盲人，有落魄的艺人，还有一些身体健全、却靠乞讨度日的。

那些乞讨者一看到有香客，立刻从古刹前的广场涌过来，纷纷伸着手向我们求助。拄着杖的老妪说：“不要挤不要挤，一个一个接着来。”然后就开始解自己胸前挎包的拉链。我们忙劝阻老太太说：“老奶奶，别瞎信他们，他们中许多人其实可以自食其力的，他们只是太懒惰，靠骗人生活而已。”

老妪听了微微笑了笑说：“这些我都知道，可他们中间总有一些人是需要帮助的。”

“可你不知道他们中谁需要帮助，谁是借此行骗的啊。”我们继续劝阻说。

老妪慈眉善目地笑笑说：“我谁都给一点点不就行了吗？”

我们说：“如果您施舍的这些人中间有几个是骗子，您不就是上当受骗了吗？”老妪淡然地笑笑说：“总不能因为害怕自己上当受骗，就连那些真正需要帮助的人也视而不见不帮助了吧？草再多，但总有一滴雨会落到花上的！”

见我们还要劝说什么，老妪又有些得意地笑笑说：“别担心，我是早有准备的。我给他们的都不多，每个人都不过区区五角钱。对于那些衣食无着确实需要帮助的，给他五角钱，他就可以买一个馒头，可以一顿饭不饿肚子了。但对那些借此而行骗的，五角钱肯定会让他们大失所望，即便我上当受骗了五角钱，我又能损失多少呢？我们不能因为害怕上当受骗就完全放弃了自己心灵的那一份善良吧？”老妪边说，边拉开了胸前的挎包，给伸到她面前的手，每个手都微笑着放一张，果然，都是五角的。

拿到了老妪的五角钱施舍，有的人千恩万谢，有的人很快就悻悻走开了。

如今，我也常常在自己的随身钱包里放上一些五角的、一元的钱币，对于那些形形色色的乞讨者们，我也从此再不拒绝，都会给予一元或者五角的，我知道他们中间有些人是借此行骗的，但我记起那位老妪的话：草再多，但总有一滴雨会落到花上。

太阳，不会因为天空有乌云就藏起自己的阳光。心灵，也不能因喧嚣红尘中的欺骗就放弃了善良。

提醒幸福

对于花朵来说，风雨可能是一种挫折或伤害，但没有风的拂尘，花朵怎么能被洗礼的纯净？没有雨的浣洗，我们如何能看到花瓣雨珠相映成辉的静美？对于繁杂的人生，许多看似烦恼的事情，其实细细想来，也是时过境迁后不能重来的人生幸福，因此，许多的幸福需要我们来轻轻提醒。

年少的时候，我们被父母呵斥或责骂，我们会因此而难过得深夜踟蹰街头而不愿回家。但人生有多少少年，又有多少青春的韶光呢？很快你就会发现，父母已经不再呵斥和责骂我们，遇上我们失误的时候，他们会坐下来平心静气地和我们磋商和交流，你想聆听父母的一声呵斥和责骂已经那么的难，回想年少时父母们的呵斥和责骂是多么温暖的事情。这种幸福年少时我们很难真正体味，这种幸福需要被人轻轻地提醒。

年轻的时候，我们初涉爱河，风花雪月中，为自己恋人的一次失约，为自己恋人月上柳梢头人约黄昏后的一次迟到，为自己的一次失恋，我们痛苦地觉得自己简直就是世界上那个最痛、最苦的人，但一旦步入婚姻和家庭生活，宁静的时候自己回过头细细体味，才发现初恋时的种种痛苦，如今早被岁月和生活酿成了芬芳的甜蜜，曾经的怨恨，如今早就成了甘美而难忘的回忆。因此，当我们因初恋的苦涩而烦恼和痛苦的时候，我们需要被人轻轻地提醒：现在爱的一点点挫折与苦涩，将是我们人生未来难忘的甜蜜与幸福。

初为人父初为人母的时候，我们会为孩子的半夜啼哭、为婴儿的洗洗涮涮、为婴儿的弱不禁风而烦恼不已，甚至会因此而夫妻拌嘴生气，使生活显得磕磕绊绊。但转眼几年过去，昔日的婴儿已成为少男少女，你想再如他（她）幼时那样把他（她）紧紧抱在自己温热的胸前，把他（她）高高放在自己的肩头上，和他（她）无拘无束地在床上或地板上疯闹已不可能，成长已经让他（她）同我们拉开了一段永难弥合的距离。这种失落令我们感到落寞或忧伤，这个时候我们才能体味到，为自己年幼的孩子辛苦和忙碌，也是人生转瞬即逝的一种幸福。

孩子童稚的时候，顽皮捣蛋得令我们愤愤不已，家里刚刚粉刷得雪白的墙壁，你稍不留神，就会被他用蜡笔涂得惨不忍睹；家里新置的沙发，不知什么时候就被孩子用脚趾踢出了几个小洞；家里的桌椅，不知什么时候就被孩子用小刀或剪刀划出了一道道斑斑疤痕；门上或镜子上，甚至你急着上班要穿的鞋子上，不知什么时候，竟被孩子贴满了花花绿绿的粘贴画；你放在床头的书籍，要么找不到了，要么被孩子没有章法地撕掉了几页折成了散落在客厅的几个纸飞机；刚刚拆开的一袋洗衣粉，不知什么时候已经被孩子全倒在洗衣盆里，变成了孩子爱玩的肥皂泡……你生气、你无奈、你呵斥、你责骂，像玉皇大帝遇到了一个大闹天宫的孙悟空，面对懵懂的孩子，你烦恼得手足无措，恨不得一巴掌将他（她）揍成一个不动不跑的布娃娃，盼着让他（她）马上就长大，或马上就把他（她）送到学校去。但是一眨眼的工夫，孩子果然就长大了，他（她）系上了红领巾，把果皮和纸屑放进垃圾袋里，将痰吐在了痰盂里，和你说话时，他（她）中规中矩地坐在沙发上，他（她）的小床，每天起床后都被自己拾掇得没有一点皱褶，他（她）的小桌小椅，每天都摆放有序、被他（她）擦洗得纤尘不染。家里整洁得像宾馆了，孩子规矩得像客人了，这时候，你才想起那些满屋满墙的花花绿绿的粘贴画，想念孩子那些童思无邪的天真涂鸦，想念那一地的纸飞机在家庭中飞来飞去的生活温暖，但孩子已经长大了，一切都成了不能重演的一场温暖旧梦了。这种幸福当我们初为人父初为人母时需要被人轻轻地提醒。

孩子淘气的年代，你刚刚摆放整齐的桌椅，转眼间就被孩子折腾得东倒西歪，你刚刚费心费力拾掇得有模有样的床被，不知什么时候就被搞得乱七八糟。下班回到家，常常看到抽屉被一个个横七竖八地堆放在地板上；书籍被从书柜里掏出来，堆在书房里像一堆乱砖；装在玩具箱里的玩具，东一个西一个地摆在沙发上、茶几上、地板上；鞋柜里的鞋子，厨房里一只，卧室里一只……匆忙上班前，你劳心费力地刚把一切拾掇得井然有序，但只是小半天或一眨眼的时间，家里就凌乱得像一个废品收购场了。你骂孩子淘气，埋怨孩子手脚不闲，你对孩子的淘气怨声载道，但到了孩子成了十几岁的少男少女时，这种凌乱你再也找不到了。你一时疏忽把书籍放在了茶几上，不知什么时候，孩子已经把它整整齐齐地摆放到了书柜里；你一时粗心没把鞋子放进鞋柜里，但不知什么时候，鞋子已经被默默收藏进了柜子里；你下班随手放在沙发上的衣服，不知什么时候，也被孩子挂在了衣架上；茶几上的果品堆放得有些章法了，你还没动手，孩子早就替你摆放得有模有样；地板脏了一点点，你还没来得及擦洗，不知什么时候，孩子已经把地板擦洗得光可鉴人了。有一天你坐在干净整洁的家里，你会突然怀念那些曾经凌乱的时光，你会蓦然体味到那种孩子制造的凌乱也是生活的一种温馨，也是人生的一种幸福，但孩子长大了，这种幸福也就随孩子的一天天长大而永远失去了。当你正被孩子的淘气惹得整天怨气冲天时，这种幸福需要被人轻轻地提醒。

父母年迈了，你回到家里他们就一刻不停地和你絮叨，他们总是千方百计地寻找话题和你说话，不管你有多忙，也不管你在外边工作了一天，两只耳朵都已几乎被别人的话给堵塞了，这个时候你只想清静片刻，但父母不住嘴的絮叨，让你烦心不已。但等到父母有一天永远离开我们远去时，你想听一声他们的絮叨，甚至哪怕再听一句他们对你的责骂，但也再没有机会了，你才知道，人至中年，有年迈的父母时时在耳边絮叨着，是一件多么美好的幸福。这种幸福在我们年过不惑时，需要有人给我们轻轻地提醒。

人至四十，功名已成，业绩已就，这个时候应酬就多了。你外出和朋友聊天夜深未归，或和同事喝酒历久不散，这时，爱人的催促电话接二连三给你挂来，你也许和朋友高谈阔论，聊兴正浓，也许正和朋友们推杯换盏酒酣耳热，爱人的催促电话让你尴尬恼怒不已，你或许会啪地关掉手机，也或许会借着酒意回到家狠狠地对她抱怨不已。但人间没有百岁的婚姻，及至有一天，朝夕相处的爱人离你先行了，一个人独守孤灯，或你深夜离家未归，再没有一个人为你深夜守门而望，再没有一个人热切地掩门待你而归了。这个时候，你才会知道，有一个人为你时时牵挂是多么的美好，有一个人时时刻刻催促你回家是多么的温暖。这种幸福需要有人给我们轻轻地提醒。

……

人生是一列单程列车，每一程都有一种独有的幸福，就像旅途中擦窗而过的一帧帧不同的风景，它不会因为你的惋惜而稍作停留，也不会因你的后悔而情景再现，拥有幸福人生，就必须及时体会现实的幸福，而许多幸福，需要有人给我们轻轻地提醒。